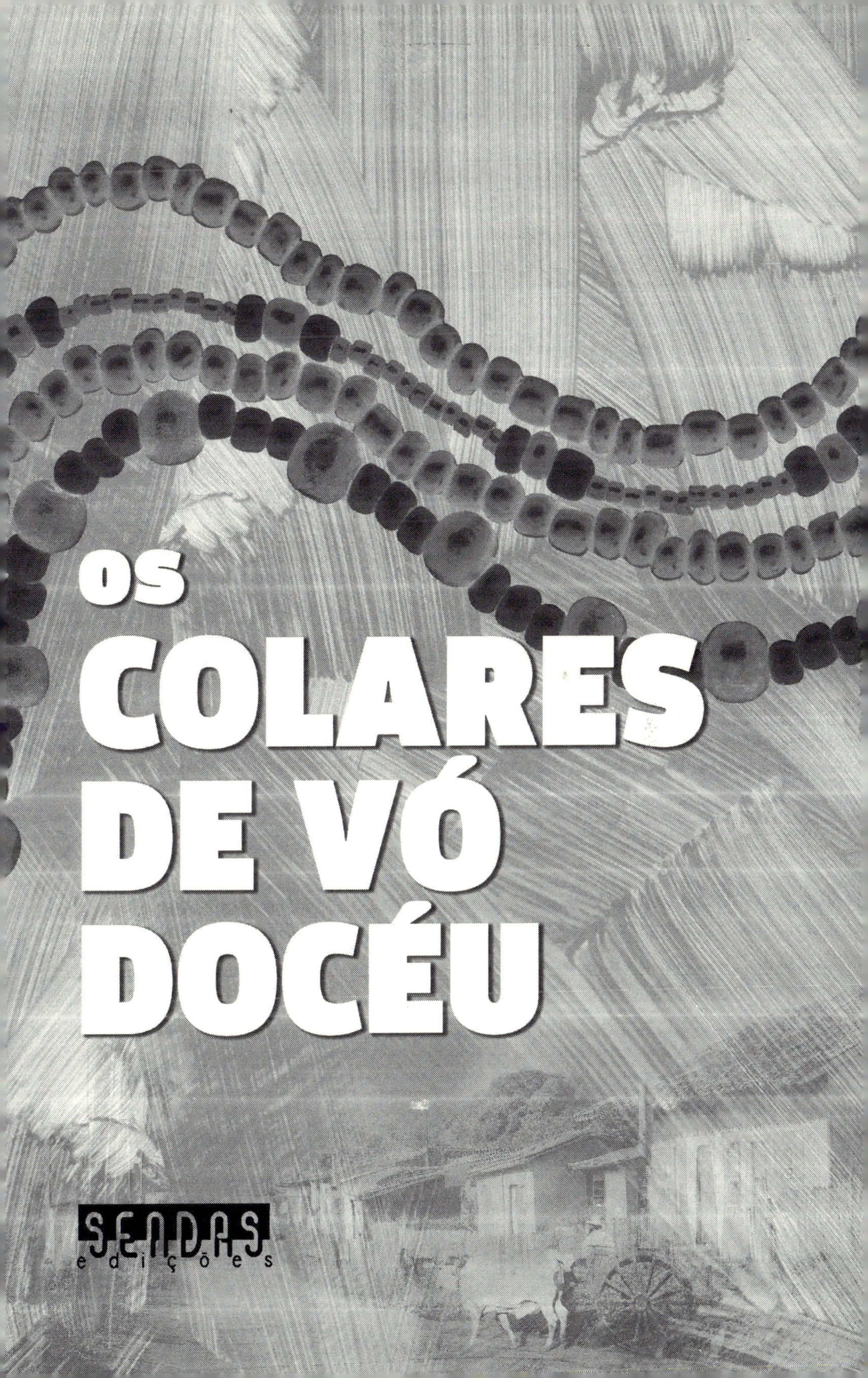

OS COLARES DE VÓ DOCÉU

SENDAS edições

Coordenador Editorial
Sálvio Nienkötter

Editor Executivo
Claudecir de Oliveira Rocha

Editores Adjuntos
Daniel Osiecki/ João Lucas Dusi

Capa
Bianca Alves

Projeto Gráfico
Andre Luiz C. Mendes

Revisor
Marcos Navarro

Produção
Cristiane Nienkötter

Dados Internacionais de Catalogação na Publicação (CIP)
Angélica Ilacqua – CRB-8/7057

Eleodoro, Fernando
Os colares de vó Docéu/ Fernando Eleodoro. – Curitiba : Kotter Editorial, 2023.
344p.

ISBN 978-65-5361-175-7

1. Ficção brasileira I. Título

23-0546 CDD B869.3

KOTTER EDITORIAL
Rua das Cerejeiras, 194
82700-510 | Curitiba/PR
+55 41 3585-5161 | www.kotter.com.br | contato@kotter.com.br

1ª EDIÇÃO | 2023

TUDO É UMA QUESTÃO DE PURA ENERGIA!

Há homens que nascem amando números, e há aqueles que nutrem o amor por palavras. Fernando Eleodoro é desses sujeitos que escolheram os verbetes para cultivar um jardim de histórias. E aprendeu o ofício desde muito cedo. Nas matas de Ubaíra, o menino de aguda percepção já fazia as suas crônicas da natureza. Tornou-se uma espécie de árcade, a tentar organizar o caos a partir de luares e crepúsculos. Poucas vezes vi pessoas se emocionarem tanto com um canto de passarinho, ou com um ipê florido. O menino cresceu, virou professor de Português e Literatura, mas continua no coração de Fernando, sempre aprontando das suas.

E agora, matreiro, ele abre pra gente as páginas de Os Colares de Vó Docéu, um livro para ser degustado com calma, longe do tumulto digital do que se tornou a vida cotidiana. Uma obra com cheiro de mato, balanço de rede embalada pelas mãos de personagens marcantes como os avôs Zito e Alexandre, Vitorininho, dona Mira, Sabina, padre Enoque, o Tailandês e tantos outros que labutam, na trama, para persistir no misterioso propósito de "ser gente". Entre um capítulo e outro, ou melhor, entre uma conta e outra inserida no fio condutor desses colares, Fernando apresenta os temas universais que sempre voltam à tona: a exploração do homem pelo homem, o amor, a traição, os valores éticos e morais, a mesquinhez, a religião, a ideologia.

Tudo desemboca no seio de uma família que, pelo modo de viver, se defronta com o ato transformador de criar uma espécie de "sociedade alternativa". Mas nem tente pensar que não há conflitos nessa jornada. E Fernando se utiliza desses choques como ponto de virada para os debates em família. O resultado é uma caminhada de muita sabedoria, construída com erros e acertos, mas, sobretudo, com o cimento da verdade. Uma experiência libertadora, alicerçada tanto na ciência quanto no empirismo. E assim eles fundam a Aldeia dos Loucos, comunidade com novas perspectivas de educação, saúde e trabalho. Se se trata ou não de uma visão utópica, isso nunca importou para Fernando Eleodoro. O que sempre importou está na possibilidade de sonhar, porque o sonho, crê o autor, são os colares em que ocorrem os ciclos de vida.

Neste livro, Fernando ainda nos brinda com a oralidade do discurso, trazendo uma visão do que sempre destacou em sala de aula: "A linguagem deve ser um instrumento de arte e libertação, mas nunca de opressão". A ideia está clara nos desvios propositais da norma padrão, os quais conferem ao texto naturalidade e leveza. E mais ainda: realça a energia própria da voz de cada uma das personagens. Por falar em energia, lembremos aqui da frase de Vô Zito, que bem sintetiza a aura de Os Colares de Vó Docéu: "Tudo é uma questão de pura energia!".

Marcos Navarro
Jornalista e escritor.

SUMÁRIO

I

Zito acordou com a zoada de alguém esmurrando a porta.

– Quem é o filho da puta que quer derrubar a casa? Isso é hora de vir acordar os outros?

– Sou eu, velho gagá, que vim comprovar que tu é um preguiçoso.

– Preguiçoso é teu pai, vagabundo. Aqui não tem lugar para cachorro, não.

– Abre logo, senão eu derrubo esta porta!

– Derruba, se tu for homem...

Imediatamente ouviu-se o estrondo da porta.

– Valha-me Nossa Senhora da Conceição!... O ladrão vai nos matar!

– Cala boca, mulé! É o vagabundo do teu neto...

Antes de Sabina fechar a boca, Vitorininho caiu no meio dos avós.

– Eu vim cedo pra dormir um pouco com vocês...Quero ficar bem no meio.

– Louvado seja meu Senhor do Bonfim... Nosso menino veio nos ver...

– É por tua causa, mulé, que esse cachorro é tão vagabundo.

– Mas tu tá é se babando de alegria...

– Tou nada... Eu nem gosto desse moleque...

– Me engana que eu gosto...

– Não é que o cachorro já tá roncando? Vamos sair pro bichim dormir sossegado.

– Vai tu fazer o café. Eu vou ficar um tiquim com ele.

– Eu tou lascado... Um neto vagabundo e uma mulé mandona e preguiçosa! O dia que eu virar homem, tu vai ver!

- Vai logo, conversador. Depois eu vou fazer os biscoitim que o menino gosta.

Quando Vitorininho acordou, já passava de nove horas.

- Nessa casa ainda se usa comer?

- A mesa tá que nem tu gosta. Só vou fazer um café novo. O que o teu avô fez já esfriou.

- Cadê Zito, Sabina?

- Foi no mercado comprar umas coisas para venda. Tá vendendo tudo, graças a Deus. Teu avô tem sangue de cigano.

- Por que vocês não aceitam o dinheiro que meus pais oferecem?

- Pra ser forro, meu filho. A melhor coisa do mundo é a liberdade.

- Isto não é orgulho não, vó?

- É não, fio. É desejo de ser livre. Filho não gosta muito de pai velho. Suporta por obrigação. Pai velho não é mais companheiro...

- Tá chorando, Sabina veia?

- Coração de velho, menino, é mole que nem pinto novo.

Vitorino saiu um pouquinho pro quintal e foi chorar debaixo do cajueiro.

- Vem comer, moleque!

- Tou indo...

Após encher o bucho, ele falou:

- O banquete dos deuses...

- Você é nosso príncipe, meu neto. Você nos ama de verdade.

- Meus pais e minha irmã gostam muito de vocês.

- Mas ninguém gosta igual a você. Tua irmã gosta um pouco. Tua mãe, um pouquinho. Teu pai gosta mesmo é de parecer importante.

- E tu é uma véia linguaruda...

- Tou mentindo?

- Acho que não.

- Lá vem teu avô...

Zito jogou um saco no meio da sala.

- O que é isso, véi? Tá ficando doido?

- Abre o saco, seu bosta...

Vitorininho abriu o saco

– Pitu, vô?... Você é demais!

– É pra tu não sair por aí falando que passa fome em minha casa.

– Vou ficar aqui, vô, durante dois meses. Terminei o curso ginasial. Queria não estudar mais. Não gosto de estudar o que não me agrada. Mas minha irmã pediu. E ela, você sabe, é quase um anjo. Prometeu que vai me ajudar a suportar a cruz.

– Tua irmã é mesmo um doce de menina. Puxou a quem?

– A tu, véi besta...

– Que nada... Ela tem tudo pra ser orgulhosa, mas não tem um pingo de besteira.

– Sabe, vô, ela descobriu um colégio ideal para eu fazer o colegial. Disse que só tem aluno vagabundo... Tudo filhinho de papai. É o famoso PPFP.

– Que diabo é isto?

– Papai pagou: filhinho passou.

– E tu acha isto bom?

– Eu, não. Mas não tenho outra opção. Não vou estudar o que não quero.

– Mas tu só vive com um livro na mão...

– Lendo o que quero, e não o que os outros mandam.

– Tu é igual a jegue. Quando empaca...

– Puxei a tu. Eu dou minha última roupa, se eu quiser. Mas, na raça, ninguém me leva um caroço de feijão.

– Tu tem um sangue desgraçado!...

– Acho que tu tá ficando é gagá. Mas me conta direito esta história de tua fugida pra Salvador aos 6 anos de idade. Mas não vá mentir...

– Já te contei.

– Mas eu não levei a sério.

– Tu é um bom fila da puta...Mas vou te contar pela última vez. Minha mãe morreu de parto quando eu nasci. Ela, quando estava grávida, nunca disse a ninguém quem era meu pai. Depois que eu nasci, meu tio paterno me levou pra casa dele. Disseram que eu era criado que nem cachorro. Um dia, nem sei quantos anos eu tinha, fugi.

– Tu sempre foi gente ruim...

– Sempre. Graças a Deus. Subi num caminhão cheio de homem. Devia ser umas duas horas da manhã. Lembro como se fosse hoje. Deitei atrás duns caixotes e dormi. Acordei com um sujeito me chutando: "Acorda, cachorro..." Dei um pulo, e ele perguntou pra onde eu ia. Falei que não sabia.

– Tu sempre foi gente ruim...

– O homem falou pros outros (acho que era mais de vinte) que eu ia ficar ali até um arranjar um lugar pra mim. Que, se alguém bulisse comigo, ele dava um tiro na boca do sujeito.

– Tu não ficou com medo?

– Eu, não. Tava achando bom. A mulher de meu tio me fazia de escravo. Eu tinha que fazer tudo que ela mandava. Mesmo assim, ela me batia toda hora.

– E teu tio?

– Saía cedo e só voltava tarde da noite.

– Ele fazia o quê?

– Fugi de lá sem saber o que ele fazia. Aí, caí fora. E fiquei morando numa tenda de lona no meio do mato com aqueles homens.

– Eles faziam o quê?

– Não sei. Me deixavam com seu Benedito, um velhinho que fazia comida e lavava a roupa de todo mundo. Normalmente eles saíam no começo da noite e só voltavam de madrugada.

– Tu ficou com eles quanto tempo?

– Não sei. Mas achei bom ficar com eles. Uma noite, quando o pessoal saiu, nós ouvimos um tiro. Seu Benedito me pegou pela mão e levou pra longe. Lá, entramos numa gruta. Pouco tempo depois, ouvimos outros tiros. Seu Benedito chorava, rezava e tremia. Nesse tempo, eu dormi. Quando acordei, seu Benedito me pegou pela mão e saímos. Mais tarde chegamos na casa de dona Mira. Aí, o resto tu sabe. Dona Mira foi minha verdadeira mãe. Santa mulher. Deve estar no céu. Foi ela que fez meu registro de nascimento: Zezito Silva dos Santos, filho de Valdemira Silva dos Santos e pai desconhecido. Me deu um nome, me deu apoio e me deu carinho.

– E o encontro teu com minha avó?

– Isto é outro caso. A gente vai devagarzinho. Dona Mira, minha mãe agora, cuidou muito bem de mim. Me botou na escola, me levou no médico... E sempre carinhosa comigo.

– Ela fazia o quê?

– Costurava camisa pra homem. Tinha uma freguesia grande. Nossa casa era cheia de cortes para camisa. Tudo numerado. Nem que lhe desse ouro, ela adiantava uma costura. As outras costureiras faziam muito mais camisas do que ela. Mas ela nem se importava. Não botava uma auxiliar pra pregar um botão... Ela fazia tudo sozinha. E tinha seu preço. Se alguém pobre lhe pedia um desconto, ela costurava de graça. Mas nunca abaixava o preço. Só tinha um orgulho: botar sua etiqueta no lugar certo para não aparecer. Mas, de sua marca, ela não abria a mão. Era uma mulher simples, mas muito firme.

– Se eu tivesse uma filha, botaria o nome dela...

– Por que "se eu tivesse"?

– Não vou ter filho. Não quero ser escravo de ninguém.

– Menino, você fez meu miolo esquentar! Onde você aprendeu isso?

– Observando, Vô...

– Mas você é uma criança...

– Uma criança que observa tudo. Vô, o que você acha de meu pai?

– Um homem direito, sério, corajoso, honesto, trabalhador... Não é porque é meu filho. Mas todo mundo sabe disto.

– Todas essas qualidades ele tem, mas, no fundo, é um homem escravizado...

– Ó, meu neto, vamos almoçar? Eu tô com uma fome danada...

– Correndo da briga, Vô?

II

– Ó, moleque, esse quintal grande e esta casa eram de minha mãe, dona Mira. Ela passou tudo em meu nome. Só que eu não podia vender antes que ela morresse. E eu não vendi até hoje.

– Minha bisa morreu mesmo de quê?

– Acho que foi de velhice. Morreu que nem um passarim.

– Vô, quando você e Vó forem pro céu, eu quero ficar com essa casa. Vai ser meu refúgio. É pena que vocês não estarão aqui.

– Quem te disse? O corpo acaba, mas a energia fica. Tudo vira energia. Aliás, tudo já é energia. A matéria acaba, mas a energia fica.

– Onde você aprendeu isso?

– Sei não... Com a vida, com a natureza, principalmente com os bichos.

– Com os bichos?

– Todo bicho é inteligente. Só tem um bicho burro: o homem.

– Ó, Vô, o homem inventou tanta coisa... A ciência, o avião, a luz elétrica, os medicamentos... Tanta coisa!

– Tudo pra desgraçar o mundo. Olha as armas que o homem fez só para matar os outros. Só fez miséria...

– E os medicamentos, as vacinas...

– Tentando consertar a miséria que ele fez... O mundo só vai consertar depois que acabar com as pessoas e deixar a natureza livre pra recomeçar. Mas até que isso aconteça... O pior é que, quando aparece alguém querendo melhorar o mundo, os sabidões se juntam e acabam com ele.

– É, Vô, chegou o momento de eu conversar mais com você.

– Conversar é bom, mas o melhor mesmo é observar. É aprender ler no livro da natureza.

– Onde você aprendeu tudo isso?

– Vendo muito, aprendendo muito e conversando pouco com os homens.

– Vô, quem é mais feliz? Você ou meu outro Vô?

– Moleque, teu outro avô é gente boa. Gostei dele na primeira vez que vi. Minha energia se deu bem com a energia dele. Só não digo que ele é meu amigo porque ele não pode ser amigo de ninguém.

– Mas, mesmo assim, ele é gente boa?

– Gente muito boa, moleque... Só que eu sou livre, e ele, escravo.

– Pobreza é liberdade, Vô?

– Eu não disse isso... Escute bem. O miserável nunca pode ser feliz. O milionário, embora ele não entenda, também nunca pode ser feliz. O milionário e o miserável sempre serão mendigos. É preciso acabar com a miséria e com as grandes fortunas. Às vezes o miserável precisa assassinar seu irmão para matar a fome por um dia. O milionário também precisa matar seu irmão para se sentir seguro. O miserável e o milionário serão obrigados a se tornar assassinos.

– Me conte seu primeiro encontro com meu outro Vô!

– Você acha que seu outro Avô é gente boa?

– Acho. Só que ele está sempre ocupado. Ele é o homem do trabalho.

– E eu?

– Você é o homem da leveza, você é um vagabundo.

– E você, moleque, quer ser o homem do trabalho ou da vagabundagem?

– Eu já sou o homem da vagabundagem. Minha irmã é que é a mulher do trabalho. Aliás, acho que da família lá do centro só eu sou vagabundo. Mas fale do seu encontro com meu outro Vô.

– Antes tenho de falar de outras pessoas. Sobretudo de sua avó.

– Ó, Vô, eu acho engraçado como você fala... Às vezes fala como um analfabeto, às vezes fala como um doutor...

– É que eu sou um analfabeto doutor.

– Por que é que você é tão feliz?

– Porque eu não tenho nenhum problema.

– Mas vai ou não falar do primeiro encontro com meu outro Vô?

– Primeiro vamos resolver outros problemas: dar um mergulho na praia, depois comer farofinha de andu verde com torresmo e um ensopado de carneiro, depois tirar um cochilo na rede.

– É um ritual?

– Não. É uma necessidade.

Após a comida e o cochilo, Vitorininho falou:

– Tá na hora, Zito...

– Tenho que começar do começo...

– Que começo?

– Meu namoro com tua Avó.

– Vai lá...

– Eu, já rapaz, comprei um jipe velho pra carregar bagulho. Quem tivesse qualquer carrego, eu fazia. Comecei a ganhar dinheiro. Minha mãe um dia me disse que eu precisava arranjar uma noiva. Até naquele momento nunca tinha pensado em me casar. Eu tinha casa, comida e carinho de minha mãe.

– Explorando minha bisa...

– Um dia ela me falou: "Zito, meu filho, você precisa se casar. Já tem casa, é trabalhador, só precisa de uma esposa".

Uns dias depois fui levar um carrego na Ribeira. Na casa vizinha tinha uma moça na janela. Era uma moça linda. Eu disse:

– Boa tarde, princesa...

– Boa tarde, meu príncipe.

– Eu lhe ofereço muito amor se você quiser casar comigo.

Ela deu uma bela risada.

– Eu sou aleijada. Não posso me casar.

– Desculpe, moça... Agora fiquei sem graça.

– Tem nada não. Entre pra me ver.

Entrei meio sem graça. Ela pulou em meu pescoço gritando:

– Você é um santo! Me curou do aleijão!

Comecei a chorar desesperadamente.

– Faça isso comigo não, moça. Eu só queria lhe agradar.

Aí foi ela que começou a chorar.

– Me perdoa, meu príncipe. Eu sou um desastre... Eu não quis lhe desagradar.

Nós nos agarramos e nos beijamos.

– Você é maluco, rapaz?

– Sou. E você?

– Também sou. Quer se casar comigo?

– Quero.

– Então entre no jipe e vamos conhecer minha mãe.

– Espere um pouco, que eu vou me aprontar.

Ela veio com vestido branco com flores vermelhas. Entrou no Jipe e nos mandamos. No carro, ela me perguntou:

– Como é o nome de tua mãe?

– Dona Mira. A mulher que faz as melhores camisas do mundo. Já ouviu falar nela?

– Já. É mais famosa que o rei da França. E seu pai?

– Morreu antes de eu nascer.

– E seu nome?

– Zezito. Ou Zito. E seu nome?

– Sabina.

– Faz o quê?

– Sou professora primária do estado.

– E seu pai e sua mãe?

– Sou órfã. Fui criada no orfanato das freiras. Moro na casa de uma colega que é professora do estado. Ela é casada com um sargento.

– Você quer mesmo conhecer minha mãe?

– Claro. Quero conhecer minha futura sogra.

Zito deu uma bela risada.

– O que foi?

– Eu também sou órfão de pai e mãe.

E contei minha história.

Buzinei o jipe na porta da casa. Dona Mira apareceu.

– Vim trazer sua norinha pra senhora conhecer.

– Entra, meu bem.

– Obrigada, dona Mira.

E Sabina contou a história do encontro, com Zito, pra ela.

– É a energia, meus filhos. A energia é que move o mundo.

Zito continuou:

– Três meses depois nos casamos. E até hoje estamos juntos e felizes. Só brigamos quando de manhã cedinho eu quero brincar com ela.

– Toma vergonha, homem velho, respeita o menino.

– Que nada, Vó, eu não sou mais criança.

– Dez meses depois do casamento teu pai nasceu. O resto você já sabe.

– Mas fale de novo.

– Tua avó, professora, educou teu pai para ser presidente dos Estados Unidos. E o moleque gostava de estudar. Na faculdade de Direito, durante o curso todinho, ele foi o melhor aluno. E lá encontrou tua mãe, filha de um dos homens mais ricos da Bahia. E, aí, deu no que deu.

– Como foi que você e seu outro vô se conheceram?

– Vitorino era pobre, estudioso e muito bonito. Fátima era filha de um milionário, estudiosa e muito bonita. Aí, Cupido laçou os dois. Quando meu filho me falou, fiquei doido. Disse a ele que minha família não concordava com o golpe do baú. Ele virou bicho. Exigiu que eu respeitasse ele.

– E minha Avó?

– Chorando na cozinha.

– E minha bisavó?

– Ela disse a mim e a meu filho que quem ia decidir era a energia. Eu disse a ele que exigia que ele trouxesse a namorada e os pais dela para conhecer minha família. Disse que era uma ordem e não um pedido.

– Eu é que já estou nervoso. Meu pai já trabalhava com meu avô?

– Já. Desde que ele começou a cursar o terceiro ano de Direito, que conseguiu o emprego na firma de teu avô. Vitorino convidou teu avô, Senhor Alexandre Manuel, no momento já um grande empresário na Bahia, para um almoço em nossa casa. Fiz questão de dizer a minha mãe e a minha mulher que os visitantes teriam que comer nossa comida domingueira.

– Você sempre foi gente ruim, sempre foi marrento.

– E graças a Deus que eu continuo sendo. No domingo marcado meu filho chegou em minha casa dirigindo o carro da namorada que trazia o casal de galegos já com jeito de brasileiros.

– E você, Vô? Estava nervoso?

– Nenhum pingo... Em minha casa, moleque, eu sempre fui o rei. Qualquer visitante era vassalo.

– E a vó e a bisa?

– Tua avó estava caladona, mas tua bisa estava se achando a figura mais importante do encontro.

– Vai, conta o restante...

– Teu avô desceu do carro, me deu um abraço e apresentou a mulher e a filha. Eu também apresentei minha mulher e minha mãe e, imediatamente, chamei os visitantes para entrar no quintal pela porta do fundo.

– E meu pai?

– Estava sem entender por que eu não convidei os visitantes para entrar em minha casa. Teu avô entrou no quintal e ficou de queixo caído. Correu logo e se deitou numa rede, pedindo uma bebidinha para esquentar a alma. Dei uma batidinha de cajá com a cachaça da Chapada Diamantina. O homem repetiu e disse que eu era milionário.

– E você, falou o quê?

– Disse que eu era rico porque não devia nada a ninguém. Que eu era livre porque ninguém mandava em mim. Ele disse que tinha inveja de mim, pois ele era escravo.

– Você estava em pé ou sentado?

– Deitado na outra rede, comendo uma picanhazinha bem assada, tomando uma batidinha de fruta. E ele me acompanhando... As outras pessoas sentadas ao redor da mesa embaixo da jaqueira também comendo, bebendo e conversando. Mais tarde, saiu o almoço. Tinha comida demais. O bicho fundou dentro. Depois de comer que nem um jegue, caiu no sono.

– E você também dormiu?

– Claro... E com o chifre cheio de batida. Acordei mais tarde, e o bicho roncava que nem um porco.

– Para com isso, Vô. Conte logo o final.

– No final perguntou se eu tinha outras casas. Aí eu disse que já tinha tido outra, mas dei a um homem que tinha doze filhos e não tinha um barraco. Moço, o homem caiu numa choradeira desgraçada que fiquei com medo. Todo mundo veio ver o que era. O homem parou um tiquim e pediu pra eu repetir a história.

– E aí?

– Aí foi o que meu filho queria. O moleque aproveitou o clima e pediu a mão da filha do homem. Não sei se pela cachaça, não sei se por generosidade, o homem disse que tinha muito gosto em ganhar o filho que ele tanto esperou. As mulheres começaram a chorar, e nós enchemos mais a cara pra festejar.

– Quem eram esses "nós"?

– Eu, Alexandre e Vitorino.

– Já se arrependeu alguma fez?

– Muitas... Pois, por causa disso, eu tenho que suportar um neto feio, burro e chato...

III

O casamento de Fátima com Vitorino não surpreendeu ninguém. Os dois já se namoravam desde o primeiro ano da faculdade. Ele, sempre de cabeça erguida, se sentia o príncipe das Arábias. Além de ser o melhor aluno, era o mais assediado pelas colegas. Um dia, ele notou que Fátima estava de cara fechada.

– O que é que a senhorita tem?

– Não gosto da maneira como você trata certas colegas...

– Está com ciúmes? Se for, é muito fácil. Eu vou para um lado e você vai para o outro. Eu gosto muito de você, mas não tenho vocação para ser cão de coleira. Eu não tenho dinheiro, mas, vergonha na cara, eu tenho muita. Aprendi com meu pai. Ou melhor, aprendi com meus pais. Você tem três dias para pensar. Sinta-se à vontade. Eu amo, adoro, idolatro você. Porém gosto mais de mim. Daqui a três dias, a gente conversa.

Durante três dias, Fátima não saiu do quarto. Seu Alexandre e dona Maria do Céu estranharam.

– Tua filha não está bem, homem. Por que tu não vais conversar com ela? Tu sabes que, para ti, ela se abre.

– Calma, mulher. É briguinha de amor.

– Pois sim. Tomara que estejas certo.

De fato, três dias depois Vitorino procurou Fátima.

– E aí, senhorita, podemos falar?

– Depende do senhor. Você me tratou como se eu fosse uma menina boba. Como se eu fosse a boneca riquinha, precisando de proteção. Eu amo, admiro e respeito você. Mas exijo reciprocidade. Brinque à vontade como quiser, mas, quando eu estiver presente, seja mais moderado. Isto não é um pedido: é um acordo. Entendeu, meu amor?

– Entendi e reconheço que você tem razão. Eu lhe garanto que serei mais adulto. Eu estava disposto a enfrentar o seu veredito. Ainda bem que foi positivo. Posso lhe fazer uma proposta?

– Claro...

– Você topa dizer a seus pais que vamos passar o fim de semana na chácara de um amigo?

– Safadinho, hein?

– Não é safadeza: é carência.

– Se prepare para o passeio. Deixe comigo.

– Será que teus pais não vão desconfiar?

– O velho não desconfia. A velha vai fazer tudo para eu pensar que ela não desconfia.

– Las mujeres.... Siempre las mujeres...

Na hora da despedida, dona Maria do Céu falou com Fátima:

– Prudência e caldo de galinha não fazem mal a ninguém.

– Obrigada. Nada melhor do que a voz da experiência...

Dois meses depois do famoso fim de semana, Fátima e Vitorino marcaram um jantar com seus respectivos pais na "Peixada do Expedito", no "Alto do Santo Antônio".

– Queremos avisar a vocês que vamos passar quinze dias em Olinda, disse Vitorino.

– E a obrigação? – perguntou Senhor Alexandre.

– Tudo resolvido, papai... Temos um presente pra vocês.

Fátima colocou um envelope em cima da mesa.

– Não vão abrir?

– Você acha que precisa, Sabina?

– Acho que não, Docéu...

O Senhor Alexandre abriu o envelope e tirou a certidão de casamento.

– Que bom! Vocês me livraram de oferecer um banquete à elite baiana.

– Mas se for homem – disse Zito – vai ter meu nome.

– Vai ser mulher – disse Fátima... A intuição me diz.

– Esta mocidade de hoje não tem juízo...

– O que é isso, Docéu? – falou Senhor Alexandre. Como te esqueces ligeiro...

Todos caíram na risada.

IV

Entre o nascimento de Amália e o de Vitorininho, dona Mira bateu as asas e subiu pro céu.

Zito não chorou, mas Sabina ficou mal. Parecia até que a filha era ela.

– Você não tem coração, Zito...

– O que é que você chama de coração? Eu acho que minha velha, hoje, é energia pura.

– Até Alexandre e Docéu ficaram mais tristes do que você.

– É que eles são ricos. Rico só pensa em coisa material... Gente só é gente de verdade quando é criança. Ficou adulto, é só um passinho pra virar fera. E com dinheiro então...

– Dona Mira gostava tanto de Lalinha... Quase morreu de alegria quando virou bisa. Será que da barriga de Fátima vai nascer um menino ou outra menina?

– Vai ser um menino, só pra Vitorino botar o nome dele.

– Ó, Zito, por que você deixa seu filho sempre de fora?

– Ele é que saiu de nós para entrar numa família rica... Mesmo gostando de Alexandre e Docéu, nunca engoli esse golpe do baú.

– O menino fez questão de se casar com separação de bens.

– Esperteza pura... Vitorino vai botar todos eles no bolso...

– Você está querendo dizer que o seu filho, um dia, vai ser ladrão?

– De jeito nenhum...Ele vai ser um grande empresário, com todo apoio de Alexandre. Vai ter todo mundo na mão. E ainda será considerado um modelo do bom cidadão. Alexandre, Docéu, Lalinha, você, todo mundo vai fazer o que Vitorino quiser. Ele só não vai mandar no filho de dona Mira. Eu vou comer merda, se for preciso, mas não permito que ninguém bote argola em meu focinho.

– Posso te falar uma coisa, Zito?

– Diga...

– Não conheço ninguém melhor do que você. Mas, quando quer, não conheço ninguém pior.

– É a energia, minha flor. Tomara que da barriga de Fátima saia um moleque bem rebelde pra me fazer companhia.

– Você, que se diz tão rebelde, é o maior puxa-saco de Alexandre, um dos homens mais ricos da Bahia...

– Alexandre tem uma energia boa. Vou tentar tirar ele do inferno. Ele e Docéu andam meio perdidos.

– Você acha que eles vão jogar fora o que conseguiram com tanto sacrifício?

– Vai ter gente pra tomar conta.

– Você é perverso, Zito...

– Perversa é a vida, Sabina.

V

O nascimento de Vitorininho foi um novo alento para o pai, que, nos últimos tempos, não fazia mais nada a não ser cuidar das empresas.

Ao ver o filho mamando, falou:

– Esse moleque aí vai ser meu parceiro. Vou fazer tudo pra ele cursar "Administração de Empresas". Quero que ele estude nas melhores universidades do mundo.

– Este é o seu projeto, mas pode não ser o dele.

– Que nada!... Vou moldá-lo ao meu jeito.

– Quer dizer que você pretende domesticar o cachorrinho.

– Se eu tivesse tido a sorte de ter o pai que ele tem... O bicho já nasceu com a faca e o queijo.

– E se ele não gostar nem da faca nem do queijo? Ó, Vitorino, você quer um filho ou um robô? Sabe, Fátima, parece que você é filha de Zito, e eu, de Alexandre.

– Pra mim seria uma honra ser filha de Zito. Ele tem muito de uma qualidade que você não tem: sensibilidade. Mas fique sabendo que meus filhos serão o que eles quiserem.

– A burguesinha virando santa...

– Acho que você não devia ter feito Direito. Devia ter estudado "Artes Cênicas". Como você representava bem no tempo da faculdade! Beleza física, meu bem, acaba-se com o tempo.

– Você está me desrespeitando, Fátima!

– Não. Você é que está se desrespeitando. Cuidado, filhote, "a vida é um moinho".

No final da tarde, Fátima recebeu uma mensagem que Vitorino viajara urgententemente para São Paulo, a fim de resolver problemas das empresas.

Alexandre e Docéu ficaram sem entender a atitude do genro.

– Ó, filho, nosso genro precisava viajar assim tão depressa?

– Naturalmente, filha... naturalmente...

– Eu não sei... Gosto muito do gajo, mas, às vezes, fico confusa com aquele menino.

Quando Zito e Sabina vieram ver o neto, Fátima os recebeu meio chorosa.

Zito agarrou o neto e falou com a alma cheia de alegria:

– Tomara que seja meu companheiro, já que o pai dele só queria a companhia de livros... Às vezes me parece que nunca tive um filho.

– Se comporte, Zito... Fátima vai ficar decepcionada com nosso filho.

– São seis anos de casamento, Sabina... Já conheço bem os defeitos e as virtudes do filho de vocês.

Antes de entrarem no carro, a fim de voltar para casa, Sabina falou:

– A coisa ali não vai bem...

– Quem tem tudo, mulher, nada tem.

VI

A chegada de Vitorininho trouxe uma mudança muito grande. O menino começou a andar aos oito meses.

– Este menino parece que vale por dez. Não para um minuto. Parece que é turbinado.

– É você, meu sogro, que mais estimula a rebeldia dele.

– É que o capetinha domina todo mundo. Até Alexandre se baba por ele.

– Vou mandar colocar uma placa na porta, com os seguintes dizeres: "É proibida a entrada de avós".

– A gente não faz nada. O moleque é que domina todo mundo.

– É pena, meu sogro, que o pai seja tão indiferente com Vitorininho.

– Nem me diga, minha filha... Não sei que diabo é aquela energia negativa de meu filho. Nem a mãe, que morre por ele, recebe um pouco de atenção.

– Vitorino só pensa na fama. Outro dia ele me disse que foi convidado pra ser candidato a deputado federal.

– Aquilo é treteiro... Ele articula tudo e diz que foi convidado... Aquele negócio de ser sempre o melhor da turma era só pra ser o herói. Sempre se deu bem com a mãe, mas comigo não. Um dia eu disse que ele devia se chamar Tarcísio, pois só olhava para ele mesmo.

– Narciso, meu sogro, Narciso...

– É esse aí mesmo... O moleque é bonito, inteligente, mas, se for preciso, vende a alma ao diabo como o Doutor Plácido...

– Doutor Fausto, meu sogro.

– Que diabo, esse povo era todo complicado. Até no nome. Meu filho devia se chamar José, mas a mãe quis Vitorino. Aí deu no que deu.

– Ó, Zito, você foi um presente de Deus pra nós todos...

– Pergunta isso pro seu... marido. Ainda é marido?

– Por enquanto. Pelo menos formalmente.

– É... Eu sou analfabeto... Mas, se meu filho é inteligente, não sei que diabo é inteligência... Prefiro ser burro que nem eu sou.

– Ó, Zito, venha me ver mais para eu adquirir um pouco da sua burrice...

– Não posso.

– Por quê?

– Você não disse que vai botar uma placa na porta, impedindo minha entrada?

– Eu quero sua entrada é em meu coração.

– Para de falar essas bestagens, senão eu choro...

Enquanto o menino crescia, os avós paternos e maternos se apaixonavam por ele.

– É preciso ter cuidado, Zito, para a Amalinha não se sentir desprezada.

– Que nada... Ela é quem mais puxa o saco do irmãozinho.

– Tem hora que eu fico muito preocupada. Entre nós há tanto amor, mas Vitorino é que destoa.

– Eu sempre te falei: questão de energia... Aquele menino sempre foi ovelha desgarrada. Bonito, inteligente, estudioso, mas sempre algemado.

– Isso é forma de se falar de um filho?

– É maneira de dizer, Sabina. Pois parece que ele nunca se solta.

– E é culpa dele? Coitado de meu filho. Com tanta coisa, e sem nada...

– Um dia ele arranja alguém que se acerte com ele. Fátima é boazinha, mas não perdoa nada...

– Ela aguenta até demais. Às vezes me parece que ele tem vergonha de nós todos.

– Vergonha da mulher? Ela rica, bonita, inteligente. Fez tudo por ele. No fundo, eu acho que os pais dela nem queriam o casamento.

– Também acho. Mas o moleque, muito esperto, inventou aquela de separação de bens... Ele esperava recuperar o terreno perdido depois. Aquele moleque sempre deu nó em pingo d'água.

– É. Mas acho que, agora, ele está vacilando. Fátima é uma santa, mas, quando enfeza, vira o satanás... É capaz de tudo. Joga faísca pelos olhos.

– Onde você aprendeu esse negócio de energia?

– Observando... Eu nem queria ser assim. Eu vejo demais... Isto não é bom.

– Mas eu te enganei...

– Enganou nada... Tu é mais transparente que uma gota d'água.

– Mas pensou que eu era aleijada.

– Tu é que pensa que eu pensei. Logo que te vi, te fisguei.

– E se deu mal...

– Fale isto não. É até um pecado. Tu sabia que eu nunca me arrependi de ter casado contigo?

– Pois eu me arrependo todo dia...

– Faz isto não. Tem certas coisas que não se diz. Pode baixar a energia.

– Onde você aprendeu isso tudo?

– Meus avós eram índios. Você sabe.

– Ó, Zito, você não devia morrer nunca.

– Quem disse que eu vou morrer? O dia que eu me cansar da bosta desse mundo, pulo fora do meu corpo e caio nos braços de Deus.

VII

Amalinha adorava o irmão. Ele é que era brabo. Parecia ter o dobro da idade.

– Mamãe, Nininho mordeu eu.

– Vem cá, seu moleque. Não saia do sofá. Você está de castigo.

– Chaio... chaio... chaio...

– Se sair, mamãe lhe dá palmada.

– Chaio!...

Pulou do sofá e saiu correndo pela sala. Fátima o pegou pelo braço e fê-lo voltar ao sofá.

– Meda!...

– Quem é merda?

– Tu... meda!

Ela o pegou pelo braço e levou-o até o sofá novamente.

– Fique aqui, quieto, senão leva tapinha na mão.

– Mamãe, não bata em Nininho não. Quando ele ficar grande que nem eu, ele vai saber as coisas...

Fátima abraçou a filha:

– Ó, meu amor, é que mamãe está muito nervosa...

– Papai tá botando você de castigo? Vou falar com ele pra não fazer isso não...

– Não, meu amor... Papai não bota mamãe de castigo...

– Por que você agora só fica triste?

– Muito trabalho.

– Joga o trabalho fora, troca pelo brinquedo. Se você não fazer isso, eu fico triste e Nininho fica bravo.

Fátima mandou um dos motoristas ir à casa de Zito e Sabina.

Zito leu o bilhete e mostrou-o à esposa:

– Leia isso.

Ela leu e falou com ele:

– Vamos lá urgente.

Quando os dois chegaram ao apartamento do Campo Grande, Amalinha pulou de alegria:

– Nininho, vô Zito mais vó Bina chegou!...

O menino saiu gritando:

– Vô Jito e vó Bina!...

– Onde está Fátima?

– Está descansando..., mas disse que o senhor, quando chegasse, podia entrar.

Sabina bateu à porta do quarto.

– Podem entrar. A porta está no trinco

Sabina sentou-se na cama e alisou a cabeça de Fátima, que caiu no choro.

– Desabafa, meu bem... Bota tudo pra fora que é bom.

Após o choro ficar mais calmo, ela falou:

– Pelo amor de Deus, me ajudem!...

– O que foi que ele fez? – perguntou Zito.

– Nada...

– Não entendi.

– Ele nem a palavra me dirige. É como se eu não existisse. Mal brinca um pouco com as crianças.

– E elas?

– Ficam caladas, como se ele fosse um desconhecido...

– E Alexandre e Docéu?

– Não sabem de nada. Vitorino, diante deles, se comporta como se tudo estivesse normal. E, se eles souberem de alguma coisa, vão dizer que a culpa é minha. Pra eles, Vitorino é o máximo.

– Isto, não... Vou derrubar essa igrejinha.

– Pelo amor de Deus, não façam isso. Só quero poder me desabafar com vocês...

– Por que – disse Sabina – você não procura um médico, um psicólogo, um sacerdote?...

– Não acredito nessas coisas...

– Olhe, Fátima, eu não quero saber nada da vida de vocês. Mas você tem a obrigação de pensar em seus filhos. Ou você toma uma atitude séria ou nós vamos levar as crianças pra nossa casa, a fim de resgatar a sanidade delas.

– Era o melhor o que poderia acontecer, mas não é possível. Temos que encontrar outro caminho. Eu ainda me considero feliz por poder me desabafar com vocês. Por favor, venham mais nos visitar. Minha preocupação são as crianças.

– Tá bem. Vá descansar que nós vamos entreter os netos.

VIII

As empresas iam muito bem. Vitorino era o modelo do homem de negócios. Alexandre via no genro todas as qualidades de um administrador.

– Acho que a Virgem de Fátima e São Tiago de Compostela se uniram para me dar um genro tão eficiente. Espero em breve poder lhe entregar tudo e viver, um pouco, a juventude que não tive.

– Que nada, meu sogro. O senhor é que é a vida e alma das empresas. Eu não chego nem aos seus pés. Experiência é tudo.

– Mas, você teve escola. E sempre como o melhor aluno. Você tem a teoria e a prática. Só precisa ter um cuidadozinho para não colocar mulher e os filhos em segundo plano.

Vitorino empalideceu. Era melhor puxar o freio de mão. Não precisava tanta pressa. Se Alexandre já está desconfiando, imagine Zito... E Fátima? “Quem quer mais do que o que lhe convém perde o que quer e o que tem”. Mas ele, Vitorino, saberia recuperar tudo.

Mandou um buquê de rosas vermelhas para a esposa, uma caixa de chocolate para Amalinha e outra para Vitorininho.

Fátima recebeu emocionada o presente. Amalinha pulou de alegria. Vitorininho surpreendeu todo mundo.

– Não quero. Tá xujo...

– Filho, foi seu pai que mandou...

– Não quero!...

E correu aos prantos para o quarto.

Fátima ficou estupefata. Era preciso ver Zito e Sabina urgente.

– Ó, Renilda, diga a Zé Raimundo que prepare o carro, pois preciso ir à casa de meu sogro com as crianças. Diga também que é ele que vai dirigindo...

Amalinha e Vitorininho vibraram com a ideia de visitar os avós.

– Oba! Hoje eu vou encher a barriga de chocolate...

– Você não disse que não gosta de chocolate, Nininho?

– Não gosto de chocolate xujo!

A chegada à casa de Zito, por si só, já era uma festa.

– Bons olhos os vejam!

– Bença, vó...

– Deus te abençoe, minha filha...

– Bença vó, também...

– Deus te abençoe, molecão. Pode ir até lá no fundo que tem uma bacia de jabuticaba.

– Obá...

-Obá também...

Com a ausência das crianças, Fátima contou detalhadamente o fato.

– E, aí, meu sogro?...

– A energia da criança é limpa, é pura...

– O que é que eu posso fazer?

Sabina se adiantou:

– Primeiro tirar o ódio de seu coração e, depois, positivar a imagem de seu marido para as crianças.

Fátima começou a chorar alto.

– "Bem-aventurados os que choram porque serão consolados" – disse Zito.

– Ó, minha filha, você ainda ama seu marido?

– Claro, Sabina, eu sou apaixonada por Vitorino desde o primeiro ano da faculdade.

– Eu não falei "paixão": falei "amor".

Fátima explodiu num choro convulsivo.

– Corre, Zito. Vai entreter os meninos no quintal. Vamos andar um pouquinho. Pisar na areia faz bem. Zito fica aqui com as crianças.

Andaram silenciosamente cerca de vinte minutos.

– Vale a pena sentir a brisa e o cheiro do mar. Faz tempos que não vou à praia.

– A natureza equilibra, meu bem...

– Sei disto. Mas me falta tempo.

– Tempo, meu bem, é questão de prioridade. Aliás, tudo é uma questão de prioridade...

– É verdade, professora Sabina.

– Doutora Fátima, posso lhe fazer uma pergunta? Coisa íntima...

– Claro, minha amiga...

– Como você e seu marido estão na cama?

– Sei lá... Falta-nos tempo até pra isto.

– Você não vai querer me enganar. Nem pode enganar a si mesma. Seu marido é novo, bonito e fogoso. E, como todo homem, fácil de ser laçado... Se você quiser perdê-lo, é só enganar você mesma. Homem é bicho besta. É muito mais fraco do que se pensa... Você já notou que as mulheres gostam de ficar sozinhas e que os homens adoram viver em grupo? Precisam uns da proteção dos outros. Vivem em bando como os carneiros. Você é jovem, bonita, sensual, inteligente, forte... Use suas armas para dar segurança a ele. Faça-o pensar que ele é o maior garanhão do mundo. Busque a proteção dele. Não o deixe sentir-se abandonado. A natureza foi muito mais generosa com as mulheres do que com os homens. A mulher, se quiser, bota o homem no bolso. As prostitutas sabem disso. A mulher, se quiser, finge à vontade. Quero ver o homem fazer isto. Nunca me interessei ser esposa, dondoca, bonequinha, protetora de meu marido. Sempre quis, e tenho conseguido, ser a puta de meu marido. Faço-lhe sempre pensar que é o maior garanhão do mundo. E ele vira este garanhão. Pois é a fêmea que domina o macho.

– Meu Deus, Sabina, nunca pensei ouvir isto de você.

– Diga a essa sociedade de merda que você se cansou de ser dondoca. Cavalgue seu garanhão e dê uma banana ao mundo.

– Meu Deus... Zito sabe disso?

– Disso e muito mais. Zito, pra mim, é o homem que toda mulher gostaria de ter. É bicho do mato. Aprendeu tudo com a natureza.

– Obrigada, minha amiga.

– Nunca mais me apareça chorando de barriga cheia... Volte pra casa e recupere seu marido. Descubra o que dói tanto nele. Por que tanta mágoa?

– Vou fazer isto, mas me ajude a dar o pontapé inicial.

– Volte urgente pra casa, pegue as rosas que ele te mandou e bote num jarro bem bonito. Mande preparar um jantar como ele gosta. Pegue um bom vinho, mande os meninos pra cama, use o perfume que o seu marido gosta, se prepare bem, vire a fêmea, a puta que ele sempre quis encontrar. Depois me conte. Mas vá sem mágoa. Substitua a mágoa pelo tesão. Caia fora e nunca mais me apareça com cara de vítima.

IX

A receita de Sabina funcionou cem por cento.

– Ó, Sabina, minha filha está outra pessoa. Parece que houve um milagre. O Vitorino também está um doce. Até nossos netos estão mais felizes. O que será que aconteceu?

– Eu sei lá, Docéu... Não notei nenhuma diferença. Isto não é coisa de tua cabeça?

– Não. Até Alexandre já comentou. O menino parece que vive num mar de felicidade.

– Vou observar...

– Pois sim. E depois me contas...

Vitorino sempre que podia chegava em casa mais cedo. Quase sempre pegava o carro e saía com a mulher e os filhos, passeando pela orla.

– Vocês querem sorvete?

– Claro.

– Você quer de quê, Lalinha?

– De coco verde.

– E você, Vitorininho?

– De fruta do conde.

– Filho, não é tempo de fruta de conde...

– Então não quero outro...

Pararam o carro e entraram na sorveteria.

– Pois não, cavalheiro...

– Três sorvetes de coco verde e um de fruta do conde.

– É pra já...

– Pai, o sorvete vai demorar?

– Não, filho. O garçom já está vindo...

– Aqui estão os sorvetes. Deram sorte. Tive que raspar o fundo pra conseguir o de fruta do conde.

Todos tomaram o sorvete, menos Vitorininho.

– Toma o sorvete, filho...

– Não tomo sorvete de raspa de fundo. Não sou comedor de lixo.

– Posso tomar o seu, Nininho?

– Meu Deus, Vitorino, a quem este menino puxou?

– Eu puxei a meu vô Zito. Só faço o que quero. Que nem ele. Sou um homem livre.

Todos caíram na risada.

X

A vida realmente tinha melhorado. Apenas Vitorininho, a cada dia que passava, ficava mais rebelde.

– Meu filho, venha conversar comigo...

– Pra quê, mãe? Pra ouvir reclamações?

– Meu filho, você não é mais criança...

– Lá vem o papo chato...

– Andar de bicicleta, fazer suas pinturas não é tudo.

– O que é que é tudo pra você, mãe?

– Dedicar-se mais aos livros, por exemplo.

– Quem mais lê aqui é Lalinha e, depois, eu... Você e meu pai não leem nada...

– Eu sei que você lê... Mas não se dedica ao colégio.

– Um monte de professor burro. Só sabem aquelas merdas que vomitam pra gente. Quer dizer, para os idiotas. Mãe, eu tou cagando para os faraós, para esta matemática imbecil, para esta análise sintática que não serve pra porra nenhuma. Pra que merda eu preciso saber a diferença entre complemento nominal e adjunto adnominal preposicionado? Mas tenho que engolir tudo. Que diferença faz eu saber ou não que os Andes estão na América do Sul, o Himalaia na Ásia e os Atlas na África? "O que foi que Luís XVI disse a respeito do Estado"? E aquele tanto de Matemática pra quem não vai fazer ciências exatas?

– Está muito pretensioso, meu filho...

– Você já leu "Dom Quixote de la Mancha"?

– Não.

– Eu já. Já leu "Os Miseráveis"?

– Não

– Eu já. Já leu "Guerra e Paz", ou "Ana Karênina", ou "Crime e Castigo", ou "Cem Anos de Solidão", ou "Dom Casmurro?..."

– Este, eu já li.

– Obrigado pela escola?...

– Foi...

– No meu conceito, mãe, você e meu pai são dois analfabetos.

– Por que isto, meu filho? Seu pai foi o melhor aluno de nossa turma, durante todo o curso. E eu sempre estive entre os melhores alunos.

– Meu conceito de analfabetismo é diferente do de vocês. Analfabeto, para mim, é todo aquele que vê a vida por apenas um ângulo.

– Pra você, meus pais são analfabetos?

– Bem menos do que vocês...

– E os pais de seu pai?

– Analfabetismo passou longe deles. Principalmente meu avô...

– Pra você, quem é a pessoa mais inteligente que você já viu?

– Minha irmã...

– Está fazendo o curso de Direito...

– Fazer Direito nem sempre significa mediocridade...

– Por que este preconceito com as ciências jurídicas?

– Meu preconceito é com a Universidade.

– Meu filho, você só tem quinze anos, mas pensa que sabe de tudo.

– Negativo, mãe... Eu, apenas, não gosto de comer merda.

– Aproveitando o papo, qual foi o colégio que sua irmã arranjou pra você?

– Um que não ensina mediocridade.

– Como você sabe?

– Porque não ensina nada. Só querem o dinheiro dos alunos. É o colégio PPFP.

– O que é isso?

– "Papai pagou, filhinho passou".

– Você acha isto certo?

– Me mostre, Drª Fátima, o que é certo e o que é errado.

– Meu filho, você gosta de mim?

– Pra caramba... Não gosto é deste comportamento de avestruz que meu pai e você têm...

– Você quer ser o que na vida?

– Gente, mãe. Quero ser gente...

– E você é bicho?

– Não evoluí tanto. Quem sabe um dia?

XI

Fátima ficou perdida com as atitudes do filho. E o pior é que não tinha com quem desabafar. Zito e Sabina, nem pensar. Alexandre e Docéu, muito menos. Por eliminação, sobrou apenas o marido.

– E agora, Vitorino, o que vamos fazer?

– Eu mesmo não vou fazer nada. Sempre pensei que estava fazendo tudo certo e agora acho que fui um idiota. A quantas festas deixei de ir só para ficar estudando?... Eu era o "bom filho", o "bom aluno" ... E daí? Talvez seja melhor não nos meter na vida dele... Até porque não vai adiantar... Lembra-se de seu Zito? Os dois são bichos brabos. É melhor errarmos deixando-o livre do que errarmos fazendo-o infeliz. Vamos tirar o cabresto do jegue, como diz meu pai, e deixá-lo pastar sozinho.

– Eu topo, mas não poderemos, nunca, um de nós dois acusar o outro de irresponsabilidade.

– Pronto... Pacto feito.

Chegou o início do ano escolar.

– Nininho, você está lembrado que amanhã começa o ano letivo?

– Você vai lá comigo?

– Não. Arrumo sua merendeira, faço a mamadeirinha e você vai só.

– Ó, Lalinha, será que este colégio é tão desclassificado como dizem?

– Acho que sim.

– Será que nós não exageramos?

– Nós, quem? Eu fiz o que você pediu... Vá ver como é. O problema é seu.

Amália pensou: já está funcionando...

Vitorininho chegou ao portão do colégio.

– Bom dia, amigo. Onde fica a sala do primeiro ano A?

– Lá no terceiro pavilhão. Hoje as quatro turmas do primeiro ano ficarão juntas.

Que merda – pensou Vitorininho – isso aqui deve ser um caos.

Vitorininho sentou-se na última fila, onde ainda havia poucos lugares.

Apareceram, no palco, três moças e três rapazes.

– Meu nome é Manuela. Eu era do primeiro A.

– Eu também era do primeiro ano A – falou um rapaz – e meu nome é Pinóchio...

– Eu me chamo Helena, e ela Marta. Éramos do primeiro B.

– Eu era do primeiro C e meu nome é Gabriel.

– Eu era do primeiro ano D e me chamo Negão, embora alguns achem que eu sou Felipe.

Vitorino teve vontade de sair correndo.

– Nós estamos aqui para recebê-los, falar do colégio e tirar as dúvidas – disse Felipe.

Manuela perguntou:

– Quem de vocês gosta de escola?

Silêncio total.

Pinóchio gritou:

– A turma ideal. Só que vou ficar sozinho: ninguém mentiu.

Foi uma risadaria...

– Todos vocês estão aqui – tenho certeza – de livre espontânea chantagem familiar. Não é, Helena?

– Claro, Martinha, assim que nem nós quando chegamos.

– Eu sou o anjo protetor e, juro por minha alma, que isto não é um colégio: é um hospício.

Um aluno novato levantou a mão:

– Onde está os professores?

– Descansando, meu Camões... – gritou um calouro.

A plateia caiu na risada.

Um novato pediu a palavra:

– Como é que se faz as provas aqui?

– Estudando concordância verbal... – era mais um calouro falando.

Outro calouro pediu a palavra:

– Se eu resolver incendiar a escola, o que farão comigo?

– Os alunos de sua turma se reunirão com você e lhe darão a merecida pena que pode, inclusive, ser a expulsão. A pena aplicada pelos colegas é irrevogável.

– Quem manda aqui são os alunos?

– Você é um gênio, meu calouro...

– O que é que a direção faz?

– Executa as decisões tomadas pela assembleia...

– E como são feitas as provas?

– Prova?!!! Esta palavra é proibida aqui. A avaliação é feita por todos, todos os dias.

Silêncio total.

– Ninguém mais quer falar?

O silêncio continuava.

– Autorizado pelos colegas, eu, Felipe, o negão mais charmoso da Bahia, quiçá do mundo, convido os novos colegas para um lanche no quarto pavilhão e depois para dançarmos um forró celebrando a vida, o privilégio de ser jovem e a felicidade de podermos fazer novos amigos.

– Até que horas vai o forró?

– Até quando o porteiro nos mandar embora.

XII

Vitorino Filho chegou em casa meio perdido.

– O que foi, Nininho?

– Eu estou maluco, ou aquele colégio é um hospício...

– Gostou dos professores?

– Não apareceu nem unzinho...

– Quem recebeu vocês?

– O porteiro e os alunos do ano passado.

– Fizeram o quê?

– Um papo meio louco dos calouros e outros mais loucos ainda dos anfitriões. Um papo meio a la Gabriel García... E depois um lanche e um forró. Uma bandinha com um sanfoneiro, um pandeirista e um triangoleiro.

– Foi bom?

– Forrozão do bom... Todo mundo dançou. Eu dancei muito com uma moreninha de primeira. Vai ser minha colega de turma.

– Tirando uma de garanhão?

– Nada disso... Sou um homem sério.

Os dois caíram na risada.

– E amanhã?

– Vamos conhecer os professores.

– Você achou mesmo o quê?

– Sei lá... Estou meio confuso.

– Quer ir pra outro colégio?

– Por enquanto não. Quero ver que bicho vai dar.

No outro dia, Amália acordou cedo para falar com o irmão.

– Cadê Nininho, Danjinha?

– Saiu cedinho, todo bem-vestido, dizendo que ia para o colégio… E estava todo feliz. Foi a primeira vez que vi ele sair pra escola sem xingar.

XIII

Amália resolveu olhar de novo o projeto para o primeiro colegial. Era realmente coisa de maluco. Lembrou-se da reação do pai.

– Esse moleque nunca quis nada com as escolas por onde passou, imagine com isso.

– Pai, Nininho é especial, no sentido mais amplo da palavra...

– Você e sua mãe são as responsáveis. Como o dinheiro é dela...

– Essa cantilena de novo?

– O que meus pais acharam desse negócio?

– Vibraram. Meu avô ficou enlouquecido.

– E meus sogros?

– Ficaram calados. Acho que não entenderam bem.

– Minha opinião, você já sabe. Acho que esse pessoal é um grupo de picaretas enganando os bestas.

– Antes de tomar a decisão, eu e minha mãe conversamos com você...

– Só para me enrolar. Minha opinião e merda são a mesma coisa nessa casa.

– Pai, eu sempre respeitei você... Portanto, exijo que me respeite...

Vitorino bateu a porta e saiu.

Amália releu o projeto do curso. Ao terminar deu uma risada.

– Meu avô Zito tem razão: "Ou calça de seda, ou bunda de fora".

O primeiro bloco do primeiro ano era um passeio, um estudo, e uma análise da "Praia do Forte". Era o primeiro encontro, de fato, dos alunos do primeiro ano, com o conhecimento.

Antes de ler o restante, Amália pensou: o gasto de um ano de cada aluno da primeira série será, no mínimo, dez vezes mais do que outros alunos gastarão nos melhores colégios da Bahia.

Cada pai teria que ser milionário. Todo mundo dizia que a instituição era a pior escola do Brasil. Ali, ninguém ensinava nada. Direção e professores praticamente não existiam. Os alunos, todos vagabundos, era quem decidia tudo. Inclusive a suspensão ou mesmo a expulsão de qualquer estudante. Direção mais professores eram iguais a zero.

Ninguém ensinava nada, ninguém aprendia anda. Não havia prova, nem avaliação. Matriculou, pagou, passou.

Amália, antes de reler o projeto todo, deu uma bela risada.

As instalações do colégio eram boas. Já fora um colégio famoso. Mas a filha da dona da escola, filha única, não quis dar continuidade ao projeto, quando a mãe morreu. Colocou uma placa de "vende-se" e esperou três anos por um comprador que nunca apareceu.

Um dia, uma amiga lhe falou:

- Eu conheço um grupo de professores que querem montar uma escola diferente. Você não alugaria esse seu elefante branco?

- Traga o grupo para conversar comigo...

Em pouco tempo, tudo estava resolvido, inclusive com a proprietária fazendo parte do grupo. E, agora, o projeto já estava entrando no terceiro ano.

A escola não era nada convencional. O pré-requisito para a admissão do aluno era ele não gostar de escola. Quanto mais desprezo pela escola convencional, mais possibilidade de aceitação. A escola era muito cara. Em média dez vezes mais do que as outras. O aluno era o responsável por ele mesmo. Em suma, uma escola de "riquinhos vagabundos". O próprio aluno era quem indicava o responsável por ele na família.

Amália perguntou a Danjinha onde estava Vitorininho.

- Até agora não se levantou.

- Tem certeza?

- Absoluta.

Ela foi até o quarto do irmão.

– Nininho, acorda! Esqueceu o colégio?

– Não, senhora feitora. Só haverá aula a partir das treze horas.

– Por que essa moleza? Vocês não iam passar os dias todos e todos os dias em plena atividade?

– Foi para descansar um pouco da maratona de ontem, senhora feitora...

– Venha tomar o café logo. Estou morrendo de curiosidade. Quero saber de tudo.

Após o café, os dois se sentaram na sala de espera.

– E aí?...

– Aí, o quê?

– O que está achando da escola?

– Não sei. Mas todos os calouros estão morrendo de curiosidade.

– Me conte aí algo bem original.

– No primeiro dia, segunda feira, os alunos passaram o dia todo na escola, para conhecer as instalações e os novos colegas. Não apareceu um professor sequer. Apenas o pessoal de manutenção. Ninguém foi apresentado a ninguém. Houve os lanches, o almoço e o forró. Às dezessete horas, o porteiro nos expulsou.

– Coisa de louco...

– Terça-feira, fomos conhecer os professores...

– A manhã toda os alunos e professores ficaram passeando pelo colégio. Mais uma vez, nenhuma apresentação. Apenas os professores tinham um crachá com o nome da disciplina que lecionam. Assim, foram se formando os grupinhos. Sempre em torno de um professor. Mais tarde fomos lanchar. Frutas frescas. Muita variedade. Voltamos aos grupos e aos papos. Meio-dia, o almoço e, depois, o descanso. Às quatorze horas, todos no auditório para ouvir os professores e fazerem as perguntas que quisessem.

– Uau!...

– Apareceu um professor no palco. Depois de alguns minutos ele falou: “Me chamo Roberto e leciono biologia. Fui designado pelos colegas para falar a vocês da maior proibição que o colégio faz. Aqui é total e absolutamente proibido aluno assistir a qualquer aula, se ele não estiver com vontade. Basta que ele se levante e, educadamente, avise ao professor que vai sair da sala. Isto aqui é um colégio e não uma cela onde se prendem as pessoas. Só não se permite que os alunos saiam das dependências do colégio, por questão de segurança ao próprio estudante. Mas ele pode ficar no colégio fazendo algo que lhe interesse mais, como ouvir música, ler um livro, jogar algum jogo, bater papo, etc, etc..."

– Qual foi a reação da turma?

– Silêncio absoluto. Em seguida, veio uma professora dizendo: "Trabalho com História. Queria falar das infrações e das punições. Nós, direção e professores, não punimos ninguém. Quem julga e pune os estudantes são os próprios colegas. Nós só fazemos garantir a sentença. Inclusive a sentença de não mais aceitação do estudante em nosso meio".

– E aí?

– O silêncio continuou. Apareceu mais um professor. "Trabalho com Matemática. Aqui, não se fazem provas. A avaliação é feita o tempo todo. Não para reprovar os alunos, mas para recuperá-los. Esta recuperação é feita pelos professores e pelos próprios alunos. Quem é bom em qualquer disciplina pode ajudar a recuperar os que têm dificuldade. E, às vezes, tem efeito melhor do que os próprios professores.

– Qual foi a reação da turma?

– O silêncio. Finalmente o último professor. "Por enquanto estou fazendo o papel de Diretor. Quero lhes dizer que todos aqui, professores e alunos somos sábios e ignorantes. Nossa função é ensinar o que sabemos e aprender o que ignoramos. Deixemos que lá fora nos considerem "marginais". Não nos importemos com isso. Nosso papel aqui é ser gente. Gente que pensa, que ama, que chora, que ri. Nós não podemos mudar o mundo. Mas podemos mudar, certamente, o mundo que vamos construir juntos. Será um micromundo, mas um micromundo multiplicador. Depende apenas de nós".

– E aí?

– Uns choravam, outros sorriam, gritavam, aplaudiam...
– E você, Nininho?
– Chorei como um bezerro desmamado...

XIV

Amália era responsável pelo irmão em relação ao colégio. Ela, na qualidade de estudante de Direito, era muito respeitada pelos professores.

– Nininho, você devia me prestar contas pelo menos uma vez por semana.

– Pra quê? Se tudo vai indo bem, não precisa de relatório semanal.

– Então me dê uma definição sua do que é a escola.

– Não sei definir. Aquilo é meio clube e meio hospício... só não é escola.

– Você tem aprendido alguma coisa?

– Muito...

– E os outros colegas?

– Também. Sabia que aos domingos eu sinto falta daquilo?

– Mentira...

– Juro pela nudez de minha mãe.

– Qual a novidade de que os alunos mais gostaram?

– Não fazer provas...

– Aqui pra nós, esse negócio de não fazer prova é uma grande marmelada.

– Uma ova!... É muito mais trabalhoso!

– Mas também vocês não aprendem nada...

– Nunca aprendi tanto em minha vida! E quem mais nos ensina são os colegas. O professor diz o assunto oito dias antes e manda a gente aprender pra ensinar a quem não sabe. O professor de Matemática mandou que aprendêssemos equação do segundo grau, um mês antes. No dia da aula, ele chamou os alunos que quisessem ensinar os colegas.

Mais da metade da sala se apresentou. A turma se dividiu em grupo. O professor apenas coordenava e sugeria.

– E quem foi do grupo que te ensinou?

– Eu fui um dos que ensinaram a dois colegas.

– E algum colega já te ensinou algo?

– Algumas vezes...

– Diga um exemplo.

– Uma colega me ensinou as concordâncias do verbo haver.

– E houveram outros casos?

– Não, irmãzinha. Houve outros casos.

– Esperto, hein moleque!...

– Sou neto de Zito.

No final do primeiro semestre houve uma reunião dos mestres e dos responsáveis pelos alunos do primeiro ano. Cada turma das quatro teve sua reunião em horários diferentes.

– Estamos aqui para receber as críticas, as sugestões e os elogios...

Houve muitas sugestões, muitos elogios e algumas críticas que foram analisadas com bastante critério pela direção, funcionários, alunos e professores. No final do terceiro ano, Vitorininho se tornara um cidadão muito consciente e, portanto, uma figura bastante insuportável.

– Nininho, você hoje é um cidadão consciente do que deseja, mas seja paciente com os pobres mortais. Nem todos tiveram o privilégio de passar três anos no hospício mais original da face da terra.

– E tudo graças a você, Lalinha...

– A mim, também... Não seja ingrato com nossos pais e nossos avós... Por acaso você vai fazer logo o vestibular? Ou vai passar o ano viajando como muitos de seus colegas?

– Vou fazer agora o vestibular, pois quero ficar logo, o mais cedo possível, livre de qualquer tipo de escola.

– Vai fazer "Direito" como seus pais e sua irmãzinha, a fim de ajudar nossas empresas?

– Não nasci para ser escravo de ninguém. Yo soy un hombre libre....

– E sua namoradinha?

– Sempre ao meu lado...
– Afinal, vão fazer o quê?
– Filosofia, meu bem.
– Pra morrer de fome?
– Não. Para sermos livres como as nuvens.
– Como tenho inveja de vocês...
– Ainda é tempo de pular do barco.
– Infelizmente já me escravizei demais.
– Sinto muito, maninha.

XV

Vitorininho e Adélia fizeram o vestibular de Filosofia e disseram logo que iam ser aprovados.

– Deixa de ser vaidoso, Nininho.

– Não é vaidade. É convicção. Você, quando passou no vestibular de Direito, ganhou um carrão. Será que vou ganhar uma bicicleta?

– Você gostaria de ganhar o quê?

– Um apartamentinho bem simples, de dois quartos, com vista para o mar, a fim de eu morar com Adélia.

– Qual o tipo de carro?

– Uma bicicleta para Adélia, pois eu já tenho a minha.

– Você é mesmo sem nenhuma ambição...

– Eu sou é preguiçoso... Tenho horror de ficar com aquilo que me dá trabalho.

– Mas um dia vai ter que cuidar dos filhos...

– Quem lhe disse que eu vou ter filhos? Já se passou um ano que eu fiz vasectomia.

– Mentira...

– Pergunte a Adélia.

– E não avisou a ninguém?

– Pra quê? Pra vocês me encherem o saco? Aliás, meu saco, agora, não tem muita função...

– Você não tem vontade de ter um filho?

– Nenhuma. Odeio criança chata. E, por princípio, toda criança é chata.

– Você falou com alguém da família?

– Só com meu avô Zito...

– Foi ele que lhe arranjou o médico?

– Foi... E não foi.

– Não entendi...

– Quem fez a minha cirurgia foi um veterinário amigo de meu avô...

– Ó, Nininho, não deboche comigo...

– Quer ouvir a história?

– Que jeito...

– Meu avô tem um amigo que, quando jovem, sonhava fazer Medicina. Como era muito pobre e não tinha tempo de estudar, perdeu o vestibular cinco anos consecutivos. Resolveu, então, fazer Veterinária. Passou em primeiro lugar. Ele disse que ia cursar Veterinária, mas não desistiria da Medicina. Para o bem ou para o mal, se apaixonou pelo curso que estava fazendo. Desistiu, portanto, da Medicina. Acontece que este rapaz tinha feito um curso técnico de instrumentação cirúrgica. Ao terminar o curso de Veterinária, ele já era um excelente instrumentalista, disputado pelos melhores cirurgiões-médicos. Disputado e economicamente valorizado. Um dos melhores cirurgiões "comprou" o passe do técnico. A especialidade deste cirurgião era vasectomia. E, por loucura ou irresponsabilidade, o técnico, na prática, virou um cirurgião auxiliar. Este médico, amigo de vô Zito, foi fazer minha cirurgia. Ele e seu "Sancho Pança". Ao começar o trabalho, o médico se sentiu mal, sentou-se no chão e falou: "Continue a cirurgia, rapaz. Se esqueça de mim. Você sabe tanto ou mais do que eu". E assim, maninha, foi um veterinário que fez minha cirurgia.

– Quem é que sabe disso?

– Eu, Adélia, o médico, o veterinário, vô Zito e, agora, você.

Amália deu uma bela risada.

– O que foi, Lalinha?

– O neto de um dos grandes empresários da Bahia sendo operado por um veterinário... Bela ironia. Ah, se eu pudesse divulgar.

– Por favor, Lalinha, confiei em você...

– Fique na sua, meu velho... Mas vai ser original assim na puta que o pariu.

XVI

Amália procurou um apartamento de dois quartos no São Lázaro. Encontrou um do jeito que Vitorininho queria. Via-se o mar até perder de vista. Além do apartamento, comprou um carro simples e mais duas bicicletas bem incrementadas. Ficou aguardando o resultado do vestibular.

– Acorda, Nininho, preciso de um motorista pra me levar ao dentista.

– Quando eu acordar, levo você. Agora estou dormindo...

– Vem logo, preguiçoso!

– Onde é?

– No São Lázaro.

– É muito perto... Vai caminhando...

– Vou aprender a gostar de dirigir, pra nunca mais lhe pedir favor.

– Daqui a meia hora eu te levo. Agora estou ocupado... Deixa de ser empata, deixa.

– Você é mesmo um marginalzinho...

– Sou... Mas quem não é?

Mais tarde, Vitorininho saiu do quarto, com Adélia, na maior cara de pau.

– Foi seu irmão, Lalinha...

– Tomem café e me levem ao dentista.

Ao deixarem a Cardeal da Silva para entrar no São Lázaro, o motorista falou:

– Teu dentista vai mal. Sair da Barra para o São Lázaro, é barra.

– Pare o carro em frente àquele prédio... Olhe a vista...

– De fu..., minha filha.

– Acho que você vai ser um filósofo pornô.

– Gostei da ideia. Meus senhores, o mundo está se fudendo e o filho da puta do nosso chefe querendo botar no rabo dos pobres...

– Como você suporta isso, Adélia?

– Ah, minha filha, junto com ele não existe monotonia...

– Pare aí... não revele nossos segredos.

– Gostou da vista, Nininho?

– Você é retardada... Isto é pergunta que se faça?

– Aquele casarão ali é...

– O Centro de Ciências Humanas da UFBA.

– Onde você vai estudar...

– Talvez. Tomara que eu perca o vestibular... Aí, eu ficaria livre pra vagabundar...

– Se lascou. Você e Adélia passaram. E aquele apartamento no terceiro andar é de vocês...

– Puta que pariu futebol clube!... Tu puxa meu saco demais. Deste jeito, um dia eu vou acabar gostando de você.

E saiu correndo.

– O que deu nele, Adélia?

– Foi chorar escondido.

– Coitado de meu irmão... Vai sofrer tanto neste mundo de gelo.

XVII

Vitorininho e Adélia entraram de cabeça no curso de Filosofia. Pegaram, no primeiro semestre, o maior número possível de disciplinas. Morando perto da escola, eles só iam "de a pés".

- Eu até hoje não entendi essa paixão tão grande pelo curso de Filosofia. E ainda me carregou com você...

- Quero ver se entendo a teoria de Vô Zito.

- Qual?

- Que tudo é uma questão de energia...

- Vô Zito é um sábio que sabe tudo, mas não sabe explicar.

Sempre que havia chance, Vitorino ia assistir a algumas aulas que lhe interessavam. Foi assim que conheceu logo o professor de Antropologia e a de Psicologia. E ficou encantado com os dois.

- Professor, onde foi que o senhor fez seu doutorado em Antropologia?

- Primeiro, seu merda, eu tenho nome. Chamo-me Eduardo. Segundo, "senhor" é a puta que te pariu. Você está sendo meu aluno pela primeira vez?

- Não sou seu aluno. Estou cursando o primeiro semestre...

- Deixando suas aulas e vindo pra aqui, só para parecer intelectual. Belo babaca, é você.

- Ó, seu filho da puta, vá tomar no seu cu... Eu só lhe fiz uma pergunta...

- Ah, agora sim. Começamos a falar a mesma língua... Me dá um abraço, seu bosta. Agora estou sem tempo. Vamos marcar um papo?

- Quando?

– Qualquer dia à noite.

– Hoje, em minha casa...

– Só nós dois?

– Não. Nós e minha namorada.

– Está bem. Mas lhe aviso que não uso drogas e sou heterossexual monogâmico...

E deu uma bela risada.

– Vamos fazer uma comidinha. Você gosta de quê?

– De carne assada na brasa e pirão d'água com muita cebola.

– E pra beber?

– Leite de vicunha com mel. Você é um bosta... Você já viu alguém inteligente tomar líquido na refeição?

– Depende da cultura...

– Metidinho a sabido!

À noite apareceu Eduardo com Emília.

– Esta é minha.... o que mesmo?

Ela caiu na risada:

– Namorada, noiva, esposa, colega, amiga, fardo... Depende do momento.

– Você é a professora de Psicologia?

– Você é meu aluno?

– Não. Mas assisti algumas aulas. Sou do primeiro semestre. Quando uma aula está chata demais, procuro outra melhor. E sua aula é muito boa.

– Alguns loucos dizem a mesma coisa.

– Vamos pra mesa? – falou Adélia – é melhor. Pegue um vinho, Vitorino...

– Manda Eduardo pegar...

– Tem "Sangue de Boi"?

– Temos. E temos também vinhos franceses e alemães, dos melhores...

– Vocês são traficantes?

– Meu avô materno é coisa pior.

– Barra pesada?
– Das brabas... Rouba meio mundo...
– Família legal, a sua...Têm um baseadinho?
– Você me disse que não usava droga...
– Baseado não é droga. É relaxante...
– Vai nessa... Isso é papo furado... Todo dependente fala assim...
– Tem ou não tem, porra?
– Pega lá, Adelita...
Eduardo deu umas puxadinhas...
– Dos bons! Quem te abastece é teu avô mafioso?
– Não. Ele mexe com drogas mais perigosas...

XVIII

Ora falando sério, ora esculhambando a vida, os casais Vitorino/ Adélia e Eduardo/Emília tornaram-se grandes amigos.

Eduardo era um antropólogo de mão cheia.

– Sabe, Vitorino, conheço Salvador e o Recôncavo Baiano como a palma da minha mão. É um verdadeiro caldeirão cultural. A diversidade é imensa. É um poço sem fundo. Quase todos os dias me deparo com algo novo. É uma loucura. É comum se ver um grande intelectual monitorado por um semianalfabeto. Ou um milionário apadrinhado espiritualmente por um pobre coitado.

– Acho que é isso que seu avô Zito chama de "questão de energia".

– Eu já vi um milionário saltar de um carrão, ajoelhar-se e, de mãos postas, falar com um varredor de rua: "Sua bênção, meu padrinho".

– Rapaz, isso é muito forte...

– Nos encontros das religiões de matriz africana é comum se ver madames da alta sociedade sentadas no chão, enquanto os líderes, todos negros, sentam-se em verdadeiros tronos.

– E como eles explicam isso?

– Ninguém explica nada....

– Mas eu sei: é uma questão de energia.

– Vitorino, quando é que vamos conhecer teu avô Zito?

– Querem ir à casa dele agora?

– Vamos, Mia?

– Já estou no caminho...

Os quatro chegaram à casa de Zito às onze horas.

– Tem comida aí para encher o bucho de quatro, vô? Se não tiver, diga logo que nós voltamos agora.

– Tem, moleque, até pra mais. Encontrei um cachorro morto na rua e tua avó já preparou um churrascão.

– É desse tipo de churrasco que nós gostamos – falou Eduardo.

– O cabeludão aí sabe das coisas. Senti logo a boa energia dele.

– Sabe nada, vô... Isso é um analfabeto. Não sabe merda nenhuma.

– É que ele lê em outros livros...

– Que livros, vô?

– Na natureza, nos ventos, nas estrelas, nas trovoadas, na chuva. Esse cabeludo aí sabe muito... Isso vê energia em tudo. Tem uma força braba.

– Quando ele fuma um baseado, pode ser que veja tudo...

– Um homem desses, moleque, não precisa de baseado. Já tem a cabeça feita... se ele souber cuidar disso, ninguém vai segurar ele... Tem uma energia boa demais.

– Ele tá chorando, vô?

– Tá vendo? Ficou adulto e não desaprendeu de chorar... Coisa difícil de se ver...

– Ó, Zito, traz o pessoal pra dentro. Ó, homem sem educação.

– Ó, Zito, perguntou Eduardo, você é muito feliz?

– Sei não... Eu não devo nada a ninguém. Trabalho muito pouco. Não tenho inimigo. Durmo que nem um porco. Não sinto dor em canto nenhum. A mulher quase não enche o saco... E outras coisas boas... Se isso é felicidade, eu sou um homem feliz.

– Inda tem eu, não é vô?

– Ó, moço, me desculpe. Me esqueci de dizer que tenho uma pedra no sapato: este neto chato que não vale nem a borra do pó de café.

– Vô, conta pra ele aquela história da pasta cheia de dinheiro...

– Conta tu, moleque...

– Tá brochando, vô?

– Pergunta a tua vó... Vou contar, moleque chato, pela última vez. Mas você me dá o quê?

– Minha presença, sempre que puder.

Zito marejou os olhos

– Um dia, Eduardo, eu tinha um jipim velho que era pau pra toda a obra. Eu estava na Praça Castro Alves com o jipim, cutiando qualquer trabalho. Um senhor simpático, bem-vestido, com uma pasta bem grande e bem bacana, perguntou se eu podia levar ele no Bonfim. Era onze horas e eu já ia sair para a Vasco da Gama, onde morava, para pegar o pirão. Aí fiquei com pena do homem e disse que levava. Ele sentou atrás e danou a conversar com eu. Uma simpatia. Aí ele bateu a mão na pasta e disse que estava impinhada de dinheiro, que tirou do banco pra pagar uma dívida. Olhei pra ele e tive vontade de mandar ele enfiar a pasta no cu. Mas não mandei... Ele só conversando, e eu calado... Parei o jipe na porta da casa dele, recebi meus trocados e se mandei. Não é que logo adiante outro deu a mão e eu parei? Ele pediu pra eu levar ele na Pituba. Fiquei danado de alegre. Lá, ele desceu, me pagou e perguntou se naquela pasta tinha uma cobra. Olhei pra trás. Se gelei todo. Era a pasta do dinheiro. Peguei ela, corri pra casa e contei o caso a um colega, lá no pensionato. Chamei pra ele ir comigo. O desgraçado, cagão e medroso, não foi. Fui sozinho. Parei em frente à casa e disse que queria falar com ele. A mulher disse que tava dormindo. Eu disse que chamasse o marido que era coisa séria. O homem veio se rindo. Eu lhe mostrei a pasta. Ele danou a chorar, gritando feito um doido: "Meu Deus, inda tem gente honesta no mundo"! Ele disse que pensou que o filho tinha pegado a pasta. E levou eu no supermercado que era dele e desgraçou a me dar as coisas. Foi a maior feira que já vi. Depois disse que eu só ia fazer feira lá e não era pra me cobrar nada. Me abraçou, me deu um beijo com um fedor danado de cigarro, cachaça e mau hálito.

– E você fez feira lá quanto tempo?

– Nunca voltei. Graças a Deus, sempre tive meu dinheirim sem precisar dos outros. E também eu não queria sentir o bafo da onça...

– Este é meu avô, Eduardo, o homem que não tem limite de grandiosidade.

XIX

O casal de professores caiu logo na simpatia de Zito e Sabina. Quando esta soube que Emília também tinha sido professora primária, aí foi que a coisa pegou fogo.

Em pouco tempo, quando havia qualquer folguinha, lá estavam as seis figuras no "paraíso" de Zito e Sabina.

– Vitorino, eu e Emília precisamos colaborar. Não queremos ser parasitas. E ganhamos razoavelmente bem na Universidade...

– O que é que você acha, Emília? – perguntou Vitorino.

– Você me disse, e é verdade, que seu avô Zito é o rei da generosidade, que seu avô Alexandre é o rei do dinheiro... Por que eu e Eduardo não podemos e não devemos ser os reis da exploração?

– Toma vergonha, Mia... Nós nem conhecemos Alexandre e Docéu...

– Conhecemos a história deles... O explorador não somos nós... É o casal Vitorininho e Adélia... Logo, isso é problema da família.

– Você não tem vergonha, mas eu tenho...

– O nome disso não é vergonha. O nome disto é "culpa". Eu acho até bom Vitorininho dizer tudo ao avô milionário. Assim o velho poderá sentir-se o anjo da caridade...

– E aí, Vitorino?

– Essa conversa de vocês me fez pensar um pouco. Ninguém se sente culpado ao receber afeto, carinho, generosidade. Acha que é normal. Mas quando recebe dinheiro, a culpa vem logo...

– Você nunca se sentiu culpado?

– Já, Eduardo. Quando eu batia punheta pensando em irmã Imaculada, minha professora de religião...

Todo mundo explodiu na gargalhada.

– Eduardo, fiquei invocado com o sonho seu e de Emília... Achei o maior barato. Que tal eu e Adélia no grupo?

– Articule tudo e vamos discutir...

No outro dia, Vitorininho foi ao apartamento de Lalinha.

Depois dos beijos e abraços, ela falou:

– Você nos desprezou, moleque...

– É que estamos estudando muito. Sempre temos algo a fazer. Eduardo e Emília nos viraram pelo avesso.

– Quem dizia que aquele vagabundo do curso fundamental viraria este jovem estudioso.

– Graças a você, maninha...

– Nada disso. Graças a você e, sobretudo, Adélia.

– É verdade, Lalinha. E este moleque tá pulando muito em tua barriga?

– Demais...

– E o Tailandês?

– Bestinha... Depois de duas filhas, vem agora um homem.

– Tem hora que me sinto culpado... Eu e Adélia tínhamos que estar mais perto de vocês...

– Ó, maninho, cuide de seus estudos... Afinal, você será o intelectual da família.

– E o Tailandês?

– Ele será, ou melhor, já é um grande técnico... E vai longe. É o grande biólogo do momento. É um grande técnico. Você será o grande pensador.

– Eu gosto dele, de graça... Mas ele é tão calado...

– Olha, meu velho, ele é um maridão...

– Será?!

– Você está rindo de quê?

– É que dizem que os orientais têm pau pequeno...

– Quer que eu filme o pau dele pra você ver?

– Nem de pau eu gosto... Meu ramo é outro.

– Ó, Vitorininho, diga o que você quer de fato.

– Quero dar um golpe em vô Alexandre... Precisamos fazer um bom "seguro de vida" pra, na aposentadoria, poder conhecer culturas diferentes.

– Por que você não fala com nosso avô? Garanto que ele não vai negar...

– Aí não tem graça... A melhor goiaba não é a comprada: é a roubada do quintal do vizinho.

– Quem foi o grande filósofo que te ensinou isso?

– Nosso filósofo maior: vô Zito.

– O que é, afinal, que você quer?

– Já te disse... Faça como você quiser... "Ladrão que rouba ladrão tem cem anos de perdão".

– Está bem. Mas olhe o que estou falando. É a última vez.

– Ó, Lalinha, isto é roubo?

– É não, meu amor... O que é de vô Alexandre também é nosso

– Diga isso não... Tenho medo de me queimar no fogo do inferno...

XX

A amizade entre os dois casais era cada vez mais forte.

Emília ficou muito emocionada com a história de Adélia.

– E você tinha o mesmo direito que tinham os filhos dos milionários?

– O melhor mesmo é que ninguém sabia que eu era bolsista.

– Me conte essa história do começo.

– Em cada turma de quarenta alunos, cinco eram bolsistas. Mas os demais alunos não sabiam.

– Como esses alunos eram selecionados?

– Os professores do colégio podiam indicar até cinco alunos. Depois era feita a seleção com um questionário que não perguntava nada de conteúdo escolar. Depois do questionário, uma redação.

– Lembra-se do título de sua redação?

– Claro. Era uma pergunta: "Que mundo você queria para seus filhos?"

– Lembra-se de alguma das perguntas do questionário?

– Lembro-me bem da que mais me impressionou: "Pode um analfabeto ser professor?"

– Foram quantas perguntas?

– Dez.

– Você respondeu a todas?

– Claro. Eles não queriam conteúdo. Queriam opinião.

– Seus pais ficaram satisfeitos?

– Não sei quem era meu pai, e minha mãe morreu quando eu tinha dois anos. Fui criada por uma tia solteirona, ainda viva até hoje, que foi tudo pra mim.

– E como foi seu namoro com Vitorino?

– Éramos colegas, ficamos amigos e depois viramos namorados. E hoje somos... o quê?

– Colegas, amigos e namorados...

– É isso aí!

– E como vai à escola dos vagabundos?

– Com o pior conceito possível. Sempre chamada de escola PPFP.

– Será que eles, os diretores, me concederiam uma entrevista, já que eu sou psicóloga?

– Tente...

– Você me ajudaria?

– De jeito nenhum.

XXI

O tempo passava e o entusiasmo de Vitorininho e Adélia era cada vez maior. Enquanto Vitorininho se apaixonava mais pela "Antropologia", Adélia se ligava à "Psicologia".

– Ah, minha filhinha, o cultural é o determinante maior. Veja as religiões de matriz africana. O sacerdote ou a sacerdotisa têm o mesmo peso, o mesmo respeito. Não há o machismo da imensa maioria das religiões. E mais, não importa se ele ou ela seja heterossexual ou homossexual. São respeitados do mesmo jeito.

– O que determina tudo isso não é o cultural: é o psicológico. O sexo para eles não é sujo, não é pecaminoso. O que conta é a energia que um passa para o outro. Nos grupos "cristãos", "judeus" e "islâmicos", o sexo é visto de uma maneira complicada. Aí, vem a culpa, a repressão, o medo. A coisa mais gostosa da vida é a presença da não culpa. Isso é psicologia pura.

– Não, amor. Isso é antropologia pura.

– Posso lhe fazer uma pergunta?

– Claro...

– Antes de mim, você beijou muitas mulheres?

– Algumas.

– Gostou do beijo de todas?

– Claro que não. Algumas foram maravilhosas, outras me causaram nojo.

– Está vendo? Psicologia pura...

– Você já leu a Bíblia?

– Alguns trechos...

– Lembra-se de Abraão?

– Claro. O velho patriarca...

– Sabe quem foi São Paulo?

– Óbvio, meu filho...

– O Deus de Abraão era o mesmo de São Paulo?

– Claro...

– A poligamia, para Abraão, era pecado?

– Claro que não. Ele tinha Sara, Agá e, se não me engano, mais duas mulheres.

– E, para São Paulo, a poligamia era pecado?

– E como...

– Até o pecado, num caso polêmico como esse, é cultural, filha.

Eduardo e Emília deram uma risada...

– O que foi?

– Diga pra ela, Mia...

– O Biológico, o Psicológico e o Antropológico ou Cultural são os grandes determinantes de tudo.

– Tá vendo, Vitorininho?

– Tá vendo, Adelinha?

XXII

O casal Eduardo e Emília ficava muito mais no São Lázaro, no apartamento de Vitorininho, do que no deles mesmo, no Barbalho.

– Vitorino, você nos deixa constrangido...

– Eu lhes dou o alimento material e vocês nos dão o intelectual. É como diz meu vô Zito: "Uma mão lavada lava a outra".

Vitorininho e Adélia faziam a sesta na rede do quarto.

– O tempo passou rápido, meu velho. Parece que foi ontem que fizemos o vestibular... E daqui a três meses já estaremos "formados".

– Ou conformados... ou deformados... ou reformados...

– Mas valeu...

– Principalmente pela colaboração de Eduardo e Emília...

– E vamos fazer o quê?

– Deixar de lado a "cultura livresca" e nos ligar à sabedoria do povo. Aprender de fato o que é a energia de que vô Zito tanto fala.

O telefone tocou.

– Nininho?

– Sou eu, meu bem... Como vai o Tailandês? E as crianças? E Zito e Alexandre?

– Parece até que você é o sujeito mais presente...

– E sou. Através da energia...

– Precisamos conversar, Nininho...

– O pau do Tailandês cresceu?

– Estou falando sério. Você está disponível?

– Claro... Venha pra cá... Estou só eu e a madame.

– Quer que eu leve alguma coisa?

– Um risoto de fígado de escorpião.

Em pouco tempo, Amalinha chegou.

– Mano, a coisa é séria...

– Vou deixá-los sozinho...

– Não, Adélia... Fique. Você poderá nos ajudar muito.

– Fale, Lalinha... Até eu estou ficando nervoso...

– É sobre vô Alexandre...

– Está doente?

– Muito. Doença braba.

– Por favor, Lalinha, seja objetiva.

– Ontem à noite fui visitá-los. Quando vó Docéu saiu da sala, ele começou a soluçar alto. Fiquei apavorada. Pedi que ele me dissesse o que tinha. Vou tentar ser fiel ao que ele me disse. "Minha filha, eu sou muito infeliz. Desde criança que só vivo sofrendo. Nunca tive alegria de viver. Vim da Europa para o Brasil que me deu tudo, menos alegria. Minha história você sabe. Passei a minha vida toda trabalhando. E é o que faço até hoje. Eu não sou amado por ninguém, com exceção de Docéu. Eu sou muito útil à minha família, mas não sou agradável a ninguém. Minha ausência é um prêmio: minha presença é um estorvo. Nunca tive um dia só pra mim. Sou bajulado, sou aplaudido, mas não amado. Você é a única pessoa da família que ainda me dá algum carinho. Morro de inveja de Zito. Todos o acariciam, todos o querem perto. Eu sou um cão leproso: a família foge de mim. Nunca voltei a minha terra: sou escravo do trabalho. Minha filha me ajuda muito a ganhar dinheiro. E acha que, com isso, está fazendo tudo. Para meu genro, eu sou invisível. Não me lembro se já recebi um abraço de meu neto. Ninguém vê em mim uma pessoa. Eu sou apenas um cofre cheio de dinheiro. Parece que arranjei, até que enfim, alguém que me vê como gente. Parece que tenho um amigo: teu outro avô. Ele me abraça, me xinga, me esculhamba. Ele tem me dado oxigênio. A casa dele, pra mim, não é um palácio: é um paraíso. Os últimos três fins de semana passei com eles. Docéu e Sabina falando de novela e de bordado. Eu e Zito jogando dominó, bebendo cerveja e um esculhambando o outro. Quero que você faça tudo pra que ninguém me tire esse oxigênio".

- Coitado de vô, Lalinha... Tão sensível e a gente pensando que era uma estátua de gelo...

- Nininho, eu preciso de você para ajudarmos vô Alexandre.

- Conte comigo, Lalinha...

- E comigo também. Eu sei quanto dói a injustiça, Lalinha.

- Obrigado, Adélia...

- E o Tailandês do pau de metro não vai ajudar?...

- Só você mesmo, Nininho, pra me fazer sorrir numa hora desta...

XXIII

No outro dia, Vitorininho e Amália marcaram um encontro com Fátima. Ao ouvir toda a história, ela caiu no choro.

– E eu que pensei a vida toda que meu pai era forte como um jequitibá...

– Ninguém é de ferro, mãe. Pela conversa de ontem, eu senti o quanto meu avô é sensível e discreto. E como nós fomos indiferentes.

– O que vamos fazer?

– Só eu, você e Nininho temos nas veias o sangue de vô Alexandre. Logo, nós somos os mais responsáveis por ele. Temos que nos virar. Ele me falou algo que me comoveu muito. Disse que nunca pôde voltar à terra dele.

– Achamos uma trilha – gritou Vitorininho.

– Captei sua mensagem... Mas será que o velho vai aceitar?

– A nossa tarefa é convencê-lo.

– Será que vó Docéu vai querer ir?

– Ela me disse um dia que gostaria de conhecer "Fátima", "São Tiago de Compostela", e "Lourdes"...

– E quem vai com eles?

– Você, Nininho. Você e Adélia.

– Por que não você?

– Você toma conta do Tailandês e das crianças?

– Tô fora, maninha...

– Adélia iria, numa boa, com vocês?

– O sonho dela é conhecer Paris, Roma, Florença, Viena e Barcelona – disse Vitorininho.

– Já é meio caminho andado...

– Quem vai falar com vô Alexandre?

– Ele está cheio de amores por vô Zito. Logo vô Zito pode falar com ele.

Zito se sentiu um rei, quando soube de sua missão.

– Deixem comigo. Eu amanso a fera.

Nó sábado à tarde, após perder de propósito o jogo de dominó, Zito falou:

– Faz quantos anos que você mora no Brasil?

– Cinquenta e dois.

– Quantas vezes voltou à sua terra?

– Nunca voltei...

– Que bicho miserável! Se é por falta de dinheiro, eu te empresto...

– Faz vergonha mesmo. Docéu é louca para rever o norte de Portugal e a Galícia...

– Vai lá com ela, home de Deus... Tu já tem mais de setenta?

– Setenta e quatro.

– E ela?

– Setenta e um.

– Tire o escorpião do bolso e vai lá com tua mulher.

– E quem toma conta das empresas?

– Quando tu morrer, as empresas não vão acabar.

– Eu espero...

– Sai da toca, bicho do mato.

– Tá certo. Eu vou, mas como uma condição.

– Que eu tome conta das empresas? Tou fora!

– Não. Que você e Sabina vão conosco.

– Não entro num avião nem amarrado.

– Vamos de navio...

– Sabina morre de medo do mar...

– Tá mentindo, Zito. – disse Sabina. Tome vergonha.

– Escutando a conversa dos outros?

– Eu vou, Alexandre. De navio, de avião, até de bicicleta.

– Que cara de pau!... Pedindo viagem aos outros?

– Eu não pedi nada. Ele é que ofereceu. Meu sonho é conhecer Veneza.

– Pronto – gritou Docéu. – Assim, vamos nós quatro.

– Onde eu fui me meter!...

– Você vai se meter na Europa, seu bicho do mato.

– Tome vergonha, Sabina.

– Eu só vou se Sabina e Zito for – gritou Docéu.

Fátima e Lalinha estavam felizes com a atuação de Zito.

– Quer dizer que eu vou ter de ir à bosta da Europa? Logo eu que odeio essa cultura sofisticada...

– É um grande castigo, meu irmãozinho do coração...

XXIV

Ficou certo de que a viagem para a Europa seria no mês de abril. A ideia era ficar lá de abril a novembro.

No fim do ano, Vitorininho e Adélia estariam concluindo o curso de Filosofia.

– Eu não sei se vou aguentar sete meses naquela merda. Pra que este exagero? Bastariam quatro meses.

– Acontece, Nininho, que vamos aproveitar a ideia e desmamar vô Alexandre do trabalho.

– E eu é que vou ser a vítima...

– Ó, mano, nossa mãe já fez alguma coisa pelas empresas?

– Que pergunta besta... Se não fosse ela, não sei se as empresas estariam vivas.

– E eu fiz alguma coisa?

– Porra! Você cuida mais das empresas do que dos tailandesinhos...

– Não exagere... Também não me chame de mãe relapsa...

– Foi só uma hiperbolezinha...

– E você, mano, fez o que pelas empresas?

– Desfrutei delas o máximo... Já é alguma coisa.

– Agora, velho, vai ter que dar sua cota de sacrifício. E sem chiar. E sem achar ruim. Você não está fazendo nenhum favor. É seu dever. Sua obrigação... Tome vergonha na cara, rapaz. Deixe de ser parasita...

– Também não precisa me humilhar.

– Não o estou humilhando. Eu o estou acordando. E isso é só o começo.

– Assim eu fujo...

– Pra onde?

– Pra Minas...

– Minas não há mais.

– Pra morrer no mar.

– O mar secou...

– Você venceu, dona Cleópatra! Parece que o Tailandês, apesar do seu microdocumento, está dando conta do recado...

– Cínico...

– Sou... Mas quem não é?

O mais entusiasmado era vô Zito.

– Vou pra Europa de navio de luxo!...

No dia dois de fevereiro, dia de Iemanjá, Lalinha pediu a vô Zito que fosse ao gabinete dela.

– Algum problema, minha neta?

– Não, vô. Um pequeno favorzinho...

– Ordene, majestade...

– Tenho que estar em Recife hoje, às quinze horas, para uma reunião na filial de lá.

– Quer que eu vá dirigir a reunião? Tou fora...

– Não. É que minha labirintite me atacou e o médico proibiu de que viaje de avião sozinha. Você vai ter que ir comigo. São só cinquenta minutinhos...

– Não tem outra pessoa que vá com você?

– Se você não puder ir, vou ter que ir sozinha. Só que tenho medo de desmaiar no avião. Mas, seja lá o que Deus quiser...

– Não, meu amor... Eu vou com você.

– Deus lhe pague, vô.

No aeroporto, Amália colocou algumas gotinhas de calmante discretamente no copo de suco do avô.

– Estão nos chamando para o embarque. Está com sono, vô?

– Dei uma cochiladinha...

Após a decolagem, Lalinha falou:

– Olhe o mar, vô... Está lindo! Olhe bem.

- Que azulzão bonito...

- E os barquinhos lá embaixo?

- Parece de brinquedo.

- Olhe tudo, vô. Você vai ver paisagens lindas...

- A gente vai entrar nas nuvens?

- Espero que sim. É muito lindo! Olhe tudo. Qualquer dúvida me pergunte.

- Está... bem...

Alguns minutos depois, Lalinha falou:

- Ponha a poltrona na posição, vô. Estamos chegando.

"...- a companhia agradece a todos e lhes deseja uma boa estada em Recife".

- Quer dizer que eu viajei de avião!?

- Claro, vô...

- Contando, ninguém acredita...

XXV

Na ida do aeroporto até a casa de Lalinha, ela falou:

– Está disposto, vô, para curtir o naviozão?

– Sei lá, minha neta...

– Nininho disse que vai com você de navio e os outros vão de avião...

– Quantas horas de avião?

– Sete a oito horas...

– Só?

– É. Mas você tem medo de avião...

– Tu sabe que eu gostei? Acho que perdi o medo.

– Se é assim... o melhor é todos irem juntos.

Quando Lalinha contou ao irmão, ele falou:

– Você não vale nada... Faz o que quer sem constranger ninguém. Sempre foi assim... Nunca vou me esquecer da escola "PPFP".

– Meu filho, com jeitinho, tudo tem jeito...

– Que o Tailandês o diga...

– Quando será que você vai deixar de ser vagabundo?

– Never. Posso te dizer uma coisa?

– Desde que seja séria...

– Seriíssima, meu bem.

– Então diga.

– As duas pessoas que eu mais amo no mundo são você e vô Zito...

– Ó, meu amor, eu também amo você demais...

– Mas ama muito mais os tailandesinhos...

– Como você é terrível! Sempre fazendo tudo para nos colocar no aperto. Você pode até não ser o meu maior amor, mas foi o primeiro grande amor....

– Se saiu bem... Quero te sugerir uma coisa. Por mim, eu não iria, de jeito nenhum, à bosta da Europa. Mas, já que vou, proponho que vejamos logo, quais são as cidades escolhidas. E, após quatro meses, eu deixaria os vôs na terra de vô Alexandre e eu e Adélia voltaríamos.

– É um apelo razoável. Mas por que este ódio da Europa?

– Terra de homens, como em várias partes do mundo, que se vendem. Todo mundo é escravo. Não há homens livres. Vivem vendendo-se e comprando outros mais pobres. Isto até quando o último vendido não tiver mais a quem comprar. E chamam a isto de emprego. Ninguém deveria ser patrão de outro. Só ao Estado deveria ser dado o direito de ser patrão. Mas a cobiça, a usura, pretendem acabar com o Estado. Por isso o patrão de x é escravo de y. Razão tem o poeta Elomar Figueira quando diz "não querer ser mais empregado e também não ser patrão".

– O filósofo virou sociólogo?

– A filosofia é a mãe real de qualquer tipo de conhecimento. E ela me dá o direito de criar meu mundo livre, ainda que todos os outros "mundos" sejam compostos de escravos e escravizadores.

XXVI

No dia quinze de abril, seis "caipiras" embarcavam no aeroporto Dois de Julho, na classe executiva, com destino a Lisboa.

Ao tomar seus lugares, uma voz firme e forte ressoou:

- Eu, como veterano em viagem aérea, estou à disposição de vocês. Qualquer coisa, me procurem. Não tenham acanhamento.

A risada foi total.

- Por que estão rindo? Eu fui a Recife e voltei em pouco tempo.

- Eu também já viajei de avião, vô.

- Então você não vale.

Uma aeromoça muito simpática se aproximou:

- Após a janta, um drinque para vocês, enviado pela senhora Amália.

- A mãe da humanidade... – brincou Vitorininho.

Após a refeição, veio o drinque.

- Todos podem tomar. É feito apenas de suco de uva. Bebam à vontade, voltem para seus lugares que depois venho ver se necessitam de algo.

Vitorininho ouviu uma voz:

- Cavalheiro, por favor, acorde e ponha a poltrona na posição correta.

- O que aconteceu, algum problema?

- Não, cavalheiro... É que em poucos minutos o avião aterrissa no aeroporto de Lisboa.

- Já?...

- Já... Apenas, após oito horas de voo.

Vitorino pensou: o drinque de Lalinha... Ela pensa em tudo.

– Será que eu morri e estou chegando no céu?

– Não, Zito – disse Alexandre. Você está bem vivo e acabou de chegar à boa terrinha.

Uma voz ecoou:

– Senhores passageiros chegados do Brasil e com destino a Vigo, dirijam-se ao portão número cinco.

O voo de Lisboa a Vigo foi muito rápido.

– Quando eu for para o inferno, só vou de avião – disse Zito.

– Ó, homem que só fala besteira...

– Então, Sabina, você vai de canoa.

Na chegada ao aeroporto, um senhor se aproximou:

– Quero falar com o senhor Alexandre Manuel...

– Sou eu...

– Venha de lá um abraço. Eu sou seu irmão mais novo, Antônio Joaquim...

– Louvada seja Nossa Senhora de Fátima! Como mudaste, meu irmão.

– Já lá se vão mais de cinquentanos.

– E os demais?

– Uns te esperando no céu e outros te esperando na aldeia. E Maria Docéu?

– É esta chorona aqui. Esse senhor é Zito. Quase meu irmão. E a senhora é Sabina, esposa dele.

– E este gajo bonitão com esta gaja mais bonita ainda?

– É meu neto Vitorino.

– E meu sobrinho neto. Graças sejam dadas ao Senhor dos Passos. A gaja é esposa dele?

– Sim...

– Logo vê-se. Mas vamos para meu carro... Agora, sou o vosso guia.

XXVII

Antes de entrar no carro, Alexandre Manuel falou:

– Meu mano Antônio Joaquim, preciso ter uma reunião secreta com meus companheiros de viagem. Coisas da Bahia...

– Espero-te no automóvel.

– O que deu na cabeça de vô Alexandre, vó Docéu?

– Sei lá... Teu avô tem cada maluquice.

– Pessoal, quase eu botava tudo a perder... Para todos os efeitos, eu não sou empresário. O empresário é meu genro. Minha filha única se casou com um milionário...

– Mentirosinho, hein vô?

– Não, meu neto. Questão de estratégia. Um dia explico melhor...

A chegada da família à aldeia foi uma festa.

– Esta aqui, mano Alexandre, é Maria Felipa. Agora, só restamos nós três.

– Ó, mano, pensei em não ver-te mais. Todos os dias pedia a Nossa Senhora de Fátima por ti. Tu és muito ingrato.

– Eu também sentia saudades de todos. Mas a vida... é o diabo.

Depois das apresentações, dos abraços, dos beijos, Maria Felipa disse:

– Conseguimos preparar-te a casa que foi de nossos pais. Mas mandaste muito dinheiro, filho... Ainda tens moedas de sobra. Mais da metade.

– As moedas são tuas, filha. É o pagamento que terás.

– Que São Tiago de proteja de todo mal.

Quem mais se encantou com a casa foi Vitorininho.

– Que vista linda, vô! Foi aqui que você nasceu?

– E fiquei até quando fui para o Brasil.

– Por que você foi mesmo para o Brasil?

– Posso contar-te um segredo de homem?

– Claro, vô...

– Eu roubei a menina Maria do Céu...

– Por quê?

– Eu era muito pobre, e a família dela não queria o matrimônio.

– Quando vocês fugiram, minha mãe já estava na barriga de minha avó?

– Tu és um puto muito esperto. Já estava, sim...

– Vô, eu te amo muito!...

– A Docéu, a Fátima, a Amália e a ti eu amo mais que tudo na vida. Este segredo só tu sabes. Não contes para ninguém.

– Qual segredo, vô?

– A gravidez de Docéu.

– Já estou amando Portugal. Eu tenho um pouquinho desta terra dentro de mim.

A homenagem da aldeia aos visitantes foi uma festa. Primeiro, de danças. Depois, de fados.

A primeira parte foi só alegria...

A segunda parte foi só nostalgia...

Adélia se derramou em prantos, quando uma senhora de meia idade, vestida de preto, com um xale de seda, abriu a boca e o coração: "Aí, Mouraria/da velha Rua da Palma/aonde um dia/deixei presa a minha alma...".

– O que foi, amor? – perguntou Vitorininho.

– Um dia, talvez, ainda te conte minha vida toda.

XXVIII

A casa cheirava a tinta. Mas era um cheirinho limpo e gostoso.

– Vem, amor, vai ser a nossa primeira em solo europeu.

– Desculpa, Vitorino, mas aquele fado me deprimiu muito.

– Me abraça e chora em meu ombro.

Após os soluços, ela falou:

– Este encontro de familiares foi uma apunhalada em meu coração. Eu nunca conheci um parente sequer... Eu nunca tive uma família. Por que você nunca perguntou nada de minha vida?

– Porque meu dia não foi ontem e nem será amanhã. Meu dia é hoje. E minha família são todas as pessoas do mundo.

– Não foi à toa que você fez Filosofia...

– Não foi mesmo.

– Quando começou nossa camaradagem, eu tive medo.

– Por quê?

– Eu tinha medo de tudo e de todos. Mas você nunca me perguntou nada, nunca me pediu nada, nunca me ofereceu nada. Você era. Eu podia ficar com você sem dar e sem pedir. E fiquei.

– E agora, Adelinha?

– Agora, só sei uma coisa: você é meu oxigênio.

– Não invista tanto em mim... Eu não sou nenhum anjo. Sou egoísta pra caramba.

– Eu sei...

– Sabe como? Ou melhor, soube quando?

– No dia em que você me falou da vasectomia.

– Vamos dormir, Adélia. Quero me levantar cedinho para ver meu tio-avô ordenhar as vacas e minha tia-avó fazer o queijo e o pão.

XXIX

O último a acordar na casa foi Vitorininho. A cozinha estava cheia de gente.

– Este é o gajo que queria ver fazer o queijo, cozer o pão e assar o leitão?

– O sono me pegou de cheio. Onde está Adélia?

– Foi à fonte para trazer água. Lá vem ela chegando com as outras raparigas.

– Dormiu bem, meu neto?

– Muito, vó Docéu.

– Viste tua tia-avó por aí?

– Minha avó Felipa está ali atrás a costurar alguma peça de roupa.

Vó Docéu dirigiu-se para onde Vitorino indicara.

– O que estás a fazer nesse sítio sozinha?

– Cosendo algumas toalhas de banho.

– Quero falar-te a sós...

– Pois sim.

– Que notícias me dás de minha irmã Joana?

– Ó que pena... Morreu de leucemia há uns dois anos.

– E a outra irmã?

– A Amelinha está vivendo em Pontevedra e vai muito bem. Nunca tiveste notícias dela?

– Eu jurei pela Santa Eucaristia nunca mais falar com ninguém de minha família.

– E cumpriste, pelo que se vê...

– O tanto que sofri me fez renegar a todos, incluindo meus pais. Mas agora...

– Sentiu o cheiro da terrinha, e o coração te amoleceu.

– Verdade. Queria ver minha irmã. É possível?

– Como não? Darei um jeito de trazê-la.

– Mas quero fazer-lhe uma surpresa...

– Fica descansada.

– Ninguém mais deve saber, senão tu.

No outro dia, após o almoço, a senhora Felipa falou com Docéu:

– Hoje à tarde, Amelinha chegará à nossa casa. Mandei chamá-la dizendo que queria falar-lhe. E agora, o que farás tu?

– Não sei. Pode dar-me alguma sugestão?

– Tu podes ficar em minha casa, como se fosses uma visita. Ao chegar ela, apresento-lha como uma amiga.

Às dezesseis horas, a senhora Amélia desceu de um carro em frente à casa da senhora Felipa.

– Bem-vinda, amiga. Nem parece que moramos tão perto uma da outra. Entre, que a casa é sua.

Na sala, sentada, estava a senhora Docéu.

– Amelinha, apresento-te uma amiga da cidade de Vigo...

Ao estirar a mão, a senhora Amélia gritou entre lágrimas:

– Louvado seja Santo Antônio de Lisboa!... Docéuzinha de minh'alma, és tu?

As duas se abraçaram em prantos.

– Eu sabia que tu voltarias um dia, irmãzinha do meu coração!...

– Perdoa-me, Amelinha... Perdoa-me pelas cinco chagas de nosso Senhor Jesus Cristo!

– Nós todos é que devíamos estar aqui a pedir-te perdão. Mas lá se foram eles. E só fiquei eu.

– Dize-me, Amelinha, que isto não é um sonho... Eu precisava tanto abraçar alguém da família!...

– Vieste a tirar um peso de minh'alma.

– Que peso, querida irmã?

– No dia em que partiste, meu pai tirou-te todos os teus direitos de herança. Mais tarde, morreu-nos a irmã mais nova. Com a morte de meu pai, primeiro, e depois, a morte de minha mãe, fiquei sendo a herdeira única. Fiz um juramento a mim mesma: se um dia eu te encontrasse, dar-te-ia integralmente a tua parte. Agora, receberás o que te pertence.

Docéu chorava desesperadamente.

– Acalma-te, irmã de minha alma. Não é muita coisa. Mas, com certeza, terás o suficiente para viver bem pro resto da vida.

– Perdoa-me, Amelinha. Em nome de todos os anjos, eu te peço que me perdoes.

– Perdoar-te o quê, se nada fizeste contra mim?

– Ao sair daqui, joguei todos os meus parentes para fora do meu coração.

– Estavas com a razão...

– Não preciso de nada. Tenho muito mais do que imaginas. Alexandre Manuel é um dos maiores empresários da Bahia. É um grande milionário. Não preciso de mais nada. O que tens é teu de direito, Amelinha. És uma santa. Agora, sim, tenho vergonha de ter sido tão ingrata.

– Tenho muito a pedir-te, Doceuzinha. Prometes que nunca mais ficaremos tão separadas?

– Prometo em nome do Pai, do Filho e do Espírito Santo.

A sala toda, agora lotada, respondeu:

– Amém!...

XXX

– Vô Zito, que coisa linda foi o encontro de minha avó com minha tia-avó.

– Sangue, meu neto, é bicho brabo. É energia pura.

– Você sabe que me deu uma vontade doida de ficar aqui? Eles são muito simples. Fazem o pão, o vinho, o azeite, a linguiça... Comem o que a terra produz.

– E isto, moleque, faz a comida ter mais sabor e mais saúde.

– Meu vô Alexandre me disse que, no tempo de Salazar, isto aqui era um inferno.

– Onde há ódio, moleque, tudo vai por água abaixo. Um profeta da morte, no poder, faz qualquer nação se tornar uma agência do inferno.

– Hoje, aqui, se respira paz e tranquilidade.

– A boa energia nasce do amor. Se os homens tivessem mais sabedoria, a terra seria um paraíso.

– O que é que vai acontecer, vô, com nosso país?

– Nem pergunte. Tomara que eu esteja pensando errado...

– Mudando de assunto, precisamos nos organizar para os passeios.

– Fique calmo. Tudo vai acontecer naturalmente. A energia está muito boa. Tudo vai dar certo.

– Deus te ouça, vô.

– Já ouviu, moleque.

– Até o fim da semana vamos nos reunir para traçar os planos das mulheres.

– Por que só das mulheres?

– Só elas se manifestaram. Sabina quer ir a Veneza. Docéu, a Fátima, a Lourdes e a Santiago. Adélia quer ir a Paris, Viena, Barcelona, Roma e Florença.

– Você se lembrou de tudo.

– É melhor satisfazer logo as mulheres.

– Sabe, vô, estou adorando isso aqui. Mas não pretendo ficar sete meses fora da Bahia. Depois, essas cidades grandes e famosas são muito parecidas.

– O bom mesmo é satisfazer logo as mulheres, senão elas ficam o tempo todo falando.

– Isso é machismo, vô.

– É não, fio. É experiência.

Em dois meses, o sonho das mulheres foi realizado. Docéu estava zangada porque ninguém rezou com ela em nenhum dos lugares que ela tinha escolhido. Sabina virou um bicho porque Zito não foi passear com ela, de gôndola, em Veneza. Quem marcou o grande tento foi Adélia: todos ficaram encantados com as cidades escolhidas por ela.

– Eu proponho que cada homem escolha uma cidade para conhecer – disse Adélia.

Todos aplaudiram.

- Vô Zito...

- Quero ver uma tourada em Madri.

- Vitorininho...

- Quero conhecer Alhambra, em Granada, e depois passar por Sevilla.

- Que tal vô Zito ver a tourada em Sevilla?

- Melhor ainda...

- Sua vez, vô Alexandre...

- Quero conhecer as três cidades mais industrializadas da Alemanha.

- Cruz-credo - gritou Vitorininho.

No final de todo o passeio, o grupo estava de volta à aldeia.

A noite foi de festa

- Ó, Alexandre Manuel, vamos fazer um passeio pela Galícia e pelo Norte de Portugal? Acho que todos gostarão.

– É verdade, mano Antônio Joaquim. Conseguiste comprar a terrinha?

– Tudo certo. Só falta assinar a escritura. És agora proprietário em solo português...

XXXI

O passeio à Galícia e ao Norte de Portugal deixou todo mundo admirado. O senhor Antônio Joaquim fazia questão de ressaltar as belezas dessa parte da Península Ibérica

– Ó, meu tio-avô Joaquim, lá no Brasil todo mundo pensa que só existem ciganos na Andaluzia.

– Lá existem mais, porém estes malditos estão infestando toda a Europa.

– Malditos, meu tio? Os ciganos são homens livres... Eles não têm patrão. Nem o Estado consegue dominá-los. Eu preferia mil vezes ser um cigano a ser este "homem livre" que sou.

– Você é um homem formado pela Universidade. É um sábio. Esses bandidos só fazem roubar. Se Hitler tivesse acabado com estes "piolhos", talvez ele merecesse um pouco mais de respeito por parte dos homens sérios.

– Quer dizer que Hitler é seu herói...

– Um deles... Mas há outros grandes homens: Mussolini, Franco, Salazar.

– Meu tio, com todo respeito que tenho a meu avô Alexandre, eu me declaro adversário político do senhor.

– Comunistinha de merda... É por causa desses comunistas que o Brasil está chegando ao fundo do poço.

– O Brasil virou esta vergonha por causa dos fascistoides como o senhor. Passe bem. Esqueça que me conheceu um dia.

Ao chegarem de volta à aldeia, Vitorininho procurou o senhor Alexandre Manuel.

– Meu avô, tenho desculpas a pedir-lhe.

– A mim? Por quê?

– Pelo que eu disse ao seu irmão...

– Ele é que devia pedir-te desculpa. Foi mal-educado, prepotente e quebrou os princípios da hospitalidade. Sabe, moleque, eu fiquei foi muito orgulhoso de você.

– Vô, acho que de qualquer jeito o senhor Joaquim me fez conhecer você de perto. Ele me fez um grande bem...

– Está ficando maluco?

– Não, vô... Só agora estou conhecendo você de verdade. Você é um cara de fuder.

– Você também é um cara de fuder, moleque...

XXXII

Após o incidente entre Vitorininho e o senhor Antônio Joaquim, o clima ficou insuportável.

– Vô Zito, vou-me embora com Adélia amanhã.

– Eu e Sabina também vamos com você...

– O que é isso, vô? Não aconteceu nada com vocês.

– Sem vocês, isto aqui vai virar uma merda. Você é a razão maior de nossa felicidade.

– Virando poeta?...

– Quem sou eu? Quando eu era jovem, eu era uma coisa muito parecida com poeta... e dos bons. Mas a velhice me esfriou... me tirou a inspiração.

– É, vô... Eu também sou esse negócio aí. E Adélia gosta muito.

– Você também faz literatura de cordel?

– Me lasquei-me. Bem se diz que passarinho que canta muito caga no ninho.

– Deixando os conformes de lado, quero te falar sobre teu avô Alexandre.

– Fale, vô Zito.

– Teu avô tem um coração de ouro. Ele já me contou tanta coisa que parece mentira...

– Coincidência, vô. Só depois de brigar com o senhor Joaquim foi que comecei a conhecer o senhor Alexandre.

– Posso confiar em você? Você tem a língua grande?

– Pergunte a Adélia...

– Meu Deus, estou desmoralizado. Preste atenção. É sério.

– Fale, senhor Zito.

– Você viu que Alexandre comprou um sítio lindo?

– Foi. Ele me disse que, ao chegar ao Brasil, vai entregar as empresas a Fátima e a Lalinha. Que ele vai virar vagabundo igual a mim e a você.

– E elas sabem disso?

– Claro. Foi a própria Lalinha que articulou tudo.

– Ó, vô, sem sacanagem, será que no mundo existe alguém melhor do que Lalinha?

– É difícil...

– Você não notou nada naquele drinque que tomamos no aeroporto em Salvador?

– Não...

– Nós dormimos, vô, após o drinque, mais de sete horas...

– Mais que menina!... Ela é igual a uma borboleta: faz tudo com leveza.

– Vou te contar um segredo... Acho aquele Tailandês um picolé de farinha.

– Você é bestão, moleque. Você acha que Lalinha ia se juntar com um babaca?

– Ué, vô... Você quer dizer que sou um babaca?

– Só quando morre de ciúmes da irmã...

– Com todo respeito, vô... mas você é um bom filho da puta!

– Pior era se eu fosse um "mau" filho da puta...

XXXIII

Vitorininho se recusou ir a Vigo no carro de Antônio Joaquim.

– Ó, meu neto, não faças isto. Vai, nem que seja por educação.

– Vou não. Ele leva vocês e eu alugo um automóvel para levar a mim e Adélia.

– Filhote, um pouquinho de educação não faz mal a ninguém.

– Uma porra!... A fascista, eu não faço concessão. Por que é, vô, que todo fascista tem uma máscara de santidade?

– Tem hora que você me bota em cada aperto... Este negócio de "istas" (fascista, nazista, comunista) me deixam perdido. Eu sou um analfabeto...

– Você é um sábio, um homem generoso, um coração grande. Você é o cristão mais comunista que eu conheço.

– Tou lascado... Esse papo de vocês me dá uma dor de cabeça desgraçada... Veja se facilita mais esses papos! Fala um pouquinho de putaria. Disso aí, eu entendo.

– Vou contar a vó Sabina.

– Aí ela corta meu saco...

– Vô, você é muito vagabundo...

– Graças a Deus, meu filho. Acho que todo "fasci"... "fasci"... o quê?

– Fascista...

– Isto aí. São tudo moralista. E todo moralista é o maior safado...

– Filosofando, hein?

– Que diabo é isso?

– É um palavrão que os babacas inventaram...

– Tou fora.

Depois de muita conversa, Vitorininho topou ir no carro de Antônio Joaquim, desde que este não fosse. O motorista seria Alexandre Manuel.

– Ó, Zito, como é que se chama um sujeito chato assim que nem esse puto?

– Marrento...

Na hora da despedida, todo mundo abraçou todo mundo. Menos Vitorininho, que nem até logo deu a Antônio Joaquim.

No aeroporto de Vigo, sentaram-se todos a uma mesa para tomar um cafezinho.

– Ó, meu neto, vou sentir uma falta doida de você...

– Ué, vô, é por pouco tempo...

– Mas já tá doendo no coração.

– Essa viagem valeu pra muita coisa. Eu pensava que só vô Zito, vó Sabina e Lalinha gostavam de mim.

– É assim, não é, moleque? Nunca mais vou guardar carne moqueada pra você.

– Vó, vou te falar uma coisa. Me veio à cabeça agora. Os grandes amores só vêm através de pequenos gestos.

– Filosofando!... – falou Adélia.

– O que é mesmo filosofar, Nininho?

– Cagar pela boca, vó.

Na hora da despedida, Zito falou:

– Alexandre, você nos deu um presentão. É pena que eu não possa pagar.

– Já pagou e muito... Prepare a casa, a cerveja, o tira-gosto...

– E o que mais?

Alexandre, bem baixinho:

– As revistas de mulher nua.

– Velho safado!

– Ninguém é de ferro, amigão...

XXXIV

Na chegada ao aeroporto de Salvador, a comitiva foi recebida por Lalinha.

– Ó, minha neta, como senti saudades de você!

– Eu também, vó Bina... Cadê o maridão?

– Vem aí, cheio de embrulhos.

– Vô Zito, trouxe o que pra mim?

– Um xale... Daqueles usados pelas cantoras de fado.

– E eu trouxe um canivete de capar orientais.

– Você não cresce mesmo, Nininho...

– Enganadíssima, meu bem. Pergunte aqui a Adélia.

Após os abraços, Amália falou:

– Vamos todos para a casa de vô Zito.

– Mandou fazer a feijoada?

– Claro, vô...

– Alguma novidade?

– Pequenos acidentes e incidentes. Mas, tudo controlado. Lembram-se daquele casal negro, bonito, simpático, que eu os chamava de "reis da África"?

– Claro...

– Morreu. Metralhado pela polícia...

– Que horror, meu Deus!!!

– Eles iam, no começo da madrugada, para a casa deles no Rio Vermelho. Um policial mandou parar o carro e eles, possivelmente, não entenderam e não pararam. Foi uma carnificina.

– Que dia foi isso?

– Fez dois meses ontem.

– E as crianças, os trigêmeos?

– Estão com a tia de Margarida, que morava com o casal, na casa de vocês. Tudo por minha conta. Sou a única responsável. Não encontrei outro jeito.

– Estão lá sozinhos?

– Não. Comigo, meu companheiro e meus filhos... Além, é claro, de dona Cira, a tia deles.

– E as crianças, como vão?

– Brincando com meus filhos numa boa...

– E o Tailandês?

– Mais uma vez, revelando sua grandeza de espírito.

Vitorininho gritou bem alto:

– Ó, Tailandês filho da puta... fechou a boca de todo mundo.

– Só a sua, maninho.

– Agora é que vejo a bosta que eu sou!...

E caiu no choro.

– Você também é gente fina, meu amor... Só é um pouquinhozinho ciumento...

Pararam o carro um pouco antes da casa e foram andando devagarinho.

Lá, no meio da grama, o Tailandês rolava com as seis crianças. A risadaria era imensa.

– Aqui, pai...

– Aí não, pai. Aqui!

– Vai, pai!

– Joga, pai!

– Pra mim, pai!

– Pra ele não, pai. Pra mim...

Nenhum dos espectadores ficou sem chorar.

– Mais uma vez, repito a todos: é tudo uma questão de energia...

– Não, vô... Isso é amor...

– Amor, minha neta, é a maior de todas as energias. Maior mesmo do que a fé.

Vitorino tirou os sapatos, arregaçou as calças e caiu no meio do grupo:

– Eu também quero jogar...

– Joga pro tio, pai...

– Joga pra mim, tio!

– Não, tio, pra mim...

– Pra mim!

– Pra mim!

A bola caiu entre o Tailandês e Vitorino.

Um encarou o outro.

– Tailandês, filho da puta, eu te amo muito!...

– Eu também te amo, seu bosta.

E se abraçaram.

XXXV

As crianças não estavam entendendo muito aquele movimento todo.

– Ele é meu tio ou é meu pai?

– Por quê, Luizinho?

– Você disse a nós que nós tinha um novo pai. Não foi, Zezinho?

– Foi. Você disse. Até Joãozinho viu você falar.

– Vocês querem dois pais, um viajando e outro aqui?

– Nós quer. Você é pai de Ana, de Luiza e de Rafael. Se nós ficasse sem pai, tudo vai rir de nós.

– E se ele for um tio, Zezinho, no lugar de pai?

– Tio, nós já tem você.

– É. Nós quer um pai. Pois quem vai dar dinheiro a nós?

– Tio também dá dinheiro.

– Um dia só. Pai dá dinheiro muitos dias.

– Vocês também querem outra mãe?

– Nós quer. Apois quem vai dormir na cama do pai da gente?

– E quem vai dar banho em nós?

– E quem vai catar nossos piolho?

– É bom vocês perguntarem se ele quer ser o pai de vocês.

– E se ele não querer?

– Nós chora que aí ele vai querer.

– Eu só choro se eu fico de castigo.

– Mas antes de ser nosso pai, ele não pode botar nós de castigo...

– Aí nós pode chorar...

– Aí nós fica sem pai...

–... e sem mãe

– E aí, o que vocês vão fazer?

– Nós é pequeno e nós não sabe o que vai fazer.

– E quem sabe?

– Você que é grande e tem força no braço.

– Se eu fosse pequeno que nem Zezinho, que nem Joãozinho, que nem Luizinho, eu me juntava com vocês e perguntava se ele queria ser nosso pai.

– Mas você é grande e grande não tem mais pai. Grande só tem filho.

– Foi isso que eu disse. Só os pequenos podem pedir um pai.

– Então nós vai, tudo juntos, abraça ele e pergunta se ele quer ser nosso pai.

– Ótimo, Luizinho...

– Eu abraço numa perna.

– Eu abraço na outra perna.

– Eu abraço no pescoço.

– Muito bem. Vou chamar ele. Posso?

– Tou com vontade de fazer xixi...

– Tou com vontade de peidar...

– Tou com vontade de fugir...

– Silêncio! Lá vem ele... Agora!

Os três correram e abraçaram Vitorino.

– Que abraço gostoso!!!

– Tou com vontade de chorar.

– Eu também.

– Eu também.

– Pois chorem!

– Não tou mais com vontade.

– Nem eu...

– Nem eu...

– Você gosta de mim?

– Claro, Zezinho, gosto de vocês todos.

– Assim, sc que nem se nós fosse seus filho?

– Sim, Joãozinho.

– Assim se você fosse pai de mesmo?

– Sim. De mesmo... Já sei. Vocês querem saber se eu quero ser pai de vocês?

– É!...

– Então, só serei pai de vocês se eu ganhar um beijo...

Os quatro se embolaram como se fosse um só.

Quando se levantaram, o Tailandês estava com o rosto molhado de lágrimas.

– Será, meu irmão, que algum dia você terá outro momento mais bonito do que esse?

– Acho difícil, meu irmão.

XXXVI

Quando Lalinha soube do acontecimento, ficou extremamente feliz.

– Esse é o meu Nininho. A sua única ambição é ser feliz e fazer a felicidade dos outros.

– E tem mais coisa, amor.

– O que foi que aconteceu?

– Eu e seu irmão nos encontramos de verdade. Eu não te disse que era uma questão de tempo? Pra tudo, é preciso paciência.

– Lembre-se de que eu não sou oriental.

– Eu tenho certeza de que ganhei um irmão.

– E mais uma cunhada e mais três sobrinhos.

– Como diz nosso vô Zito: é uma questão de energia.

– Com licença, amor, preciso falar com Adélia.

Lalinha foi por trás bem devagarinho.

– Como vai a nova mamãe?

– Muito confusa, mas muito feliz. Minha maior tristeza era saber que nunca seria mãe.

– Já abraçou os filhotes?

– Estou morrendo de medo. Me diga o que eu devo fazer.

– Sente-se ali no banco e fique olhando as árvores de costa pra cá.

Adélia fez o que a amiga pediu.

Lalinha chamou os "três mosqueteiros".

– Vamos passear pelo quintal?

Saíram os três pulando de alegria.

– Olha lá a mãe de vocês curtindo a natureza. Corram e abracem ela bem forte.

Os meninos saíram em disparada. Pularam no pescoço de Adélia, gritando:

– Te pegamos!!!

Os quatro rolaram na grama.

– Ela é mais minha!

– Não! É mais minha!

– É mais minha porque eu abracei primeiro!...

Adélia abraçava e beijava cada um.

– Eu sou de vocês todos e vocês todos são meus.

Ninguém sabe de onde saiu Vitorino, que caiu no meio do grupo.

De longe, vô Zito falou com o Tailandês:

– É tudo, meu amigo, apenas uma questão de energia...

Vó Sabina apareceu com Ana, Luiza e Rafael. Olhando os "três mosqueteiros", gritou:

– Quero ver de nós sete quem é que vai chegar na praia primeiro...

Debaixo da jaqueira, sentaram-se vô Zito, Vitorininho, Adélia, Lalinha e o Tailandês.

Vô Zito perguntou:

– Quem vai começar o papo?

– Você, vô Zito. Mas antes chame tia Cira para fazer parte do grupo.

Ela veio devagarinho e se sentou chorando.

– Você, minha amiga, que foi mais atingida do que nós todos, diga alguma coisa.

– Dizer o quê, meus amigos? Parece que estou passando por um sonho que não acaba mais. Façam o que vocês quiserem, mas, pelo amor de Deus, não separem aquelas crianças de mim!

– Este momento, tia Cira, não é de separação. É de união. E ninguém, nesse processo, é mais importante do que você.

– Louvado seja Nosso Senhor Jesus Cristo!...

– Amém! ... – gritou o Tailandês.

– Nós vamos precisar de alguém para cuidar das crianças – disse Amália. E quem melhor para isso? A senhora já está recrutada.

– Meu Deus, que alívio isto me dá...

Vitorino levantou a mão.

– Até o dia que saí de Portugal, se alguém dissesse que eu iria ser pai, eu receberia como ofensa. Agora, estou aqui, perdido, no mato sem cachorro, mas me sentindo o homem mais feliz do mundo. Meu último grande projeto era ser "vagabundo" junto com meus dois avôs. Vô Zito sempre foi o meu herói, vô Alexandre representava muito pouco pra mim. No dia, porém, em que briguei com o irmão dele e meu avô ficou ao meu lado, ele cresceu como um gigante. E era junto com esses "heróis" que eu iria virar vagabundo. Outra coisa, no dia em que minha irmã me apresentou o Tailandês como namorado, achei que ela não era inteligente como eu pensava. E, mediocremente, comecei a hostilizar meu futuro cunhado. Ele, um gigante, muito maior do que eu, sempre me tratando bem. No dia em que eu o encontrei brincando com seis crianças com o maior carinho e maior respeito, descobri como eu sempre fui medíocre, reles e mesquinho. E é difícil confrontar a mediocridade da gente com a grandeza alheia. Agora, aparece tia Cira, para me esbofetear mais. E ainda, para me mostrar como fui medíocre, vejo a figura silenciosa e amiga de Adélia, segurando-me para que eu não caísse. E o gigantismo de Lalinha? E até o amor silencioso de Vitorino e de Fátima. Para minha avó Bina, eu sempre fui generoso, mas para minha avó Docéu eu sempre fui indiferente. Agora, eu descubro que tenho dois avôs e duas avós que sempre me amaram. Que sempre tive um pai e uma mãe que, a despeito da minha indiferença, nunca me deixaram ficar sozinho. Que a vida me jogou no colo uma colega, uma amiga, uma companheira, sempre segurando minha mão para que eu não afundasse. Que um cidadão veio de muito longe, estendendo a mão de amigo e de irmão, e eu, mediocremente, recusei. Para mim, no mundo, só eu existia. E até para a pessoa mais generosa que eu conheci, minha irmã, eu fui muitas vezes indiferente. Mas a vida me deu a última chance. Chegou ao meu ouvido e disse: "Tu, narcisista; tu, pequeno; tu, medíocre, tentaste te privar do maior sonho que todo homem tem, o sonho de ser pai. Eu bem que podia deixar-te arrebentar. Mas vou ser generosa contigo".

E eu, que podia ser transformado no mais miserável dos seres, fui elevado à condição de um ser humano pleno e feliz.

Ninguém mais teve condição de dizer uma palavra sequer.

XXXVII

Lalinha convocou Taitai, Adélia e Vitorininho para uma conversa especial.

– E aí, Nininho?

– Estou mais perdido do que cego em tiroteio numa ladeira escorregando, com dez cachorros doidos atrás.

– Está mal, velho...

– Eu era estudante, agora não sou mais. Também não tenho uma profissão. Em minha casa não cabe mais minha família toda. Não sei fazer nada, a não ser "filosofar". Não posso arranjar um emprego, pois sou incompetente e ninguém, na verdade, confia em mim. Há pouco tempo eu tinha certeza de que jamais seria pai. Agora tenho três filhos e isso me faz muito feliz. Estava louco para sair vagabundando com meus vôs, porém não posso mais. Tenho de cumprir minhas obrigações. Será que alguém pode me arranjar uma vaguinha no hospício?

– Cresceu de uma noite pro dia, maninho. Você agora é homem, meu velho. Cresceu mesmo. Viva a inteligência, viva a sensibilidade, viva a honestidade. Só que cometeu um engano: você tem tudo que diz que não tem.

– Não entendi.

– Vô Zito sempre foi vagabundo, por isso muito invejado por vô Alexandre, que resolveu, para ser feliz, chutar a bunda de todo mundo e ser vagabundo também. Vó Bina é aquela fofura, mas que também resolveu vagabundar. Vó Docéu, que sempre morreu de inveja de vó Bina, resolveu imitá-la. Temos "quatro velhos maravilhosos" que apostaram na felicidade. Mas eles precisam muito de apoio, de cuidado, de carinho e de amor verdadeiro e sem camuflagem. Precisam de mãos fortes para segurá-los, de coração aberto para alegrá-los, de braços fortes para acolhê-los. Diga-me, irmãozinho querido, quem é a única pessoa capaz de fazer isso.

O Tailandês pediu a palavra:

– Vamos deixar Vitorino sair um pouco para pensar...

– Não, meu velho. Vamos sair nós dois para tomar um vinho e conversar um pouco.

– Valeu, meu irmão.

XXXVIII

Vitorino pegou o vinho, dois cálices e dirigiu-se à mesinha em que o Tailandês estava sentado.

– Quase seis anos, meu velho... E é a primeira vez que vamos conversar.

– As coisas só acontecem no tempo certo. Foi isso que, desde criança, aprendi de meus pais.

– Meu avô Zito sempre me disse algo parecido. Eu nunca gostei de você. Sempre o achei frio, pedante e orgulhoso. Agora, sei que era tudo ciúme. Achava que você roubou Lalinha de mim.

– Eu acharia a mesma coisa, se estivesse em seu lugar.

– Você fala Português como um nativo da língua.

– Logo que me apaixonei pelo Brasil, enfiei a cara no estudo do idioma.

– O que foi mesmo que o fez apaixonar-se pelo Brasil?

– A obra de Villa-Lobos. Principalmente as "Bachianas".

– Engraçado. Um Tailandês biólogo e villalobomaníaco. Quando resolveu vir para o Brasil?

– Eu, desde criança, sempre fui ligado às coisas da natureza, principalmente plantas e animais. As palmeiras e as borboletas sempre me fascinaram. Para mim, até hoje, as borboletas e as palmeiras são as grandes bailarinas da natureza.

– Palmeiras... borboletas...Villa-Lobos. Ó, Tailandês filho da puta, você quer me endoidar?

– Meu irmão, quem não endoidou ainda, já se fudeu há muito tempo...

– Que outras línguas você fala além de Tailandês e Português?

– Inglês e Japonês. Eu fiz a faculdade de História Natural na Tailândia. Mas o Mestrado e o Doutorado, no Japão, em Kyoto. Depois, me mandei para o Pantanal Mato-grossense. Aí, meu velho, eu vi o que é beleza.

– Você veio por sua conta?

– Vim como pesquisador da Universidade de Kyoto.

– E a Bahia?

– Um dia eu estava no hotel, no meio do Pantanal, às margens do "Rio Pixaim". A gerente do hotel me perguntou quais as cidades do Brasil que eu conhecia. Eu disse que só conhecia Cuiabá. Ela me disse que no Brasil havia uma cidade mágica: Salvador. Quinze dias depois, desci do avião aqui no aeroporto. Peguei um táxi e pedi ao motorista que me deixasse na praia mais bonita da cidade. Ele me deixou em Piatã, em frente ao Sesc. A praia estava vazia. Devia ser nove horas da manhã. Havia três rapazes surfando. De vez em quando, "um caminhante" passava em minha frente. Veio um menino empurrando um carrinho com cocos verdes. Parou junto a mim e disse: "Permita-me, meu jovem fidalgo, tirar-lhe de sua reflexão. Estou vendendo cocos para ganhar dinheiro, a fim de conhecer Londres e me casar com a neta da rainha da Inglaterra. Aqui estão dois cocos. Um para o cavalheiro e outro para sua amada. Pague o quanto achar que eu mereço". Paguei ao garoto, generosamente. Ele beijou minha mão e saiu com o seu carrinho. Poucos minutos depois, parou uma "sereia" em minha frente. "Que egoísmo! Eu morrendo de sede e um coco sobrando". Sentou-se ao meu lado e, tranquilamente, tomou a água do coco. Imediatamente começou o diálogo comigo:

– Vem da Coreia do Sul?

– Não. Da Tailândia.

– Fala Português?...

– E muito bem...

– Veio fugido?

– Sim, como todo mundo.

– Quer uma carona? Estou de carro.

– Não sei ainda pra onde vou.

– Se quiser, vá pra meu apartamento. Depois pense para onde vai.

– Não quero incomodar...

– Também não quero ser incomodada. Se vai, vamos logo.

Saímos e entramos no carro. Logo depois paramos em frente a um edifício lindo, mas muito simples.

Entramos no edifício.

– Aqui há dois quartos. Este é meu. O outro não tem dono. Se quiser, fique nele. Na geladeira há muita comida. Enquanto estiver aqui, sinta-se em casa. Vou ter que sair para trabalhar. Se você sair antes de eu voltar, tranque a porta da frente e deixe a chave embaixo do carpete. Em cima da mesa, há um mapa da cidade. Ah, ia esquecendo, meu nome é Amália... Em homenagem à fadista portuguesa. Passe bem.

Fiquei meio perdido. Uma mulher linda, refinada, originalíssima, me deixando totalmente embasbacado.

Resolvi apostar pra ver. Deitei-me no quarto número dois. Após um belo banho, caí num sono profundo. Acordei às três horas com o telefone tocando. Resolvi atendê-lo. Ele parou. Meu estômago estava reclamando. Abri a geladeira, liguei o fogão. Enchi o estômago.

Pensei comigo mesmo: agora, vou até o fim. O fato é que eu me sentia amarrado. Vou ou fico? Resolvi ficar.

Liguei a televisão. Era um programa musical. A voz de Elizeth Cardoso encheu a casa ("Hoje, eu quero a rosa mais bela que eu houver/ para enfeitar a noite do meu bem...").

Resolvi, definitivamente, ir embora. Ao pegar a mala, a campainha do apartamento tocou. Abri. Era ela.

– Poxa, torci pra que você ainda estivesse aqui. Nana Caymmi vai se apresentar hoje no Teatro Castro Alves. Vale a pena assistir. É para um grupo especial. Patrocínio não sei de quem. A firma ganhou alguns convites. Se você quiser ir, nós vamos.

– Aceito o convite e me sinto lisonjeado.

Após a apresentação, verdadeiramente fantástica, fomos comer uma pizza e tomar um chope.

– Preciso ir dormir, que amanhã o dia vai ser pesado. Tenho que estar na empresa às sete horas.

Ao chegar ao apartamento, ela disse:

– Durma bem. Eu sugeriria que fosse conhecer um pouco da cidade amanhã.

Acordei às oito horas. Ela já havia saído. A mesa do café estava posta. Um verdadeiro banquete.

Fui ver a cidade. Ao passar pela reitoria da Universidade Federal da Bahia, entrei. Havia um edital para concurso de professores e pesquisadores. Pedi todas as informações sobre o concurso para pesquisadores da área de biologia. Voltei correndo ao apartamento, peguei toda a papelada, fotocopiei e me inscrevi.

– Há quantas vagas e quantos candidatos em minha área?

– Só há uma vaga e até agora, três candidatos.

Passeei pela cidade, almocei no Mercado Modelo e à tarde voltei para o apartamento. Ela chegara antes de mim. Perguntou-me:

– Já dançou forró?

– Não. Mas adoro ouvir. É pena que não saiba dançar…

Saímos para a "farra". Dancei com ela e fiquei muito excitado. Voltamos para o apartamento. Eu tinha certeza de que iríamos dormir juntos.

Ela me desejou boa noite e cada um foi para o seu aposento.

No outro dia, ela saiu cedo. Resolvi procurar um hotel. De lá, telefonei pra ela, agradeci e lhe dei meu endereço. Mas não disse que me inscrevera no concurso da UFBA.

Durante três dias não nos vimos, nem nos falamos. Finalmente, o concurso da UFBA. Ganhei a vaga de pesquisador. Ela me telefonou, perguntando-me se eu iria deixar a universidade de Kyoto.

– Claro. Gosto de novidade. Além disso, a Bahia me fisgou.

Ela me convidou para jantar com ela em seu apartamento. Passei o dia nervoso como um adolescente.

Após o jantar, ela pediu que eu dormisse lá. Aceitei. Fui dormir no quarto com ela. Fui seu primeiro homem.

O restante você conhece.

– Vamos ao vinho?

– Vamos...

XXXIX

Este vinho foi um presente de meu vô Alexandre. É um vinho artesanal da região da Galícia. Segundo meu avô, o melhor vinho que ele já tomou. É um pouquinho mais forte do que os vinhos comuns.

– Vamos lá...

– A meu avô Alexandre!

– A meu avô Zito!

– Você que veio de outras plagas, conheceu alguém mais altruísta do que vô Zito?

– Não! Aquela história da casa que ele deu a um desconhecido...

– O engraçado é como ele fala: "O homem tinha doze filhos. Precisava mais do que eu. Eu tinha a outra casa onde eu morava..."

– Ele é religioso?

– Não. Aliás, não gosta de igreja...

– Ó, Taitai... Posso chamá-lo assim?

– Claro... Isso me deixa feliz.

– Você é um oriental... Veio de longe... Você é o que mesmo, em relação ao chamado espiritualismo?

– Sou um pacifista. Sonho com um mundo onde todos sejam irmãos. Nininho, ou nós viramos irmãos, ou vamos nos destruir.

– Quem são seus grandes heróis?

– Gandhi, Cristo, Luther King, Mandela, Francisco de Assis, Tereza de Calcutá...

– Interessante... Um tailandês cristão.

– Que conversa é essa? Que Jesus me livre e me guarde do Cristianismo... Posso te afirmar que sou um discípulo de Cristo. Mas quero estar longe, longe deste “Cristianismo” de guerra, de ambição, de luta pelo poder... O meu Cristo só tem uma túnica e um par de sandálias. O meu Cristo ama às crianças, aos pobres, aos miseráveis, aos marginalizados... O meu Cristo não é um repressor. Ele gosta de festas, de vinho, de muita alegria. Que o meu Cristo me dê força para fugir deste Cristianismo de fachada. E que Ele me ponha muito amor no coração. O amor é o verdadeiro caminho da fé. Mas a fé nem sempre é o caminho do amor.

– Meu irmão, como passamos tanto tempo separados?

– Sou oriental. Aprendi a esperar com paciência.

– O vinho do vô é bom!

– É ótimo...

– Sabe, Nininho, acho que vô está acima de nós todos.

– Possivelmente... Todos da família o têm como o maior de todos. Mas meu avô me falou de um fato que, às vezes, me deixa confuso...

– Todos nós temos altos e baixos....

– Eu preciso que alguém me ajude a entender este fato.

– Lembre-se de que “tudo que é humano me é possível”.

– Conheço muito esta expressão. Já até a usei para escrever um artigo.

– Ainda bem...

– Eu preciso que alguém me ajude... Você me ajuda?

– Eu não sou melhor nem pior do que ninguém. Não sou nenhum herói. Às vezes também não sei o que está certo e o que está errado.

– Nem que eu me arrebente, mas vou falar com você...

– Problema seu...

– Meu vô me disse que morou, quando bem criança, num lugar terrível.

– Ele me contou a história toda... Ou quase toda...

– No meio daqueles homens marginalizados, havia um, bem asqueroso, que começou a assediá-lo. Uma noite ele falou com meu vô que, ainda naquela noite, ele ia realizar seus desejos. Meu avô fez um suco de laranja, colocou numa garrafa, derramou nela uma dose de formicida, tampou bem a garrafa e colocou perto de onde o asqueroso dormia. E ficou esperando o cidadão. Mais tarde o homem chegou completamente bêbado: "Abre as pernas, moleque, que vou te comer". Meu vô disse: "Por favor, pegue essa garrafinha com suco de laranja para eu beber antes". O cidadão disse: "Vou beber o suco, te comer e enfiar a garrafa em teu cu". E virou a garrafa. Meu avô correu. Ao amanhecer, o marginal foi encontrado morto. Meu avô foi encontrado, dormindo tranquilamente, junto ao acampamento. Segundo ele, só eu sei disso.

– Meu amigo, eu acho que vô Zito continua sendo melhor que nós todos.

– Que alívio!... Eu também acho... Você me disse que Cristo é tudo pra você. Qual a expressão mais bonita que Ele, ao seu ver, pronunciou?

– "Olhem as plantinhas do campo. Elas não costuram e nem fiam. No entanto, nem Salomão, em toda sua glória, se vestiu como uma delas".

XL

– O papo com Taitai foi bom, Nininho?

– Não poderia ter sido melhor. Ele é a tranquilidade em pessoa.

– Quero lhe dar uma ideia...

– Fale, excelência.

– De vez em quando, tire tia Cira do quarto dos meninos. Aí, você ou Adélia, nesta noite, deve dormir com eles.

– Você pensa em tudo...

– Alguém nesta família tem que pensar um pouco.

– Lalinha, estou preocupado com o dia em que seus filhos se separarem dos meus... Eles estão se curtindo muito.

– É só fazermos isso gradativamente e com sabedoria. E Adélia?

– Não quer fazer outra coisa, a não ser lamber as crias...

– O filósofo vô Zito tem razão...

– O filósofo, o sábio, o amigo, o pai, o irmão, o companheiro...

– A escola da vida é a mais sábia. Ah, tenho uma novidade: vô Alexandre me escreveu uma carta que é um verdadeiro tratado...

– O que é que ele quer?

– É melhor você ler a carta, e depois nós discutiremos.

Após a leitura, Vitorininho falou admirado:

– O velho enlouqueceu de vez.

– Discordo de você: ele nunca esteve tão lúcido.

– Acho que vai ser um verdadeiro furacão...

– Nada disso. Apenas uma marolinha...

– O que você acha que meus pais vão pensar?

– Preciso de você ao meu lado. Vai ser melhor pra todo mundo. Você viu como ele e vó Docéu vibraram com os novos netos?

– Vi. Eles sabem que os meninos são negros?

– Mandei-lhes uma fotografia. Acharam as crianças lindas.

– E o irmão fascistóide dele?...

– Não sei. Não quero saber. Tenho raiva de quem sabe.

– Falou Maria Quitéria...

– Prefiro ser Maria Bonita!...

Vitorino caiu na risada. Ria-se de embolar.

– Enlouqueceu, rapaz...

– Espere um pouco... Por essa eu não esperava. Mas seria lindo. Genial... Eu quero, juro que eu queria...

– Fala logo, Nininho. Senão eu chuto sua bunda...

– Já pensou o Tailandês pousando de Lampião?

Os dois se abraçaram, explodindo na risada.

– Nininho, você não pode correr da raia e me deixar sozinha.

– Claro, maninha... Depois que me tornei pai, tornei-me o homem mais responsável do... da... de minha casa.

– Não estou brincando...

– Eu sei. Pode contar comigo. Juro pela vida de meus filhos.

– Também não precisa exagerar...

– Ontem, dormi com meus filhos.

– E aí?

– Tudo bem. Mas lá pela madrugada, Zezinho acordou gritando: “Mamãe! Mataram meu porquinho-da-índia!”. Abracei meu filho e chorei como uma criança.

– E ele?

– Dormiu em meus braços, segurando minha orelha. Dói muito, Lalinha, ver um filho sofrendo.

– Vamos falar um pouco de vô Alexandre? Estou meio confusa...

– E eu estou confuso e meio... Eu nunca imaginei meu vô querendo deixar o barco.

– Eu torço pra ele não recuar. Nosso avô, ou melhor, nossos avós merecem uma velhice de paz e tranquilidade.

– E essa história de querer uma casa e um barco na Ilha? Ele nem sabe remar.

– Mas você sabe... Não é, meu amorzinho?

– E o "carrão" pra ele virar o mundo de pernas pro ar?

– Tendo ao lado o melhor motorista que eu conheço... Entendeu?

– E o sítio pra ele não sentir vontade de voltar para Portugal?

– Este é mais fácil ainda. Vou até morar com ele. E a empresa?

– Eu, meu pai e minha mãe vamos dirigir.

– Nisso tudo, já que você pensa em todas coisas, onde fico eu?

– Vagabundando sempre com meus avós, e, quando possível, com nós todos.

– E se eu não quiser?

– Você agora não tem mais querer. Precisa sustentar Joãozinho, Zezinho e Luisinho. Ou vai deixar seus filhos passando miséria? Estou lhe arranjando um grande emprego e um excelente salário. Acorda, Maninho, a moleza acabou...

– Nazista!...

– Mentiroso....

XLI

Amália marcou uma reunião com Vitorininho, Vitorino e Fátima.

– Eu e Nininho já lemos a carta do vô. Leiam vocês e vamos discutir.

Após a leitura, Fátima disse:

– O velho está decidido. Ninguém irá conseguir mudar a opinião dele. Eu conheço a fera.

– Vocês devem decidir... Eu cumprirei as ordens: não tenho o sangue dele.

– Foi bom você dizer isso, meu pai. E melhor ainda porque disse para minha mãe ouvir. Todo mundo achava que Nininho era infantil. Ele, me parece, cresceu. E vocês dois vão crescer quando? Depois da morte? Não aguento mais ver vocês fazendo o papel ridículo de vítima. Se vocês não se posicionarem como adultos, eu vou chutar o pau da barraca. Posso muito bem trabalhar como advogada. Tatai tem o salário da universidade. Não precisa de nós. Não aguento ver duas pessoas com o conhecimento que vocês têm, mas com o emocional tão baixo. Parece que vocês vivem numa eterna disputa de poder. Meu avô sempre foi generoso. Vocês sempre foram infantis. É hora de parar com isso. Eu e Nininho temos nossas sequelas. Tudo por essa disputa ridícula. Me procure, quando crescer. Venha comigo, Nininho.

Os dois saíram calados.

– Lalinha, você jogou duro... Acho que exagerou um pouco.

– Não exagerei. Acho que fui até condescendente.

– E se eles nos abandonarem?

– Abandonam não... E tem mais: não vá procurá-los. Deixem que eles nos procurem.

– Mulherzinha braba.

– Braba não. Corajosa.

Dois dias depois, Fátima procurou Lalinha.

– Eu e seu pai queremos falar com você e seu irmão.

– A hora que vocês quiserem...

– Pode ser hoje à noite?

– Pode...

À noite, os quatro se reuniram.

– Relemos a carta de meu pai, e analisamos o "discurso" de Lalinha. Achamos que, em quase tudo, ela tem razão. Eu e Vitorino temos pisado muito na bola. Com a posição de meu pai, com toda razão e todo direito de abandonar o barco, acho que chegou nossa hora de segurar a peteca juntos, senão a vaca vai pro brejo.

– Gostei, doutora Fátima, da introdução.

– Obrigada, moleque. Fale, doutor Vitorino, sua opinião.

– Pra mim, o primeiro passo seria nos livrarmos da filial de Recife e da de Belo Horizonte. Elas dão mais trabalho do que lucro.

– Eu concordo, doutor Vitorino. Já tinha até pensando nisso. Mas receava falar com meu avô. E sua sugestão, doutora Fátima?

– Nós precisamos medir o índice de "satisfação" dos funcionários. Ninguém faz nada bem, se não estiver motivado.

– Uau! As cobras estão saindo do ninho...

– Muito bem, maninho, mas o que você tem a dizer?

– Me deixem fora. Eu sou apenas um vagabundo que vai guiar outros vagabundos mais velhos.

– Isso, se houver dinheiro para pagar seu salário. Não tire o "bumbum" da seringa.

– Bem, se eu tivesse uma empresa (que Deus me livre disso) cada funcionário teria, nem que fosse o mínimo do micro, uma participação de lucro.

– Você, meu filho, é a antítese do capitalismo, do empresário.

– Nada disso, mãezinha. Eu seria um capitalista inteligente, e não "um senhor de escravos".

– Está vendo, dona Fátima? Eu, meu filho, sempre falei isso com sua mãe e seu avô. Eles me chamavam de romântico.

– Ó, doutor Vitorino, seria fácil nos livrarmos das filiais de Recife e Belo Horizonte sem prejuízo?

– Sim, minha filha. Tenho um projeto prontinho.

Houve alguns minutos de silêncio.

– Faltou gasolina?

– Não, senhor filósofo. Sugiro que devemos encerrar por hoje. Vamos pra casa analisar tudo que foi dito. Amanhã, às dez horas, nos reuniremos.

– Oba!!! Vou brincar com meus filhos e meus sobrinhos!...

XLII

No outro dia, às dez horas, o grupo se encontrou.

– Vamos começar por meu pai…

– Eu sempre achei que as empresas de Recife e Belo Horizonte eram barcos furados. Fátima e meu sogro pensavam ao contrário. ("No futuro, elas vão dar muito lucro"). E este futuro nunca chegou. Agora que seu Alexandre resolveu meter o pé na jaca, a batata quente caiu em nossas mãos. Mas, felizmente, parece que tudo vai dar certo. Já entrei em contato com os dois grupos e eles estão muito interessados. Eu gostaria de que Lalinha fosse comigo falar com cada um deles.

– Negativo, meu velho. Tenho muita coisa a fazer… Se vire sozinho.

– Mas…

– Não tem mais nem menos. Confiamos em você.

Vitorininho interveio:

– O capital das duas empresas vai fazer parte das empresas da Bahia?

– Eu sugeriria que o dinheiro fosse aplicado em ações. Que os outros "trabalhem" pra nós. Alguém contra?

Ninguém contestou.

– E agora, dona Fátima?

– Eu já disse tudo. Temos que contratar uma equipe para medir o grau de satisfação dos funcionários. Uma colega minha e de Vitorino, na faculdade, tem uma pequena empresa para isso.

– Merece confiança?

– Muito, minha filha. A equipe é formada de psicólogos, pedagogos, assistentes sociais, jornalistas e sociólogos.

– Difo... – falou Vitorino

– Falta você, Nininho...

– Só sei o que disse ontem. Operacionalizem vocês... Sou apenas um vagabundo.

– Está bem. Meu pai e minha mãe se opõem à ideia de nosso "vagabundo"? Eu, particularmente, acho que foi a ideia mais genial... Temos que levar a sério.

– A Filosofia é a mãe da sabedoria. O Direito é uma unhazinha dela.

– O pior é que é mesmo...

– Obrigado, doutor Vitorino. Seu filho marginal está virando gente.

– Trago uma ideia, conforme pede meu avô Alexandre, sobre as novas residências. Vô Zito conversou com o vizinho que resolveu vender o terreno anexo ao dele. Pediu salgado, mas conseguimos o que queríamos. Os dois "vôs" vão morar lá. Já falei com o arquiteto, que está fazendo o projeto.

– Ó, dona Amália, a senhora ainda tem tempo pra fazer amor com o oriental?

– O mal da Filosofia é este: pode levar à regressão.

– Podia ter dormido sem essa, meu filho. Os camponeses dizem que passarinho que canta muito caga no ninho.

– Falou a voz da repressão... Melhore o humor, minha senhora. Senão vai morrer cedo...

– O mesmo arquiteto que vai fazer o projeto de lá de baixo, fará o do triplex de vô Alexandre para acomodar a minha família e a de meu irmão.

– Vamos morar juntos?

– Não. No mesmo andar, mas em apartamentos separados. As crianças não podem ficar longe umas das outras.

– Viva a Madre Amália de Salvador!...

– Até você, pai?

XLIII

O senhor Alexandre Manuel e a senhora Maria do Céu chegariam a Salvador no final de semana. Lalinha, como sempre, estava fazendo "os últimos retoques" que faltavam.

Já que os passageiros chegariam sábado à tardinha, foi marcada uma reunião para sexta-feira às dez horas.

– Nestes dois últimos meses, quase enlouqueço.

– Se tivesse feito melhor divisão das tarefas... Mas você se considera indispensável.

– Aceito a crítica, Nininho... E como vai "o carro da felicidade"?

– Tudo nos conformes... "prontinho da silva".

– É o "Recanto dos Avós", vô Zito?

– Um luxo, meu bem. A casa reformada, os três "apartamentos" construídos, a cocheira das vacas, o galinheiro, a horta... E tudo mais que você mandou. Até a casa de Firmino e Zuca parece um "palacinho"...

– Eu acho, Amália, que você extrapolou... Parece uma "fazendinha suíça".

– Não se esqueça, dona Fátima, de que seu pai disse que vai comprar uma fazenda no Recôncavo Baiano, para morar. Todos sabemos que morar numa fazenda no Recôncavo Baiano não é lá muito seguro. Por isso compramos o terreno anexo a vô Zito para ampliar a chácara. Contratamos um agroecologista, Diego, para o novo projeto.

– Mas até vacas...

– Meu avô só pensa em queijo artesanal, linguiça, carne defumada, iogurte, verduras, legumes... Tudo muito ecológico... Se ele conseguir fazer tudo, vai esquecer a fazenda... Ademais que vai ter Vô Zito, Vó Bina, Firmino, Zuca e Diego.

– Fez a armadilha pra ele não fugir...

– Isso mesmo, meu irmãozinho filósofo.

– Mas você não me incluiu na equipe de vô...

– Chorando de barriga cheia... Você é a mola mestra de tudo.

– E o triplex?

– Prontinho, dona Fátima.

– E a venda das empresas de Recife e Belo Horizonte?

– Pergunte a seu digno esposo...

– Tudo acertado. Tudo amarradinho.

– Do aeroporto, os vôs vão direto para a chácara na "Cidade Baixa"?

– Óbvio, meu irmãozinho. Você será o "anfitrião". Arrume bem "os novos netinhos..."

– Dona Fátima disse que o sítio se parece com uma "fazenda suíça". Baseada em que, se a senhora nem lá foi?

– Na descrição de vocês.

– Não. Na sua imaginação. A senhora se lembra bem do palacete de Vô Zito?

– Lindo palacete... Parece mais uma morada de índio.

– Pois é. Sua "fazenda suíça" é esta morada de índio ampliada. A casa de vô Zito foi retelhada, pintada de cal branco, o cimento do piso retocado. Os três apartamentos e a casa de Firmino têm a mesma arquitetura. Tudo feito de adobe porque é bem mais ecológico. O forno de fazer pão, a churrasqueira, o fogão a lenha, as cocheiras, tudo muito simples e muito rústico. Tudo segue a "arquitetura do arrabalde". A única coisa pomposa é a praia, porque tudo é natural. O Recanto dos Avós não agride em nada a região.

– Quero ver se teu avô vai sair de um triplex no Corredor da Vitória para viver num submundo...

– Meu avô não nasceu em berço de ouro. Nasceu na simplicidade do campo. Na pobreza.

– Mas aburguesou-se. Criou bom gosto. Aderiu ao luxo e aos bons costumes. Conhece os bons vinhos, os bons pratos. Duvido muito que ele se acostume àqueles pardieiros...

– Agora entendi por que você não acolheu seus novos netos...

– Simplesmente porque não são meus netos... Não gosto, como vocês, de fazer caridade. Não contem comigo como frequentadora da favela.

– Claro. A senhora é pobre demais para viver num ambiente tão rico...

– E tem mais. Não contem comigo para ir ao aeroporto naquele monstrengo ridículo. Vou no meu carro pegar meus pais.

– Ótimo. Vamos ver, de nós duas, quem vai ganhar.

– Topo a parada...

XLIV

No saguão do aeroporto havia dois grupos: do lado direito, Fátima e Vitorino; do esquerdo, o restante da patota.

Quando o portão foi aberto, Lalinha gritou:

– Lá vêm eles!...

Num átimo, as seis crianças invadiram o espaço por onde vinham os chegantes, gritando:

– Lá vêm eles! ... Lá vêm eles... Lá vêm eles!...

– Esse é nosso vô – gritou Luísa – agarrando-se nas pernas do senhor Alexandre Manuel.

– E essa é nossa vó! – gritou Rafael.

A área dos transeuntes virou um pandemônio: uns sorriam, outros xingavam.

Os três mosqueteiros pularam nas costas do "nosso avô".

– Agora você é nosso! Você é nosso! Você é nosso!...

O casal estava boquiaberto. Não sabia se sorria, se chorava, se caminhava ou se ficava parado. Lalinha foi em socorro deles.

– Gente, desculpem... São os avós conhecendo seus novos netos!...

Adélia, Vitorininho e o Tailandês resolveram auxiliar Lalinha.

– Por favor, crianças – disse Adélia – um pouquinho de silêncio, senão os vôs vão morrer.

Silêncio absoluto.

– Vôs. Esse aqui é Joãozinho!...

– Bença, vô e vó...

– Deus te abençoe, meu filho.

– Esse é Zezinho!

- Deus te abençoe...
- Esse é Luisinho...
- Deus te abençoe.

Vó Docéu falou:

- Que meninos bonitos!
- Vó – gritou Luisinho – nós é os três mosqueteiros...
- Que bom!
- Vôs, vocês vai com nós no carrão?
- Claro... – disse o senhor Alexandre.
- Agora, meninos, deixem os outros netos beijarem os vôs...
- Sim, mamãe...

Vieram os outros três meio desconfiados.

O Vô abraçou cada um.

A Vó fez a mesma coisa.

Luísa perguntou baixinho:

- Vôs, vocês ainda vai gostar de nós?
- Claro, meus amores, agora gostamos muito mais.
- Obá!!!

Depois de abraçar os adultos, vó Docéu perguntou:

- Vitorino e Fátima não vieram?
- Talvez estejam parados em algum engarrafamento – respondeu Adélia.

Quando todos entravam no carrão da felicidade, Lalinha pegou o telefone, ligou e falou baixinho:

- Por favor, Senhor Vitorino, você e sua mulher cheguem à casa de Vô Zito, antes de nós. Isso não é um pedido: é uma ordem.

O "carrão da felicidade" foi recebido com aplausos.

Zito foi o primeiro a abraçar Alexandre.

- Pensei que você ia ficar definitivamente em sua terra.
- Estás louco, ó gajo? Minha terra é o Brasil.
- Assim é que se fala...

Vô Docéu e Vó Bina também se abraçaram efusivamente.

- Eu gostei de rever a terrinha, mas meu coração estava mesmo era cá.

Vitorino e Fátima deram o seu abracinho protocolar.

Os "desconhecidos" do casal que chegava foram apresentados, detalhadamente, por Vô Zito.

– Ó, homem, nós agora vamos viver juntos. Estou precisando aprender com meu neto e contigo a ser vagabundo.

– Isso, se aprende muito rápido...

– Já ensaiei um pouco lá em Portugal.

Após a distribuição dos presentes e o desfrute do banquete, Fátima falou num tom meio debochado:

– Nós precisamos ir embora, pois não trouxe meu remédio de enxaqueca...

– Mas, filha, a senhora Cira me disse que há acomodação para todos...

– A gente se encontra lá no centro depois. Quando o senhor pretende ir por lá?

– Quinta-feira, filha. Preciso relaxar um pouco e conhecer melhor meus novos netos.

– Lá no centro também, meu pai, tem lugar pra todos.

– Aqui é mais bucólico. Quinta-feira, às nove horas, quero vocês todos para uma reunião.

Na saída, Amália se aproximou de Fátima:

– Quando vocês iam, eu já estava voltando... Fiquem na sua, senão o circo pega fogo.

O primeiro a acordar foi o senhor Alexandre. Até mesmo antes de Firmino e Zuca.

Ele andou por todo o terreno, olhou bem as reformas e parou na cachoeira onde estavam as duas vaquinhas "jersey".

– Examinando o gado... Gostou das bichinhas?

– Deste-me um susto, ó Firmino. Velho tem coração fraco.

– Que velho que nada... Queria eu ter a saúde que o senhor tem...

– Olha que há coisas que tu fazes muito bem e que estou quase a pedir arrego...

Os dois caíram na risada.

– E o cafezinho da Zuca, continua o mesmo?

– O senhor vai experimentar daqui a pouco... Ela já botou a água no fogo.

– E o teu gajo?

– Já virou tenente... Só não quis foi casar ainda.

– Deixa o menino viver a vida. Há tantas gajas dando-nos sopa...

– Mas ele não aproveita... Entrou na "Assembleia de Deus" ... No meu tempo é que não tinha tanta moleza. Tem hora que me parece que o moleque é meio frouxo.

– Eu gosto muito do senhor, senhor Firmino... Mas o senhor me parece muito preconceituoso. Isto é feio...

– O moleque até arranjou uma mulatinha... Mas Zuca disse que não queria neto preto.

– Diga a sua mulher, senhor Firmino, que só voltarei a tomar o café dela, quando ela ficar um pouquinho mais inteligente.

Quando o senhor Alexandre contou o caso a Zito, ele falou:

– É mentira, Alexandre.... Firmino é ótimo, mas, quando não tem o que dizer, inventa.

XLV

De segunda a quarta, o sexteto infantil não deu um minuto de descanso aos avós que chegaram de Portugal.

– Vô, gente preto é feio?

– Quem te disse isso, Luisinho?

– Uma mulher ali na praia. Ela disse: "Ô, neguinho feio..."

– Porque ela é que é feia.

– Como você sabe?

– Porque todo feio demais acha que todo mundo é feio igual a ele.

– Tá bom. Eu bem que sabia.

– Uma mulher no jardim disse que eu era feio porque tinha os zói de saponês. E ela era feiona...

– Tá vendo? Rafael descobriu logo...

– É que eu sei tudo...

– Que bom!

Cada neto queria contar algo aos avós novatos.

– Deixem o vovô em paz, crianças...

– Não se preocupe, dona Cira. Criança é assim mesmo.

– Tu é bem bonzinho pra nós, vô...

– Obrigado, Rafael. Vocês são todos bonzinhos.

– Mas eu é que é o mais bonzinho, pois sou mais pequeno...

– Vamos, meninos bonzinhos, tirar goiaba do pé?

– Obá!!!

Amália, que estava junto à goiabeira, abraçou o senhor Alexandre.

– Ó, filha, procuraste a minha fazendinha?

– Que é isso, vô?... Você vai estagiar primeiro aqui. Senão vai ser um fazendeiro pela metade.

– Ó, filha, tens razão. Tu pensas em tudo.

– Após a reunião de quinta, precisamos conversar muito...

– Está bem. Mas eu volto pra cá...

Na reunião de quinta-feira estavam o senhor Alexandre, Vitorino, Vitorininho, Fátima e Lalinha.

– Ó, meu neto, não trouxeste tua companheira...

– Lalinha também não trouxe o dela...

– Está bem. Mas eu gostava que os dois viessem.

– Quem sabe na próxima... – disse Lalinha.

– Pois sim...

– Acho que minha mãe deveria colocar o vô a par dos acontecimentos.

– Prefiro você, minha neta.

– Muito bem, meu pai. Você tem razão.

– Já que eu sou a vítima, vamos lá...

Amália abriu uma pasta grande e mandou o verbo. Falou das empresas de Belo Horizonte e de Recife. Da procuração que o avô deu para o pai dela vendê-las. Da prestação de contas que Vitorino fez a ela, mostrou as apólices assinadas e registradas, falou no que receberam em dinheiro, o que aplicaram em empresas seguras, do saldo em banco... Depois, falou, clara e especificadamente, dos projetos novos para Salvador.

Por fim, disse:

– Estou pronta para responder meus questionamentos.

– Da minha parte e da do meu marido, aprovamos tudo.

– E, você, Naninho?

– Eu aprovo tudo também e dou nota dez à Doutora Amália...

– Fale, meu Avô...

– Eu estou encantado, maravilhado. Aprovo tudo o que vocês fizeram.

– Sua neta fez.

– O que é isso, Doutora Fátima?

– Não se faça mais de criança, Senhor Vitorino Júnior. O senhor agora tem filhos muito especiais para criá-los.

– Eu, como presidente plenipotenciário da empresa, resolvi renunciar ao cargo e nomear, conforme me permite o regimento, à Doutora Amália como presidente plenipotenciária da empresa.

– Agradeço muito a sua confiança, meu avô, e prometo fazer tudo para não decepcioná-lo.

– Eu não nasci ontem, minha neta. Sei muito bem o que estou fazendo.

– Parabéns, maninha...

– Obrigada, Naninho...

– Parabéns, Doutora Amália...

– Obrigado, Doutora Maria de Fátima.

– Parabéns, Doutora Amália...

– Obrigada, Doutor Vitorino.

– Eu lhe darei um abraço apertado depois, minha neta. Alguém tem mais alguma coisa a dizer?

– Eu e meu marido pedimos desligamento da empresa, abrindo mão de qualquer indenização que teríamos, preservando apenas o direito que, espero, temos como herdeiros.

– Já posso falar como presidente da empresa, senhor Alexandre?

– Pode e deve.

– Garanto aos senhores que tudo a que vocês têm direito será respeitado e cuidado. Juro pelo sangue de meus filhos...

– Não seja patética, doutora... Pelos menos agora, que é presidente, tenha o mínimo de bom gosto no uso das palavras.

– Naninho, leve meu avô pra casa. Eu vou de táxi depois...

– Por favor, Lalinha, não saia dos trilhos.

– Eu não sou criança, filhote...

Amália desceu a escada, correndo.

– Ei, quero falar com vocês...

– Não temos nada a falar com a senhora...

– Têm... e muito. É melhor lavar a roupa suja agora. Só nós três. Fiquem sem medo, pois eu me respeito muito.

XLVI

Os três entraram no gabinete do Senhor Alexandre. Não havia ninguém no ambiente.

– Não perdeu um minuto, Doutora Amália. Isto é o que eu chamo de sede de poder...

– Já que vocês estão de malas prontas para morar em Belém do Pará, é bom aproveitarmos o tempo.

– Você viu, Vitorino? Sua filha está nos monitorando... Era só o que faltava.

– Eu não monitoro ninguém. Vocês é que são vacilões. Eu sou apenas onisciente...

– Me poupe de suas gracinhas: você não tem vocação para humorista.

– E vocês dois não têm vocação para estelionatários.

– Me respeite! Se você me irritar mais, eu lhe meto a mão na cara.

– Disso eu tenho medo, pois, para o ridículo, a senhora tem uma tremenda vocação.

– Vitorino, segure sua filha!...

– Não precisava vocês terem assaltado a empresa. Que coisa ridícula! Vocês poderiam ter ganhado muito mais, por caminhos legais. Eu mesma ficaria ao lado de vocês, pois, além de legal, era justo. Mas vocês mostraram que não são os grandes advogados que sempre quiseram ser. Estou duplamente decepcionada...

– Filha, o que você vai fazer de nós?

– Nada, meu pai. Vocês não cometeram o crime desejado. Na venda das duas empresas, minha mãe teria mais direito do que pensava que tinha. Vou tentar um meio legal de lhes devolver aquilo a que vocês têm direito.

Doutora Maria de Fátima tremia de ódio.

– Filha, queria lhe pedir um favor...

– Não precisa, meu pai. Ninguém vai saber da "ratada" que vocês deram. Nem meu irmão.

– Você sempre generosa...

– E você sempre dominado...

– Por favor, filha, não me humilhe tanto.

– Desculpe, pai, estou sendo mesquinha com você...

– Filha...

– Diga, pai.

– Queria que você me devolvesse o seu primeiro par de sapatinhos. Eu guardei em meu cofre e sei que você os tirou de lá. Devolva-me, filha. É a única relíquia que eu quero levar comigo...

Amália explodiu num choro quase convulsivo.

– Vou me retirar. Não tenho vocação para o ridículo. Quando eu estiver na cadeia, não se esqueça de mandar minha sopa de abóbora...

Pai e filha continuavam abraçados.

XLVII

Amália chegou ao sítio e procurou logo Vitorininho.

– Nininho, preciso muito conversar. Reserve esta noite pra mim. Você está com saco pra ouvir lamúrias?

– A senhora tem muito crédito comigo, Doutora Amália.

– Que bom poder me abrir com meu melhor irmão e meu melhor amigo. Mas, antes, preciso forrar o estômago.

– Tia Cira fez seu pratinho preferido...

– Tia Cira... Que figura.

Após o lanche, os dois se dirigiram ao quiosque e cada um se deitou numa rede.

– Preciso chorar, senão eu morro.

– "Bem-aventurados os que choram..."

Vitorininho acordou com o chamado de Lalinha.

– Eu morrendo de chorar e você dormindo, Nininho...

– O choro só tem uma palavra. Todos os outros são a mesma coisa... Se você estivesse falando, eu não dormiria.

– Só você mesmo para me fazer sorrir numa hora dessa.

– Você sabia que nossos pais vão deixar a empresa?

– Sabia...

– Por que isso?

– Tudo ciúme de nossa mãe. O sonho dela era ser presidente para pisar e mandar em todo mundo. Só que o velho não nasceu ontem... A "saída" deles é a aposta em meu fracasso. O coitado do nosso pai faz até pena... É um boi puxado pela venta. Está com estômago para ouvir mais?

– Pode mandar...

– Na venda das empresas de Recife e das de Belo Horizonte, eles receberam dinheiro por fora...

– Jura?

– Conseguiram o impossível: roubaram deles mesmos. Eu não falei e nem vou falar com vô Alexandre. Mas deles, não tive pena.

E contou toda a conversa que teve com os pais.

– Jogou duro... Mas eles mereceram. Você ainda se mostrou generosa... Lalinha, pelo amor de Deus, seja sempre minha amiga... Eles vão fazer o que em Belém?

– Um casal de colegas deles no tempo da universidade sempre os convidou para serem sócios no "melhor escritório de Direito" em Belém. Agora, caiu a sopa no mel.

– Você acha que nossos pais vão ficar quanto tempo em Belém?

– Até eu "fracassar". Aí, Doutora Fátima vem ocupar o seu posto.

– Você não vai falar tudo isso com Vô?

– Jamais. Vou fazer tudo para preservar a dignidade de nosso pai.

– E a de nossa mãe?

– É duro dizer, Nininho, mas ela me é indiferente...

– A rivalidade feminina, como diz vô Zito...

Ambos caíram na risada.

– Vou te contar uma coisa: quando fui viver com Taitai, minha mãe me disse que "quem se mistura com porco farelo come".

– Lalinha, nossa mãe sempre foi uma dondoca.

– Comigo, ela vai ver. Vou botar a empresa lá em cima. Vou fazer tudo para que meus filhos e meus sobrinhos se preparem para me ajudar...

– ...

– Ficou mudo, Naninho?

– Eu estou fora de seu projeto... E, pelo que venho observando, seu marido também.

– Que romantismo é este?

– Não é romantismo. É o realismo mais cruel... Eu sei o que é ser "rico" num país desigual... Eu só não enlouqueci porque você me ajudou. Na escola, o "filhinho de papai" é o mais discriminado. É fácil ser condescendente com o aluno pobre. O aluno rico, não. Ele tem tudo. Não precisa de mais nada. O que é ter tudo? Ele tem dinheiro, carro, o escambau. Só não tem afeto. Quase não vê o pai e, às vezes, a mãe também. Se ele tem boa índole, geralmente se degenera indo para as drogas. Se não tem, vai para o exibicionismo, a violência. Ele é um pária. Não tem amigos. Tem puxa-saco, para extorqui-lo. Num regime desigual como o nosso, o jovem pobre morre de fome, ou morre pela violência da polícia. O jovem rico morre de depressão, morre pelo suicídio, morre pelo autodesprezo, morre pela loucura. É muito difícil ter tudo e não ter nada. Saber que sempre é bajulado, mas nunca é amado. Onde o Estado é fraco todo mundo é miserável. O pobre porque não tem. O rico por medo de perder o que tem. Ser rico e ser miserável ao mesmo tempo é muito mais do que ser mendigo.

Como na lenda do Rei Midas, que pode transformar tudo em ouro, mas não pode, nunca mais, beber uma gota d'água. O mundo que eu quero para os meus filhos e para os filhos dos outros é o mundo onde haja o mínimo de desigualdade social. Certa vez vi vó Docéu chegar à casa de vó Bina com um colar de brilhantes. Vó Bina estava com um colar de sementes de mulungu. Vó Docéu gostou e Vó Bina tirou o colar do pescoço e deu a ela. Vó Docéu disse: "Não posso te dar o meu colar, porque foi meu presente das bodas de prata". Vó Bina respondeu: "Não tem problema... Já tenho tanto colar...

– Para, Nininho, pelo amor de Deus...

– Espero que você melhore a empresa e, depois, se livre dela. Se um anjo descesse do céu e encontrasse você e seu esposo, para o anjo escolher o mais feliz, qual dos dois você acha que o anjo escolheria? Outro dia vi um texto na Bíblia que dizia: "Cada um de vocês que se salve a cada dia".

– Não me bata tanto, Nininho...

– Não estou batendo em você... Estou acordando você.

XLVIII

No outro dia cedo, um belo dia ensolarado, Amália convidou o Tailandês, Vitorino e Adélia para caminhar um pouco pela praia.

– Doutora Amália, só porque a senhora é a presidenta da empresa, não vai trabalhar hoje?

– Não, meu patrão... O diretor-geral vai me substituir.

– O Vô sabe disso?

– Quando falei com ele, disse que eu me virasse, pois agora ele está "cagando e andando".

– Aí, Vossa Senhoria aproveitou...

– Vá se fuder, Nininho...

– Êpa, presidente de uma grande empresa não pode dizer palavrão. Vô Alexandre só falou a palavra "cagando" depois que deixou o cargo.

– Falando sério, Nininho, você pensou em nosso papo de ontem à noite?

– Era pra pensar? Você não me avisou, por isso eu dormi a noite toda.

Amália contou tudo, detalhadamente, aos outros dois.

– Há tempos que venho observando o comportamento de Doutor Vitorino e Doutora Fátima.

– E não me falou nada, Taitai?

– Falar o quê, Lalinha? Isto é problema de vocês. Como se diz aqui na Bahia: tou fora.

– E você, Adélia?

– Eu penso como o Tailandês... O problema é seu e de seu irmão.

– Meu Deus!... Onde fui amarrar o meu cavalo...Vamos nos sentar ali na barraquinha e conversar um pouco?

– Só se for com uma cervejinha bem gelada!

– Aí, eu topo...

– Eu também...

– Nininho, fale com ele o que eu disse a você e qual foi a sua reação.

– Antes, eu acho que eles precisam saber a reação de nossos pais. Mas isso quem deve falar é você.

Amália contou detalhadamente a reação de Vitorino e Fátima.

– O que acha, Taitai?

– Isto é problema seu e de seu irmão.

– E você, Adélia?

– Penso como o Tailandês.

– Fale como eles agora, Nininho.

Vitorininho falou do projeto de Amália de fortalecer a empresa, inclusive influenciando os filhos e os sobrinhos para eles, com o tempo, se engajarem no projeto.

– Mas eu me opus. Acho que ela pode fortalecer a empresa, saneá-la e, depois, livrar-se e a nós também desse monstrengo. Acho que ninguém precisa morar naqueles apartamentos de luxo na Vitória. Eles, alugados, podem nos ser úteis. Precisamos deixar de ser escravos, mas usar o que é nosso. Vô nos deixou, para educar as crianças, sem induzi-las. Isso é prova de sabedoria. Nosso objetivo, agora, é dar a nossos avós todo o conforto e toda a dignidade. Ao mesmo tempo, educar nossos filhos, para que eles andem com os próprios pés, sem ser escravos e sem ser escravizadores. Temos que ajudá-los a abrir os olhos para a realidade.

– Eu concordo com Vitorininho, disse o Tailandês. Num regime de exclusão, todos são escravos. O Estado fraco faz o cidadão mendigo. O Estado forte e democrático faz o cidadão feliz sem precisar de esmola. Nós precisamos ter nossos direitos respeitados. Quando digo "nós", digo nós todos. Quem deseja escravizar aos outros, antes de ser escravizador, é escravo. O escravizador, por mais forte que se julgue, tem sempre um escravizador mais forte, levando-o ao pelourinho. O escravo é visível, o escravizador quase nunca se mostra. Que tipos de cidadão queremos que nossos filhos e todos os homens sejam? Talvez eu não esteja sabendo dizer o que quero. Mas de uma coisa eu sei: eu posso até não ver meu sonho totalmente realizado, mas nem por isso devo abrir mão de meu sonho.

– Fale você, Adélia.

– Vou remoer o que eles dois disseram... Depois, eu falo.

XLIX

No outro dia, Amália foi para a sede da empresa.

– E aí, Carlos, como vão as coisas?

– Tudo bem, doutora. As equipes que vão fazer a pesquisa sobre o índice de satisfação dos funcionários estão quase prontas.

– Ó, Carlos, estou pensando em adiar essa pesquisa. Novas ideias estão surgindo. Será que é possível adiar?

– Sem nenhum problema...

– Carlos, você é um homem que não complica nada.

– A senhora me desculpe, mas todo complicado é burro.

– Também acho. Quantos anos na empresa, Carlos?

– Vinte anos... a senhora era menina.

– Gostaria que você me respondesse algumas perguntas. Mas só perguntarei se você me prometer que vai falar a verdade, sem omitir nada.

– Eu lhe juro pela vida de meus dois filhos...

– Aí, eu vi firmeza... O que você acha de meu Avô Alexandre?...

– Homem direito, sério, cismado que nem o cão, meio unha de fome, mais esperto que raposa, cumpridor da palavra, sem besteira. Precisa ser um pouco mais inteligente.

– Você está satisfeito com o que ganha?

– De jeito nenhum...

– O que faz você ficar aqui?

– Não sei explicar... O fato é que tenho um amor danado pela empresa. Não sei explicar. Eu mesmo acho estranho.

– Você acha que merecia ganhar quanto?

– O triplo do que eu ganho. Dou um sangue doido nisso aqui.

– Já recebeu o salário desse mês?

– Já, sim senhora...

– A partir do próximo mês, você passa a ganhar o triplo.

– Sim, senhora...

– É assim que você me agradece? Nesta frieza?...

– Eu não estou agradecendo não... Eu acho que mereço. É uma questão de justiça. A senhora fez o que a empresa já devia ter feito há muito tempo.

– Você é um revolucionário?

– Não. Sou apenas um homem direito, honesto, que gosta de respeitar e ser respeitado.

– E se eu voltar atrás porque você não me agradeceu?

– Olhe, doutora, vou lhe dizer uma coisa: eu não tenho medo da vida.

– Eu gostaria de que você me fizesse um favor.

– Pois fale...

– Me dê um abraço... Você é um homem de verdade, Carlos.

Ao abraçá-la, Carlos explodiu no choro.

– Que homem frouxo é este? Onde já se viu homem chorar?

– Doutora, não faça mais uma miséria dessa comigo não.

– De hoje em diante, você será meu braço direito e comigo não tem corpo mole.

– Quem é a senhora para me fazer correr da raia?...

– Você mora em que bairro?

– Cajazeira Dois...

– Longe!

– Nem tanto...

– Casa própria ou alugada?

– E com esse salário eu podia ter casa própria?

– Você está de carro?

– Tou com meu fusquinha. Velho, mas danado de bom.

– Pode me levar no São Lázaro?

– Num fusquinha velho?

– Vamos lá, rapaz... Deixe de bestagem.

Ela pediu pra Carlos parar em frente ao edifício em que Vitorininho morava.

– Olhe essa vista aqui....

– De arrombar.

– Vamos ao terceiro andar que vou pegar um livro de Vitorininho...

– Como vai ele?

– Muito bem.

– Tem tempo que não vejo. Gente boa... Mas sem juízo... Ainda anda de bicicleta?

– E muito.

– Casou?

– Casou. Tem três filhos. Todos homens. E trigêmeos...

– Bicho bom de estrovenga!... Desculpe, doutora... Tou caducando.

– Nada não, Carlos. Maluco tem em todo canto.

Ela abriu o apartamento e entraram.

– Lugar bonito... Com meu novo salário posso até alugar um desse.

– Não está para alugar. Mas olhar, pode.

Carlos olhou tudo e falou com Amália:

– Dê um abraço em seu irmão. Moleque bom. Não tinha besteira...

– Você se lembra de seu Zito, Carlos?

– Aquele que mora no fim do mundo e parece que só vive fumado?

– O próprio. Preciso ir a casa dele...

– Nesse fusquinha?

– Sim. Por que não?

– Tem um pequeno problema... a gasolina está no final. Estou sem cheque e sem dinheiro...

– Eu pago.

– Então... Vamos lá!

No caminho Amália aproveitou para tirar algumas informações de Carlos.

Ao chegar à porta do sítio, ela disse:

– Obrigado, Carlos.

– Ó, Doutora, pelo amor de Deus!...

– Quero que você leve um caixote pra mim. Amanhã você me entrega no escritório.

Ela entrou e chamou Vitorininho.

– Há um senhor aí na porta, querendo falar com você.

– Tou indo...

Saiu à porta.

– Carlão, filho da puta!!!

– Ó, cachorro vagabundo!... Desprezou a gente!... Eu soube que tu casou... Cadê os filhos?

– Olha ali, cachorro...

– Aqueles três capetinhas lindos? E a mãe?

– Ao lado deles.

– Ué! Pai branco. Mãe branca... E filhos pretos... Será meu Deus?

– Ó, cachorro!... São adotados.

– Que decepção... Eu que elogiei tanto tua estrovenga para a doutora...

– Mas ela continua... Entra aqui, cachorro.

Ao entrar, Carlos perguntou:

– E aqueles japonesinhos?

– Filhos de minha irmã...

– É mesmo. Eu sabia. Estou ficando leso...

Na saída, Amália falou:

– Obrigada, Carlos.

– Hoje, Doutora, a senhora quase me matou.

L

No outro dia cedo, Amália se encontrou com Carlos na empresa.

– Eu não sabia, Carlos, que você e Vitorininho eram tão amigos.

– Aquele menino nunca teve besteira. Todo mundo gostava dele. Só andava de bicicleta pra baixo e pra cima. Era doido por picolé. Mas nunca tinha um tostão no bolso. Quando via o menino do picolé, ficava rondando... Bastava ver um conhecido que ele falava, com a maior cara de pau: "paga um picolezinho aí pra mim". Ou então: "me empresta um dinheiro aí pra eu comprar um picolé..." E nunca pagava o empréstimo. Mas quando, por acaso, tinha um dinheiro, pagava pra todo mundo.

– Não é porque é meu irmão, mas aquele moleque sempre foi diferenciado.

– Também não podia ver um rabo-de-saia... Mas tudo sem agressividade. A mulher podia ser branca, preta, morena, magra, gorda, alta, baixa, bonita, feia... O que caísse na rede era peixe.

– Safado... Você sabe a loucura da vasectomia?

– Eu e a torcida do Flamengo. Ele continua safado?

– Nada. Parece até que virou monge. E agora que virou pai...

– Olhe, Doutora, não é pra puxar o saco, mas aquilo é gente até debaixo d'água.

– Ele mandou um recado pra você...

– Sério?

– Seriíssimo.

– Mas não é safadeza?

– De jeito nenhum... Ele disse que o apartamento do São Lázaro agora é seu. Bastou eu dizer que você tinha dois filhos e não tinha casa. Estou com a procuração para lhe passar a escritura.

– O mesmo gesto de Zito... Doutora, acho que o mundo ainda tem jeito.

– Também acho... Mas não precisa chorar...

– Uma coisa eu sei: aquele menino ainda vai espantar muita gente.

– Você conhece quase todos os funcionários...

– É verdade.

– Se você fosse o dono da empresa, quais os funcionários em quem mais você confiaria?

– Quantos nomes a senhora quer?

– Onze. E não me pergunte por quê.

– Francamente, não estou entendendo direito.

– Vou ser mais clara. Quero doze funcionários que queiram e que possam segurar a empresa. Um, eu já tenho.

– Eu, se fosse a senhora, não me pediria isso.

– Acontece que eu não sou você...

– Por favor, não me bote nessa sinuca de bico.

– Já botei: problema seu. Está com medo, Carlos?

– Cagando de medo. Não me responsabilizo pela merda que eu fizer. Quanto tempo a senhora me dá?

– Três dias...

– "Deus meu! Deus meu! Por que me desamparaste?"

– Pensei que você fosse menos frouxo...

– Pois pensou mal: sou frouxo pra caramba.

– Mudando de assunto, você elogiou muito meu avô... Me diga alguns defeitos dele.

– Eu também mostrei alguns defeitos...

– Mostre outros...

– Pensa que sabe mais do que o que sabe, está sempre desconfiando de todos, morre de medo da filha, sempre se considerou insubstituível.

– Você tem medo dele?

– Tenho. Pouco, mas tenho.

– E a relação dele com meu pai?

– O senhor Alexandre sempre quis botar doutor Vitorino como presidente da empresa...

– E por que não o fez?

– Doutora Fátima não deixava.

– Meu avô lhe disse isso?

– Não precisava dizer.

– Outros funcionários pensavam como você?

– Não sei: nunca perguntei.

– Meu pai seria um bom presidente?

– Acho que sim. Ele é muito inteligente e criativo.

– No seu modo de ver as coisas, por que meu pai se acomodou tanto?

– Para não ferir a senhora e, até certo ponto, seu irmão.

– Você acha que ele agiu certo?

– Ele agiu como pai.

– Você gosta de meu pai?

– Não sei... Mas tenho um respeito danado por ele. Ele se anulou para não ver vocês dois sofrendo.

– Você acha que ele gosta mais de mim ou de Nininho?

– Da senhora...

– E minha mãe?

– Ela não gosta de ninguém. Nem dela mesma.

– E por que meu pai ainda vive com ela?

– A meu ver, ele não "vive" com ela. Ou melhor, ele não vive.

– Você acha que um dia ele vai reagir?

– Se ele reagir, eu espero estar bem longe.

– Carlos, você fez que curso?

– Técnico em Contabilidade.

– Daqui a três dias nós nos encontraremos.

– Está bem...

LI

Depois do encontro de Amália e o "grupo dos doze", ela resolveu conversar com o senhor Alexandre Manuel.

– Vô, precisamos ter um papo sério.

– Tem que ser hoje?

– Tem que ser agora.

– E eu que pensava que já era um homem livre...

Amália falou da nova organização da empresa.

– Mas precisava de doze chefias?

– Era o mínimo, vô.

– Esse negócio de décimo quarto salário me parece uma extravagância...

– Quer mudar a presidente? O cargo está a sua disposição...

– Tá maluca, menina?

– E o que o senhor achou das cestas básicas?

– Disso, eu gostei... Já tinha até pensado. Só estava esperando a coisa melhorar.

– Vô, as "coisas" só melhoram se os trabalhadores estiverem satisfeitos.

– Os incomodados que se mudem. Há muita gente querendo emprego...

– Essa mentalidade, vô, é de escravocrata, de senhor feudal.

– Essa conversinha mole está cheirando a papo de comunista...

– Vô, se você tivesse o poder de mudar o mundo, o que você faria?

– Muita coisa...

– Olhe, não quero fantasia. Quero algo factível, lógico, possível, necessário, justo...

– Primeiro: nunca mais permitir que alguém passasse fome.

– Beleza! Segundo...

– Saúde e educação teria que ser para todos. E todo mundo recebendo o mesmo tratamento.

– Legal. Terceira...

– Todos teriam direito à moradia. E sem essa de uns morarem em palácios e outros, em choupanas.

– Quarta...

– Todo mundo ter direito à diversão, à recreação...

– Quinta...

– Lutar por um mundo sem guerra, sem violência.

– Sexta...

– Que o trabalho do operário fosse tão valorizado quanto o do doutor.

– Sétima...

– Que toda crença religiosa fosse respeitada, sem ser nunca considerada inferior.

– Estou satisfeita, vô. Mas por que você queria o mundo assim?

– Para evitar que o comunismo desgraçasse o mundo. Que ele viesse acabar com os pobres, tirando todos os direitos deles. Prefiro morrer, minha neta, a ver esta ideologia comunista fuzilando os pobres e tomando o pouco que eles têm.

– Vô, vamos ali na barraquinha de Chico, tomar uma água de coco?

– Pode ser... Depois, nós continuamos o papo.

LII

Depois de tomarem a água de coco, Amália procurou Vitorininho, Adélia, o Tailandês e falou da nova organização da empresa.

– Eu acho que é por aí, maninha. Você, como sempre, dando nó em pingo d'água.

– O senhor Alexandre vai ficar boquiaberto, quando vir os resultados. A meu ver, não tem como dar errado. Mas eu preciso de vocês três, pelo menos para me ouvirem.

– Em matéria de ouvir, eu acho que sou bom. Só não sei dar palpite.

– Isso não é orientalismo, amor, é comodismo.

Vitorino falou:

– Vocês não estão notando que meu avô e Diego só vivem falando baixinho?

– Eu sei o que é. Ouvi a conversa deles todinha.

– Apesar de achar muito feio uma mãe de três filhos ouvir a conversa dos outros, quero saber o que foi.

– Eu não estava ouvindo conversa. Acho que eles não me notam muito.

– Qual é o segredo?

– O senhor Alexandre vai comprar um barco bem grande, e Diego será o piloto. Além disso, Diego vai morar aqui, trabalhando em tempo integral. Com mais um detalhe: a namorada vem com ele.

– Oba!!! – gritou Amália. O universo conspira a nosso favor. A namorada de Diego é especializada em educação infantil...

– É como diz vô Zito, de vez quando: "Puta que pariu futebol clube".

– Tudo é uma questão de energia...

– Olha aí gente, até o Tailandês mostrando as unhas. Fumou um baseado, cunhadinho?

– Ainda não...

– Isto aqui vai virar um acampamento de loucos...

– Deus te ouça, minha irmã...

O fato é que "o terreno de seu Zito" virou quase um ponto de atração. Havia todo tipo de comentário. "Coitado de seu Zito: depois de velho, ter que sustentar tanto parente pobre". "O povo diz que aquele velho de olho azul não tem nem bosta no cu pra cagar". "E o japonês branco? Parece que vive passando fome".

E, assim, o "Recanto dos Avós" estava deitando e rolando.

O que tinha o Tailandês de calado, tinha Diego de criativo e conversador. O sangue italiano fazia dele o cidadão mais criativo do "hospício".

Os primeiros presentes que Renata, namorada de Diego, ganhou foi um colar de semente de mulungu de vó Bina. E um de esmeralda, de vó Docéu. Renata chorou com tanta emoção que apenas o Tailandês, conteve as lágrimas.

Quando a meninada soube que ia ter no sítio uma escolinha só pra eles, resolveu fazer uma greve de rejeição.

Quem salvou a situação foi vó Bina.

– Meninada, vamos tirar caju no pé lá de cima?...

– Obá!...

Vó Docéu queria ir também, mas a amiga pediu que ela não fosse. Depois, lhe explicaria.

Após chuparem muito caju, empesteando a roupa de nódoa, vó Bina se sentou no chão com os netos.

– Vocês sabiam que eu já fui professora?

– Jura, vó? – perguntou Ana.

– Juro com os dedos cruzados.

– Você gostava?

– Muito, Luisinho...

– Tinha muito menino com piolho?

– Onde já se viu menino sem piolho, Joãozinho?

– Você, quando era menina, tinha piolho?

– Claro, Luísa. Eu sempre fui normal.

A galera caiu na gargalhada.

– Estão rindo de quê?

– De seu desligamento...

– Mas eu não tenho piolho. Quer dizer, só unzinho de vez em quando.

Mais outra gargalhada.

– Por que você está calado, Zezinho?

– Vó, estou pensando seriamente em botar fogo na escolinha! Quer dizer, eu e Rafael.

– Por quê?

– Onde já se viu escola sem amigos?

– Mas todos vocês são amigos...

– Não, vó. Nós não é amigos. Nós é irmão...

– Se eu arranjar amigos para a escolinha, quem vai estudar nela?

Todos levantaram a mão.

– Posso pedir uma coisa?

– Pode!!!

– Esse papo, por enquanto, é só entre nós.

– Tá...

LIII

Vó Bina convidou todos os adultos para uma conversa.

– E a criançada?

– Tia Cira vai levar todos para a praia, Adelinha.

Vó Bina falou do plano das crianças, capitaneado por Zezinho e Rafael.

– Isso se resolve num piscar de olhos.

– Como, vô Zito?

– É só a gente arranjar umas seis crianças de fora para estudar na escolinha.

– Crianças estranhas? Não é perigoso?

– Estranhas para vocês, Docéu. Eu conheço todo mundo aqui. Deixem que eu arranjo as crianças.

– Você sozinha dá conta de doze "anjinhos", Renata?

– Só se alguém me ajudar.

– Eu me candidato, Renata. Já fui professora primária.

– Ótimo, dona Bina.

– Eu também me candidato...

– Beleza, Adélia. Mas nenhum homem se candidata? Que machismo é esse?

– Eu "se" candidato...

– Ótimo, Vitorino.

– E eu também. Um biólogo pode ajudar bem.

– Um agroecologista, melhor ainda. Ainda mais como um piloto de barco...

– Eu, Alexandre Manuel, e o senhor Zezito seremos os fiscalizadores.

– E eu, gente, vou ficar sem nada? Será que virei cachorro morto?

– Não, vó Docéu. Você e tia Cira serão responsáveis pelo lanche das crianças.

– Obrigado, Lalinha... Mas você vai ser mesmo o quê?

– Eu serei a diretora de honra... Isto é, eu serei a figura que só serve para encher o saco dos outros.

No dia da inauguração da escola, foi só comida e festa, das nove às quinze horas.

– Se a escola fosse só isso, era coisa mais boa do mundo...

– Fica sentado pra não cair, Rafinha. Escola é a pior coisa que existe no mundo.

– Quem lhe disse?

– Ninguém... Mas eu sei.

– Você já foi numa escola?

– Não. Mas quase toda noite sonho fugindo. Eu, Joãozinho, o cidadão mais poderoso do Sistema Solar, vou acabar com todas as escolas do satélite.

– Hoje não, Joãozinho, que ainda tem muita comida na mesa. Mas, amanhã, todo mundo está convocado para a guerra dos gigantes contra as crianças.

– Você ouviu o que seu filho está dizendo, amor?

– Na idade dele, eu falava muito mais merda do que isso.

LIV

A escolinha foi sucesso absoluto. Todos os do acampamento queriam ajudar. Vô Alexandre virou menino. Tudo o que ele achava queria comprar pra escolinha. Renata, além de muito preparada, era extremamente criativa. Mas quem surpreendeu a todos foi vó Bina. Ninguém sabia contar e florear um conto de fada como ela. Reis, rainhas, príncipes, princesas, feiticeiras, anões desciam de corpo e alma para o meio da sala.

– É bom todo mundo fazer suas tarefas, ficar bem-comportado, senão vó Bina não conta história hoje...

– Bota essa boca pra longe, Rafael.

Quem ficou toda enciumada foi vó Docéu.

– Professora Sabina, já podemos mandar os lanches das crianças?

– Que besteira, Docéu? Deixou de ser minha amiga?

– Reconheço meu lugar. A quem honra, honra...

– Uma mulher milionária e uma pobre coitada. A melhor riqueza é o querer bem. E você parece que não é mais minha amiga.

– Quem ia mandar uma professora como a senhora distribuir o lanche para as crianças? Já eu...

– Olhe, Docéu, eu tenho muito respeito por você. Portanto, ou volte a ser o que era, ou não me dirija mais a palavra debochando de mim.

No outro dia, vó Docéu estava mansa como um carneirinho.

Outra grande surpresa foi o Tailandês. Todas as crianças se apaixonaram pelas plantas e pelos animais, por causa dele.

O primeiro dia que ele tirou um sapo do bolso foi a maior gritaria.

– Que besteira é essa? Ele é um grande amigo. Livra-nos de animais peçonhentos como os escorpiões. Ele é um presente do céu.

Quem quer segurá-lo? Venha, Joãozinho. Pegue-o com delicadeza. Isto... Assim...

– Quem mais? Venha, Rafael. Bom menino... Todos os animais são nossos amigos.

– Professor, Rafinha mijou nas calças...

– Mijou nada, rapaz. Fui eu quem jogou água nas pernas dele, pra ele prestar atenção na aula.

No fim do ano, o Tailandês virou o herói da turma, e as crianças estavam amando profundamente a natureza.

Vitorininho gostava das crianças, mas, para ele, não havia meninos mais perfeitos e mais lindos do que "os três mosqueteiros".

– Deixa de ser babão, Nininho. Seus filhos são lindos, mas os filhos dos outros também são... Vejam os meus três.

– Eu sei, Lalinha...

– Por que fica com essa besteira?

– Posso te falar uma coisa? Mas só se você guardar segredo...

– Fala, babão...

– Tem noites que eu acendo a luz do quarto e fico só olhando meus capetinhas. Passo horas, só olhando a carinha deles...

– É um bestão mesmo...

– Agora, tem uma que eu tenho vergonha de contar...

– Está doido pra falar...

– Por favor, não ria de mim.

– Vai, bestão.

– Todos os três são doidos por melancia. Tem noites que, na hora de dormir, encho a barriga deles de melancia. Aí, deito no chão com eles. Quando acordo mais tarde, estou todo mijado deles... Acho o maior barato.

– É como diz vô Zito...

– "Freude" explica...

LV

Chegaram as férias. As crianças estavam felizes. Elas topavam tudo, menos que vó Bina deixasse de contar estória e o que o Tailandês deixasse de ficar com eles, mostrando a beleza das plantas e dos animais.

– Vocês só têm mais um ano pra ficar aqui. Depois vão para uma escola oficial.

– O que é uma escola oficial, tia Renata?

– Uma escola de verdade, Rafael.

– E esta aqui é de mentira?

– Não, meu filho... Uma escola mais adiantada.

– E esta é mais atrasada?

– Ó, Rafinha, vá ver quem está chamando no portão.

Carlos entrou apavorado.

– Onde está doutora Amália?

– Ali na rede, Carlos...

Ele correu até lá.

– Doutora, aconteceu uma desgraça...

– O presidente morreu?

– E aquela desgraça morre? É coisa muito séria... Ligue pra este número em Belém do Pará...

Uma voz do outro lado:

– Abrigo São Lázaro...

Deseja falar com quem?

– Com alguém da direção...

– Sou eu, o diretor... Sou o padre Enoque.

– Estou falando de Salvador. Sou Amália. Doutora Amália, advogada...

– Louvado seja Deus! Talvez nem tudo se acabe...

– Pelo amor de Deus, padre, diga o que está acontecendo...

– Eles foram jogados, madrugadinha, em petição de miséria, na frente do abrigo.

– Eles quem, Padre?

– O senhor Vitorino e dona Maria de Fátima...

– Estão mortos?

– Ainda não...

– Faça tudo o que o senhor puder. Tudo. O senhor será pago justamente. Estou indo pra aí...

– Mas eu não posso fazer quase nada. Aqui é um abrigo de velhos pobres.

– O senhor tem o telefone do melhor hospital de Belém?

– Tenho. Eu também trabalho lá, com os doentes terminais.

E deu o número do telefone.

Duas horas depois, Amália, ao lado de Adélia, estava voando, num jatinho fretado, para Belém do Pará.

Ao descerem no aeroporto, já havia um carro, com o nome do hospital, esperando por elas.

Foram recebidas pelo diretor do hospital.

Após falar com elas, o diretor perguntou:

– As duas são filhas do casal?

– Eu sou a filha. Ela é minha cunhada.

Amália teve vontade de rir: era a primeira vez que ela chamava Adélia de cunhada.

– Por favor, vamos conversar com os médicos.

O chefe da equipe falou:

– Ele vai se recuperar. Vai levar um tempinho para voltar a si. Mas vai recuperar-se. O caso dela, porém, é muito delicado. Ninguém pode garantir nada. Se vocês tiverem fé, rezem muito.

– Doutor, faça tudo para salvar minha mãe, mas não a faça sofrer desnecessariamente. Em nome da família, nós duas autorizamos que os senhores sejam objetivos.

– Eu lhes afirmo que seremos.

– Obrigada, doutor. Nós podemos vê-los?

– A ele sim...

Ao saírem do quarto de Vitorino, Adélia perguntou:

– Por que ele lhe pediu o sapatinho?

Amália desabou...

LVI

As duas foram para o hotel.

Adélia fazia tudo para ajudar à cunhada.

– Tenha fé, Amalinha, talvez você não perca sua mãe.

– Minha mãe, eu já a perdi há muito tempo. Ou melhor, eu nem sei se já tive mãe. Minha mãe de verdade foi vó Bina. Não é porque minha mãe está morrendo que eu vou transformá-la em santa. Minha mãe só amamentou a mim e a Nininho durante quatro meses. Sabe por quê? Para não ficar com os seios flácidos. Quando eu tinha seis meses de idade, minha mãe me deu uma surra de chinelo. Minha avó Bina passou um tempão sem falar com ela. Minha mãe sempre teve o nariz arrebitado. Ajudava as pessoas para poder manipulá-las. Minha mãe sempre foi mórbida: adorava ver alguém na miséria para ela fazer a sua "caridade". Gostava de chorar com os que choram, mas nunca se alegrava com os que estavam alegres. Ela preferia "ser o primeiro numa aldeia a ser o segundo em Roma". Ela sempre quis mandar, ter poder. Posso estar sendo cruel, mas prefiro assim a ser hipócrita.

– Você já fez análise alguma vez?

– Não. Por quê?

– Sempre com medo...

Uma funcionária do hotel dirigiu-se a Amália:

– Telefone do hospital para a senhora...

– Alô?... Sim. Pode falar. Então chame o chefe da equipe.

– Doutora Amália...

– Ela morreu que horas, doutor?

– Faz tempo.

– Menos ruim para todos...

– Também acho. O funcionário de uma funerária quer falar com a senhora...

– Diga a ele, por favor, que não falo com urubu.

– A senhora é das minhas. Mas vou dar seu recado à ave de rapina. Estamos esperando a senhora.

Amália telefonou para Vitorininho.

– E aí, mano, leva o corpo ou faz o sepultamento aqui mesmo?

– Faz aí mesmo. Não tolero a morbidez dos sepultamentos. Taitai quer falar com você.

– E aí, amor, você está calma?

– Mais do que eu previa.

– Estou ao seu lado. E o que pensa Adélia?

– Também está ao meu lado. Só estou com medo da reação de vó Docéu e vô Alexandre...

– Eu e Vitorino vamos falar com eles... É a vida... A velhice tem mais tutano do que parece.

O sepultamento de Maria de Fátima foi muito simples. Exatamente o oposto dela. Padre Enoque aspergiu água benta no caixão. Adélia e Amália colocaram seis rosas brancas na sepultura. O restante foi cumprido pelos funcionários do "campo santo".

– Já almoçou, padre Enoque?

– Ainda não.

– Vá nos mostrar um restaurante simples e bom. E aí, almoce conosco.

– Aceito o convite, doutoras. Como vai seu pai, doutora Amália?

– Segundo os médicos, em poucos dias poderá viajar conosco.

– Ainda bem.

– Padre, qual é a sua opinião?

– Não sou detetive.

– Mas é padre.

– Acho que foi crime. E parece rolar dinheiro nisso.

– Por quê?

– Quiseram disfarçar. Botaram um casal rico em frente ao abrigo mais pobre de Belém. Mas os detetives vão descobrir.

– Eu tenho um funcionário, Carlos, muito esperto. Ele tem "faro". O senhor topa fazer uma investigação, bem secreta, junto com ele? Naturalmente com total sigilo.

– Pela lógica e pela teologia, eu não posso fazer isto.

– E pela justiça?

– Sedução é pecado, doutora...

– Padre, não conheço nada mais relativo do que o pecado.

Padre Enoque deu uma risada.

– Eu nunca havia pensado nisso...

– Terminou de pensar agora.

– Topo. Mande seu funcionário.

– Aqui está, padre, um cheque para ajudar o abrigo...

– Louvado seja meu São Francisco de Assis. O abrigo nunca recebeu tanto dinheiro. Por que a senhora só me deu o cheque após eu aceitar a incumbência?

– É que eu não gosto de "comprar" ninguém.

LVII

Ao voltar para o hotel, Amália encontrou um casal esperando por ela.

– Doutora Amália, nós somos os colegas de Vitorino e Fátima. Estávamos viajando e, ao chegar, soubemos da catástrofe. Meu nome é Ademar, e o de minha esposa é Almerinda. Embora atrasados, receba nossas condolências.

– Eu agradeço e aceito o apoio de vocês.

– E como está Vitorino?

– Reagindo muito bem

– Graças a Deus. Nós vimos aqui para lhes dizer que conte conosco, sem restrição. Nós e seus pais fomos e somos colegas, amigos, irmãos.

– Doutor Ademar...

– Por favor, deixe o "doutor" fora.

– Ademar e Almerinda, parece mentira o que eu vou dizer, mas, até agora, nós de Salvador não sabemos direito o que meus pais vieram fazer aqui.

O casal sorriu discretamente.

– Eu e sua mãe sempre fomos grandes amigas, mas eu nunca entendi bem a natureza de Fátima. Ela sempre queria ser a melhor em tudo.

– Eu que o diga, minha amiga... Afinal, o que eles vieram fazer em Belém?

– A princípio, associar-se a nós no escritório. Mas, com pouco tempo, Fátima começou a devanear. Disse que, graças a ela, o Senhor Alexandre se tornou um dos homens mais ricos da Bahia. Começou com a fábrica de chocolate, depois fez também a geleia do cacau e, por fim, passou a fazer torta do fruto do cacau, ou melhor, da casca para vender aos criadores de gado.

Amália deu uma bela risada.

– Tudo foi verdade. Só que, quando ela cresceu, meu avô já fazia tudo isso...

– Nós imaginávamos. Ela nos disse que, aqui, eles iriam trabalhar com o cacau e o cupuaçu, seguindo o mesmo processo: chocolate, geleia e torta.

– Haja megalomania...

– Em pouco tempo, ela disse que eles iriam sair do escritório, a fim de trabalhar na própria empresa. E nos colocou a par de todos os recursos que eles possuíam. Quase caímos para trás. Era muito dinheiro e tudo muito bem aplicado.

– No nome dos dois?

– Não. No nome dela.

– Tinha que ser...

– E exigiu que nós administrássemos toda essa fortuna. Eu recusei, mas Almerinda me convenceu que aceitássemos. Ela viu mais longe.

– E meu pai?

– Aéreo, como se nada daquilo tivesse a ver com ele.

– Parece coisa de telenovela...

– Olhe, Amália, Ademar e eu cuidamos de tudo. Algo nos dizia que tínhamos de fazer isso. Agora, observando os trâmites legais, vamos entregar tudo a vocês. Tomem suas providências que lhes passaremos a batuta.

– Vamos resolver isso com calma. O que me preocupa agora é meu pai.

– Mas ele não está reagindo bem?

– Fisicamente, sim. Mas eu falo do emocional. Ele parece, há algum tempo, ser "um homem sozinho".

Adélia interveio:

– Ele vai recuperar tudo, à medida que for se sentindo amado novamente.

- Também acho. A psicóloga tem razão – disse Almerinda.

- Está vendo, Doutora psicóloga? – falou Amália – A senhora vai ter muito trabalho.

LVIII

No outro dia cedo, padre Enoque apareceu no hotel.

– Vamos tomar café, padre.

– Padre não rejeita comida. Ainda mais depois que celebra a missa. A senhora acredita em Deus, doutora?

– Acredito. Só não sei se tenho fé.

– Quase todo mundo é assim.

– O senhor também?

– Às vezes sim... A psicóloga está dormindo?

– Daqui a pouco ela desce.

– Ainda bem...

– O senhor me parece meio enigmático...

– É a vida, doutora. Essa vida não é brinquedo.

Adélia desceu, falou com o padre e tomaram o café.

– As senhoras, mulheres inteligentes, pessoas instruídas, acham que quem é mais importante, a fé ou o amor?

– O amor – disse Amália.

– Eu também acho que é o amor. A gente nunca pode dizer que Deus é fé, mas a Bíblia diz que Deus é amor.

– Mergulhou fundo... Aprendi muito com essa sua afirmativa.

– Padre Enoque – falou Amália– aonde o senhor quer chegar?

– Neste Deus que é amor. Para a senhora, doutora Amália, qual a maior característica de quem ama?

– Ajudar os necessitados.

– E pra senhora, doutora Adélia?

– Perdoar os que nos ofendem.

– A senhora só chuta pra fazer o gol. Doutora Amália, eu tenho uma novidade pra senhora: encontrei o algoz dos pais da senhora.

– Como, padre?

– Ele me procurou por livre e espontânea vontade. E quer falar com a doutora Amália, se a senhora permitir.

– Eu falo com ele, padre... Diga que ele pode vir falar comigo.

– Ele está em minha casa, nos esperando.

– Vamos vê-lo, padre. Você vai conosco, Adélia?

– Claro, Lalinha...

Ao chegar à casa do padre, Amália tremia como uma vara verde.

– Calma, Lalinha, estamos ao seu lado.

– Eu sei, mas não consigo me acalmar.

Padre Enoque entrou para os fundos da casa e voltou com o "criminoso".

– É aquela ali, seu Jerônimo.

O homem se ajoelhou aos pés de Amália.

– Ó, dona, pelas cinco chagas de Nosso Senhor Jesus Cristo, me perdoe pela desgraça que fiz. Mas a fome de meus seis filho foi mais forte do que eu. Eu só lhe peço que não deixe meus filho saber que têm um pai criminoso. Eu estou em suas mãos. Não vou fugir. Pode mandar alguém me matar de tiro, de facada... Eu não vou me defender. Só não quero que meus filho saiba que minhas mão tá suja de sangue. Eu sei que mereço morrer. Eu sou um monstro. Nem a justiça, nem Deus, vai me perdoar. Mas é duro, dona, ver um filho da gente pedindo um pedaço de pão e a gente não ter um tostão no bolso. Eu sei que fui fraco, que fui mal, que fui malvado. Espancar quem nunca fez nada com a gente... Mande alguém me matar, dona. Eu devia ter coragem de tirar minha vida, mas não tenho. Nem pra isso eu presto. Diga a meus filho, padre Enoque, que fui assassinado por um ladrão. Nunca deixe eles saber que tiveram um pai tão covarde. Me ajude a enfrentar meu final de vida, padre Enoque. Sei que meu destino é queimar eternamente no fogo do inferno. Me ajude, padre Enoque!

– Meu filho, o amor de Deus é maior do que todos os nossos pecados. Jesus, agonizando na cruz, perdoou todos os seus algozes. O que você fez foi terrível, meu filho. Mas a graça de Deus é muito maior do que tudo. Como ministro de Deus, eu o absolvo. Até porque, em nada, eu sou melhor do que você.

– Eu também absolvo você, Jerônimo. Até porque não foi você que matou minha mãe.

– Foi eu, sim. Eu juro que foi eu. Foi eu.

– Não foi você não, meu amigo. Foi um sistema injusto, cruel, perverso, que permite que as crianças passem fome. E eu, por covardia ou por otimismo, não tenho combatido esse sistema como ele merece. Você não foi algoz: foi vítima. Talvez, com este tapa na cara, eu tome mais vergonha.

– Louvado Seja Deus!

– Nós não podemos recuperar o leite derramado. Mas, talvez, possamos impedir que mais leite se derrame. Padre Enoque, arranje alguém para cuidar de Jerônimo e sua família. Confio em sua estratégia. Deixe o aspecto financeiro por minha conta.

– Doutora, já que a senhora não consegue me entregar à polícia, eu mesmo me entrego. Tenho que pagar o meu erro.

– Você já pagou, Jerônimo. Você viu, nesses dias, séculos de inferno. Nem Dante foi capaz de imaginar tanto.

– Quem é esse Dante, doutora?

– Um cidadão que eu prezo muito.

LVIX

A cabeça de Amália era um vulcão. Aconteceram tantas coisas em tão pouco tempo...

Ela conheceu de perto o casal que era colega dos pais dela. Conhecera padre Enoque. Mas, sobretudo, conhecera Jerônimo e seu imenso sofrimento.

Parece que a vida lhe arrancara a venda dos olhos. Seu pai estava no hospital. Sua mãe estava na sepultura. Em Salvador, na aldeia, tudo estava fora do eixo.

– Não há outro jeito, Adélia, você tem que voltar para Salvador.

– E você vai ficar sozinha?

– Claro que não. Fico com meu pai, embora meio fora de si, com o casal de colegas de meus pais, com padre Enoque, e, até, com Jerônimo.

– Não sei não. Eu sei que tenho que ir, mas não vou em paz.

– Cuide bem de seus filhos e dos meus também...

Ao embarcar Adélia no aeroporto e voltar para o hotel, Amália caiu num sono profundo. À tardinha, padre Enoque chegou.

– Mande uma mulher entrar primeiro: ela pode estar descomposta.

– Doutora, doutora, a senhora está bem?

– Acho que dormi demais, padre.

– Bem-aventurados os que dormem... Não existe essa bem-aventurança... Estou ficando lelé.

– Bote essa bem-aventurança no "Evangelho segundo Padre Enoque..."

– Louvado seja Deus, a senhora está bem.

– E meu pai?

– Melhor, impossível.

– E Jerônimo?

– Ainda em minha casa... Eu já vi muita angústia... Mas a coisa está muito ruim.

– E a família dele?

– Eu disse a eles que Jerônimo está internado no abrigo, com proibição de visita. Se existisse inferno, eu estaria frito. O que eu já menti para ajudar os outros...

– Não existe inferno não, padre Enoque?

– Ó, doutora, se Deus tivesse feito inferno – porque, segundo a igreja, foi Deus que fez tudo – para os condenados pagarem, eternamente, seus erros, a senhora acha que a Bíblia se atreveria a dizer que Deus é amor?

– Mas sempre me dizem que Deus é amor, mas também que é justiça...

– Um dos pressupostos básicos da justiça é a equidade... Justiça sem equidade não é justiça: é injustiça das brabas. Imagine que alguém viva cem anos cometendo as maiores barbaridades. Ele cometeu cem anos de misérias, mas vai ter que sofrer eternamente pelos seus pecados. O nome disso é justiça ou injustiça?

– Quer dizer que não existe inferno?

– Claro que não. Sabe, doutora, que um inferninho até que não seria muito para alguns... Mas, para a grandeza de Deus, Ele é amor.

– Padre, o que devemos fazer com Jerônimo?

– Minha sugestão é que se procure uma clínica séria de saúde mental, para interná-lo. O homem enlouqueceu.

– Procure esta clínica, padre, e vamos internar Jerônimo... Todas as despesas serão por minha conta. Está chorando, padre Enoque?

– Depois que fiquei velho, por qualquer coisinha meus olhos se enchem de lágrimas. Só procurando um oftalmologista.

– É bom mesmo, com vista não se brinca...

LX

Jerônimo foi internado, e Vitorino estava muito bem. O estranho era que este, até o momento, não havia perguntado por Fátima.

– Eu acho um absurdo que meu pai nunca pergunte por minha mãe.

– E o que é esta vida, doutora, senão um tremendo absurdo?

– Padre Enoque, além de Teologia, o senhor fez outro curso?

– Filosofia e Pedagogia. Meu sonho era fazer Psicologia, mas não deu certo.

– Depois que Jerônimo sair da clínica, o que o senhor pretende fazer com ele?

– Eu tenho um primo que é dono de uma chácara em Macapá. Ele é como um irmão. Fomos criados juntos. Já conversei como ele sobre Jerônimo. Ele me prometeu que vai ajudá-lo.

– O senhor contou tudo, sem omitir nada?

– Tintim por tintim...

– Padre, eu faço questão de ajudar na educação dos filhos de Jerônimo. E o senhor tem que procurar um oftalmologista.

Finalmente Amália e Vitorino iam voltar para Salvador. Tudo que tinha a ser resolvido ficara aos cuidados do casal de advogados, colegas de Fátima e de Vitorino.

– Padre Enoque, daqui a três dias eu e meu pai voltaremos para Salvador. Os colegas dele vão ficar resolvendo os pepinos que sobraram. Primeiro, vão nos levar ao aeroporto. O senhor bem que podia ir também, a fim de que ficássemos mais um pouquinho juntos.

– Irei, com muito prazer.

Finalmente o dia da partida.

Amália, como qualquer perfeccionista, chegou ao aeroporto antes da hora marcada.

– Meu pai, dê um passeiozinho com o padre, para o senhor espichar as pernas.

Logo que eles saíram, ela falou aos advogados:

– Vejam os problemas do inventário. Não se esqueçam de que vinte e cinco por cento serão para a educação dos filhos de Jerônimo e vinte e cinco por cento para o abrigo de padre Enoque. Os cinquenta por cento restantes, para meu pai.

– Ó, Amália, você fez com que eu e meu marido repensássemos nossa vida. Conhecer você foi um privilégio. O mais bonito é que você não faz nada para ser abençoada por Deus. Você luta, de fato e de direito, por aquilo que se chama solidariedade universal. Você não dá esmolas: luta pelos direitos dos oprimidos.

– Se ficar falando isso, eu vou ter que procurar um oftalmologista.

– Não entendi...

– Depois te falo. Estão nos chamando para o embarque. O padre e meu pai estão chegando.

– Agora, doutora, que a senhora já abraçou os seus colegas, venha de lá meu abraço de despedida.

– Nada disso – falou Amália – o senhor vai conosco para conhecer Salvador.

– E meu abrigo?

– Os nossos colegas vão cuidar dele.

– E Jerônimo com a mulher e os filhos?

– Os nossos colegas vão cuidar deles...

O aeroporto ficou parado, olhando um padre, com batina e tudo, correndo como um louco, a fim de entrar no avião.

LXI

A viagem de Belém a Salvador era um pouco demorada. Havia escala em São Luís, Fortaleza e Recife.

– Doutora, por que nossas cadeiras são amplas, confortáveis e as outras, que formam a maioria, parecem bem apertadinhas?

– Nós estamos na classe executiva.

– Qual a diferença?

– É a primeira vez que o senhor viaja de avião?

– De avião grande, é. Só viajei em aviãozinho pequeno. E qual a diferença da classe executiva?

– É bem mais cara.

– Quer dizer que a senhora só veio nela porque seu pai está um pouco fraco...

– Nem sei dizer se foi só por isso.

Até chegar a São Luís, o padre não deu mais uma palavra.

– Pensando, padre?

– Muito, doutora.

O avião desceu, decolou, e Vitorino dormia a sono solto.

– Seu pai dorme um bocado. Faz até inveja...

– Sempre que ele quer fugir de alguma coisa, cai logo no sono.

– Padre Enoque, padre Enoque, acorde. Já chegamos em Salvador. O senhor perdeu dois lanches. Fiquei com pena de acordá-lo...

– Foi bom. Nos últimos tempos tenho dormido muito pouco...

Da saída do aeroporto até chegar ao "Recanto", o padre não deu uma palavra.

O primeiro a abraçar Amália foi vô Alexandre.

– Eu sei, Vô, que você tem sofrido muito...

– Sei lá, minha neta... Parece que estou sonhando. Sempre que eu olho para o portão, sinto que tua mãe vai entrar aqui. E teu pai?

– O tempo todo calado...

– Vai ver teu marido e teus filhos...

– Não, antes, eu vou ver vó Docéu.

Amália viu Vitorino de cabeça baixa em frente à sogra.

– Você nunca teve o cuidado com ela. Agora vem com cara de santo.

– Alto lá, vó... Sua filha, que também era minha mãe, nunca foi flor que se cheirasse. Aqui, todo mundo tinha medo dela. Inclusive você e meu avô. Meu pai foi muito mais vítima do que algoz.

– Mas era minha filha...

– Mas também era minha mãe. Fui a pessoa que ela ainda ouvia... Meu pai, talvez por culpa dele, vivia de cabeça baixa. Vô Zito e Vó Bina procuravam evitá-la de todo jeito. Nininho nunca a levou a sério. Debochava com a cara dela, chamando-a de "princesa sabe tudo".

– Tudo que você disse é verdade. Mas era minha filha. A única que eu tinha.

– Também era minha mãe. A única que eu tinha.

– Meu Deus... Como você se parece com ela.

Amália correu até o irmão.

– Nininho, pelo amor de Deus, me socorre. Vó Docéu me "desnudou" completamente.

E contou tudo.

– Em Portugal tem ninja?

– Eu sei lá... Isso é hora de brincadeira, Nininho?

– Você às vezes é braba... Mas completamente diferente de doutora Fátima. Ela deve ter puxado àquele tio nosso, fascista e filho da puta, chamado Antônio Joaquim.

– Mas era tua mãe...

– Só de direito. De fato, minha mãe sempre foi Vó Bina.

– E teu pai?

– Não preciso dizer... Não posso sentir falta de um pai que eu nunca tive.

– Você é cruel.

– Posso até ser. Só não sou otário. Eu só tenho carinho por quem tem carinho por mim. Sou moleque de rua. E dos bons.

– Olha, gente, está se sentindo o rei da cocada preta...

– Vem cá, Lalinha, como eu tava com saudade de tu... Me dá um abração daquele de quebrar todas as costelas!

Depois do abraço, foram ver Vô Zito e Vó Bina.

De fora, ouviram a voz de Vitorino.

– Eu juro a vocês dois que sempre os amei de todo o coração...

– Ó, filho da puta, por que não dizia isso a nós?

– Quando eu ia dizer, a palavra morria na garganta...

– Meu Deus do céu! ... Cadê padre Enoque?

– Deve ser aquele que tá lá na rede conversando com Diego e o Tailandês...

– Tinha que ser padre Enoque...

LXII

À noite, houve um churrasco de frango de quintal, sardinha, legumes e farofa de feijão verde.

– Quem foi que preparou o churrasco?

– Pra variar, nosso eficiente agroecologista.

– Eu só, não. Eu, Vitorininho, Firmino e Zuca. Foi uma homenagem aos recém-chegados.

– Eu, de minha parte, agradeço muito – disse Amália.

– Eu, na qualidade de "quase estrangeiro", só não comi mais para não cometer o pecado da gula. Um nortista meio negro e meio índio não dispensa uma carninha.

Doutor Vitorino continuou calado como se aquilo nada tivesse a ver com ele.

– Está vendo, padre Enoque?

– Ele nasceu aqui, Doutora?

– Nasceu...

– Já é meio caminho andado. De amanhã em diante, vou tentar interagir com ele.

– Faça mesmo, padre...

No outro dia cedo, o ambiente estava em alvoroço. Alguém, durante a noite, mandou colocar uma placa de metal, relativamente grande, fixada em dois postes, junto à cerca do sítio, em letras garrafais, com os seguintes dizeres: "Aldeia dos Loucos".

Vitorininho vibrou:

– Um anjo desceu do céu, pra definir, com perfeição o que é o nosso grupo.

– Achei o maior barato. Com todo respeito, nunca vi nada tão original – disse Diego.

– O filha da puta é escroto, mas que foi legal, foi. – falava, sorrindo, Vô Zito.

– Não vou sossegar enquanto não botar esse safado na cadeia... – dizia orgulhosamente vô Alexandre.

– Se eu pegasse um corno desse, arrancava os dois ovos dele.

– Sossega, Firmino. – disse Zuca – olhe o padre em tua frente.

– Não é do padre que tô falando não, preta...

Todo mundo caiu na risada. Até o padre.

Os "três mosqueteiros" falaram pela voz de Luisinho:

– Deixa com nós... A gente pega o moleque. Três meninos negros, fortes e bonitos vão até no fim do mundo se precisar.

– Vocês estão se estressando à toa... Será que alguém aqui não tem nenhum pouquinho de loucura?

– Tudo bem, Tailanda... Mas a ofensa foi grande.

– Até você, Diego, que gosta tanto dos vegetais.

– Aí é outra, meu velho...

Rafael pegou uma espada de madeira e gritou:

– Eu, o poderoso gigante, vou trazer o criminoso acorrentado!...

O padre calmamente perguntou:

– As mulheres não se manifestam?

Tia Cira respondeu:

– Não, padre. As mulheres não se preocupam com besteiras.

– Então tenho sugestão: tirar a placa.

Todo mundo ficou calado.

– Quem é a favor de tirar placa levante a mão!

Ninguém levantou a mão.

– Então, pela lógica, a placa deve ficar.

Mais tarde, vô Zito procurou o padre:

– Padre, eu posso me confessar para contar só um pecado?

– Precisa não, seu Zito, o senhor já me contou.

– Mais um pecadinho desse leva a gente pro inferno?

– Leva nada, seu Zito. Se eu lhe contar uma coisa, o senhor garante guardar segredo?

– Claro.

– Esse negócio de inferno é conversa fiada...

– Desde a hora que eu vi o senhor que eu pensei: este filha da puta deste padre tem uma cara de gente boa...

LXIII

Após a calma voltar ao sítio, Lalinha falou com Adélia:

– Preciso muito de você, minha irmã... Você, em Belém, foi uma mão na roda pra mim. Sozinha, eu teria ficado louca.

– O que estiver a meu alcance, farei com toda boa vontade.

– Se prepare... Temos que resolver alguns probleminhas. Vou ter uma reunião com "os doze apóstolos" ... Precisamos fazer várias modificações. Com a "aposentadoria" de meu avô e a morte de minha mãe, a empresa caiu toda sobre mim.

– Conte comigo. Só que tenho muito pouco a oferecer.

– Você é que pensa...

Amália foi recebida por Carlos

– E aí, meu velho, como foram vocês sem mim?

– Fizemos o possível e o impossível. O Senhor Alexandre não apareceu nem um minuto. Desculpe, doutora, eu me esqueci de lhe dar os pêsames pela morte de Doutora Fátima...

– Obrigado, Carlos, mas a morte faz parte da vida... Continue o papo.

– Sozinhos, só nós doze, tivemos que nos virar. Eu li para os colegas este pensamento que, com certeza, a senhora conhece: "Caminheiro, não há caminhos. Caminhos se fazem ao caminhar".

– Mergulhou fundo, como diz padre Enoque. Esta é Adélia, minha cunhada, companheira de meu irmão e, agora, minha assessora...

– Prazer, Doutora Adélia... A senhora já nos é muito conhecida. A famosa mãe dos "três mosqueteiros".

– Com muita honra... Mas quem te falou isso?

– O pai mais bestão que "nós" já vimos.

– Parem de jogar confetes, e vamos ao que nos interessa. Estão todos aí?

– Há mais de uma hora.

– Então, vamos lá...

Após as cordialidades de praxe, Carlos foi chamando cada um para apresentar seu relatório. Para apresentar e apresentar-se.

Carlos fez questão de chamar os colegas, por ordem alfabética.

– Estou muito bem impressionada. Eu lhes confesso que estava apreensiva. Agora, porém, estou mais tranquila. Quero dizer às senhoras e aos senhores que não abrirei mão de alguns princípios: trabalho, honestidade, boa vontade e respeito, principalmente aos subalternos. São cláusulas pétreas. Vou levar uma cópia de cada relatório para analisar com minha assessora, Doutora Adélia, aqui a meu lado.

Quando todos se despediram, Adélia falou:

– Que sujeira, Lalinha...

– Quando eu fui ter minha primeira aula de natação, falei com o professor que me levasse para uma piscina rasa, pois eu não sabia nadar. Ele me levou para a piscina número um e me empurrou para dentro dela. Era a piscina mais funda. Pensei que ia morrer afogada, mas saí viva. Ele, sorrindo, disse: "Você já viu que não vai morrer afogada". Usei a mesma tática com você.

– Isso é sujeira da grossa. Onde um graduado em Filosofia vai aprender a administrar uma empresa?

– No mesmo lugar em que um graduado em Direito aprendeu.

– O que é que você pretende mesmo?

– Aprender, junto com você e aqueles que falaram hoje, administrar em grupo.

– E depois?

– Depois é depois... Mas eu quero é comer. Estou morrendo de fome.

No restaurante, Adélia voltou ao papo.

– Diga mesmo o que você quer.

– Preparar todo mundo de tal maneira que eu me transforme na peça menos importante da engrenagem.

– Fale isso de novo.

Amália repetiu tintim por tintim...

– Conte comigo, amiga...

– Que susto você estava me dando...

Esse papo merece um bom vinho. Ou não merece?

– Merece!...

Na saída do restaurante, Adélia disse:

– A "Escola Três Marias" fica aqui perto...

– Pertinho...

– Vamos lá, conhecê-la?

– Claro...

Ao chegar à escola, perguntaram ao porteiro:

– Alguém da direção está aí?

– Todas três...

– Podemos entrar?

– Um minutinho... Vou interfonar.

Virando-se para o carro, o porteiro disse:

– Entrem, por favor.

As duas foram recebidas gentilmente:

– Entrem. Sejam bem-vindas. Meu nome é Maria da Luz.

– Eu sou Amália.

– Eu sou Adélia.

– Irmãs?

– Quase. Somos cunhadas.

Na sala já estava Maria da Paz e Maria das Graças.

– Em que podemos ajudá-las?

– Fale você, Adélia...

– Nós moramos num sítio aqui perto. O sítio de seu Zito.

– Seu Zito... O homem mais estressado do mundo...

– As senhoras o conhecem?

– Seu Zito aqui em toda região é mais conhecido que o papa.

– Ela é neta dele, e eu sou sobrinha...

– Tá vendo, Gracinha, que a coisa é verdade...

– Que é isso, Pazinha? Não seja indiscreta.

– Não – falou Amália – fiquem à vontade...

– Fale com elas, Fezinha...

– Oxente, meninas...

– Podem falar... Algum problema com meu avô?

– Que problema?... Aquilo é um santo. A estória da casa que ele deu é verdade?

– Absoluta...

– Que coisa linda! – disse Daluz. Mas, mais bonito mesmo é a estória dos parentes pobres... Chega me arrepio quando lembro.

– Como é que vocês souberam? – perguntou Amália.

– Ele contou como segredo a alguém. Aí se espalhou...

Adélia interferiu:

– O que é mesmo que o povo diz?

– Que aquele tantão de gente que tem lá é tudo parente dele. Todos pobres. E ele sustentando todo mundo...

– E o velho que veio de Portugal com mulher e tudo?

– Sim, menina...

– Dizem o quê?

– Que ele foi a Portugal e trouxe o velho de olho azul, com mulher e tudo, que dormia nas ruas de Lisboa...

– Tudo verdade – disse Amália. Mas como todo mundo é estudado, as coisas vão melhorar devagarinho. Um dia, a gente chega lá.

– Diz até que tem um japonês que come tudo que é bicho: barata, escorpião, lagartixa, até cobra venenosa.

– Não. Ele come cobra não venenosa...

– Eco!...

– Professoras, vocês aceitam, aqui, meninos pobres?

– Claro. Não temos alunos ricos aqui. Até remediados temos. Ricos, não. Aqui é tudo simples. São quantos?

– Doze...

- Em cada quatro, um é bolsista...

- Que bom. Isto vai ajudar muito.

- Querem ver a escola?

- Pode ser amanhã?

- Claro...

- Então, até amanhã.

- Lembranças a seu Zito...

Ao entrarem no carro, Lalinha disse:

- Vô Zito é um vagabundo...

- É não, Lalinha. Vô Zito faz isso para nos proteger. Principalmente a Vô Alexandre e Vó Docéu...

- É assim que você não sabe administrar?

- Tudo bem, mas todo sigilo é pouco.

- Pois não, minha exímia administradora.

LXIV

A primeira pessoa que Adélia e Amália viram foi Vô Zito.

– Vem cá, Vô...

– Já vou, minha filha.

– Vô, você não mente, mente pouco ou mente muito?

– Depende das circunstâncias...

– Você sabe quem botou essa placa aí?

– Sei, mas não falo quem foi...

– Menino esperto...

– E você mente, Lalinha?

– Claro.

– E você, Adélia?

– Também.

– Eu minto, tu mentes, nós mentimos, todos mentem...

– Por que você mandou botar essa placa aí?

– Tu já viu alguém que não tem medo de doido?

– Não sei. Não me lembro. Acho que não.

– Se visse uma placa dessa, tinha coragem de entrar ali?

– Deus me livre...

– E tu?

– Deus me livre também...

– Agora, aqui todo mundo é pobre e você sustenta todos.

– Sabe quem inventou isto?

– Você...

– Não. Teu avô Alexandre.

– E o português que dormia nas ruas de Lisboa e você foi buscar?

– Ele também...

– Mas você gostou, não foi?

– Achei o maior barato...

– E vó Bina e vó Docéu?

– Grandes colaboradoras das mentiras...

– Antes dele, você mentia?

– Nem um pouquinho. Eu era um babaca.

– Onde Vô Alexandre aprendeu a mentir?

– Diz ele que foi no comércio...

– No próximo ano, precisamos botar os meninos na "Escola Três Marias".

– Boa escola. Todo mundo fala...

– Mas onde é que você vai arranjar dinheiro para dar comida a meio mundo e pagar escola para a molecada?

– O senhor Alexandre proverá...

– Quem é mais inteligente, você ou ele?

– Eu... Muitas vezes mais. Eu não preciso de muito pra ser feliz... Ele precisa.

– Mas você gosta dele...

– Demais... Inda faço ele pensar que é mais feliz que eu.

– Vô, uma vez você me disse que todo rico é ladrão.

– E é...

– Até vô Alexandre?

– Já ouviu falar no "bom ladrão" e no "mau ladrão"?

– Vô, você nos garante que as "Três Marias" vão receber nossas crianças?

– Não me chamo mais Zito se elas não receberem os meninos.

– Lá vem vô Alexandre.

– Bom dia às meninas...

– Vô, você tem saudade das ruas de Lisboa?

– Esse teu avô é um cachorro. Mais fuxiquento do que dona de puteiro.

– Pode contar às meninas tudo que eu disse dele...

– Vou embora, pessoal. Não acreditem em nada que esse cachorro disse...

– Minhas filhas, o Senhor Alexandre é o homem mais honesto do mundo...

LXV

Padre Enoque acordou cedinho e começou a andar pelo sítio. Lá longe, debaixo da jaqueira, estava Doutor Vitorino.

– Bom dia, Doutor...

– Bom dia, padre Enoque.

– Matando a saudade da infância?

– Saudade, padre, ninguém mata. Saudade, a gente alimenta com amor e carinho.

– O senhor nasceu aqui no sítio?

– Exatamente... Lá na casinha do homem mais estressado do mundo...

– ... O senhor Zito.

– O próprio.

– O senhor deve ter sido muito feliz aqui...

– Devia ter sido mais. Eu era muito careta. Só pensava em livro. Além do mais, eu era o menino perfeito. O filho que todo pai queria ter.

– Que horror, meu Deus!...

– Mas, na época, eu achava o máximo.

– Narciso vem muito cedo, doutor. O pior é que, sem um bom exorcismo, ele nos acompanha a vida toda.

– Foi o que aconteceu comigo.

– Eu imagino. "Aquele menino, filho de seu Zito e da professora Sabina, é um homem. Eu morro de inveja dos pais dele".

– E o idiota aqui, por exibicionismo e idiotice, se achava o rei da cocada preta.

– Isso é o que eu chamo de inferno.

– Eu não mentia, não dizia palavrão, não brigava na rua...

– "Vade retro, satanás!"

– Fui o melhor aluno desde o primeiro ano fundamental até o último ano da Universidade.

– E seus pais?

– Meu pai não tava nem aí. Cagava e andava. Minha mãe sempre dizia: "Não fez mais do que cumprir a obrigação".

– Ainda bem que seus pais não eram idiotas.

– E quando eu descobri que podia ganhar bolsas, através de teste, para estudar nos institutos de línguas estrangeiras... Aprendi Inglês, Francês, Espanhol, Alemão e Italiano.

– O senhor dormia?

– E muito. E ainda, pra desgraçar tudo, eu era bonito pra caralho...

– Pare, doutor, pelo amor de Deus. Se o senhor todo dia matar um, na contabilidade do inferno ainda haverá saldo para o senhor.

– Aí, na Universidade, conheci Fátima. Eu era muito assediado pelas meninas. Mas a timidez, embora não parecesse, não me facilitava.

– Ainda bem que o amor veio a seu socorro...

– O pior, padre, é que o amor nunca veio. Eu fui arrastado por Fátima, aqui pra nós, até para a cama. Eu nunca fui seu amor, seu noivo, seu esposo: eu sempre fui o seu troféu. O senhor Alexandre gostou de mim. Mas ela não deixava a presa. Ela era a senhora: eu era o escravo. Me colocou logo na empresa do pai. Mas eu não tinha nenhuma autonomia. Era ela quem ditava as regras. O pai, por incrível que pareça, só fazia o que ela quisesse. E mais, depois de casados, eu não podia conversar com uma mulher... Já ia me esquecendo de uma coisa: ela me obrigou a dizer ao pai dela que eu só me casaria com separação de bens.

– O senhor gostava dela?

– Eu tinha medo dela.

– E seu Zito e dona Bina?

– Me fizeram uma excomunhão tácita...

– E a chegada de Doutora Amália?

– No início, ela queria abortar, pois não queria ter o corpo deformado pela gravidez. Aí, eu barrei. Ameacei abandoná-la. Ela teve a filha, mas era como se esta fosse um bicho estranho. Aos quatro meses desmamou a criança, a fim de que seus seios não ficassem flácidos. Uma noite, Lalinha chorou muito. Não tinha nem feito ainda cinco meses. Ela deu uma surra de chinelo na filha.

– E o senhor?

– Disse que ia falar com os pais dela e pedir o desquite. Ela se curvou. Foi a primeira e última vez que me pediu perdão. Mas disse que não queria mais filhos. Quando Vitorininho nasceu, bem mais tarde, quem veio cuidar dele foi minha mãe, a meu pedido.

Ela era autoritária e dominadora. Queria saber tudo da empresa. O senhor Alexandre não confiava nela. Além de querer saber mais do que todo mundo, ela não ouvia a opinião de ninguém.

Quando Lalinha entrou na Universidade, o avô fez tudo pra ela se entrosar na empresa. A mãe, porém, procurou escanteá-la. Disse ao pai que a neta dele era muito imatura e romântica. Pouco a pouco, porém, ela foi adquirindo a confiança do avô. A disputa entre mãe e filha chegou ao auge com a nomeação de Amália como presidente da empresa.

Amália, além de muito dinâmica, sempre foi extremamente humana e justa. Todos os funcionários tinham verdadeira adoração por ela.

Ademais, Amália tinha uma visão muito moderna. Ao estabelecer o décimo quarto salário, ela marcou um tento!

Um dia, para surpresa de todos, ela falou em participação de lucros.

O velho Alexandre ficou apreensivo.

– Minha neta, vá mais devagarinho. Não quero ver a morte da empresa.

– E não vai ver mesmo. A relação mais espúria, mais podre, mais falsa é a relação entre patrão e empregado. Um nunca confia realmente no outro. Sempre tem sido assim, principalmente no Brasil. Um está o tempo todo querendo garfar o outro. É questão de tempo apenas.

– Sei que muito do que você diz é verdade, mas não me sinto seguro.

– No capitalismo, vô, principalmente num país como o nosso, a relação patrão x empregado sempre tem cheiro de senzala.

– Olhe esse papo de comunista...

– O nome daquilo que eu penso não é "papo de comunista", é "papo de economista". Não quero que você se empobreça, quero que todos, aqui na empresa, se enriqueçam.

– Ó, diabinho, onde tu aprendeu isso?

– Nos livros, na lógica e, sobretudo, no respeito ao trabalhador.

– Eu me rendo. Mas antes quero te dizer que eu tenho um orgulho danado de ser teu avô.

– Posso te xingar, vô?

– Pode...

– Você é um bom filho da puta. Vá ser inteligente, assim, no inferno. Agora eu só tenho dois caminhos: acertar, ou acertar.

– O remo agora é seu.

– Breve te dou a resposta, velho sacana...

LXVI

Após o café da manhã, o padre Enoque saiu com doutor Vitorino caminhando pela praia.

– Acho que o senhor sabe como foi nossa ida para Belém…

– Mais ou menos. Se o senhor quiser, pode dizer novamente.

– Fátima cismou que ia criar uma empresa superior à do pai. Como o senhor Alexandre, em Salvador, trabalhava com cacau, ela, em Belém, trabalharia com cacau e cupuaçu. E praticamente perdeu o bom senso. Foi besteira em cima de besteira. Cada vez mais, ela se afundava. E não ouvia ninguém. Vivia no mundo da fantasia.

– Eu vou mostrar àquele velho decrépito o que é uma mulher inteligente. E ainda vou espremer a rabugem daquela bonequinha deslumbrada. Foi quando aconteceu o acidente. Só me lembro dela brigando no meio da rua com um louco que a ameaçava, mostrando uma barra de ferro. Até que, um dia, acordei no hospital sem saber onde estava.

– E agora, doutor?

– É o que me pergunto. Foi tudo tão rápido. Só de uma coisa eu sei: um homem de minha idade sem ter feito nada e sem saber o que fazer…

– É lógico, doutor, que o senhor está deprimido. Não é uma invenção de sua mente. É uma realidade. É um fato concreto.

– Eu me sinto vazio, inútil…

– Posso lhe fazer algumas perguntas?

– Claro…

– Pegue esse caderno e escreva o que eu perguntar.

– O senhor ama sua filha?

– Muito. Ela é tudo pra mim.

– Será que ela ama o senhor?

– Com certeza. Sinto que ela me ama muito.

– Escreva: "Eu amo muito minha filha e sei que ela me ama muito".

– O senhor ama seu filho?

– Demais, padre. Ele é a figura mais leve que eu conheço. E sei que, ao modo dele, ele gosta muito de mim.

– Escreva isso. Numere cada vez o que o senhor escrever.

– O que o senhor acha de seu Zito?

– A figura mais pura que eu conheço.

– Ele deve gostar um pouquinho do senhor.

– Ele é capaz de dar o sangue por mim.

– Fale um pouco de dona Bina.

– A minha grande heroína. Meu porto seguro. Meu anjo da guarda.

– Cite três pessoas que o senhor admira muito.

– Meu sogro, meu genro e minha nora.

– Se o senhor passasse um mês numa ilha só com uma pessoa, quem o senhor levaria?

– Pode ser mais de um?

– Pode.

– Meus seis netos.

– De todas as pessoas citadas, o senhor seria capaz de odiar uma delas?

– Acho que não.

– Deixe-me ler o que senhor escreveu.

E leu.

– O senhor é padre ou psicólogo?

– Todo mundo é psicólogo, doutor. Mas, graças a Deus, quase ninguém é padre.

– Posso lhe dar um abraço, padre Enoque?

– Pode e deve, meu irmão.

Ao retornarem ao sítio, Vitorino falou:

– Vou tomar um copo d'água e, depois, relaxar na rede.

– E eu vou conversar com o Tailandês.

LXVII

Padre Enoque balançou a rede:

– Doutor, está na hora do almoço...

– Já?...

– Quase uma da tarde.

– Há tempos que não dormia tão bem...

– Então vamos encher o bucho. Zuca fez uma galinha ao molho pardo, capaz de matar um.

Ao chegar à mesa, o padre falou:

– Aqui está o homem.

– Frase maldita, padre...

– Já vi que é leitor da Bíblia.

– Um advogado, no Ocidente, que nunca leu a Bíblia, devia perder o diploma.

– Se o senhor quiser rezar, reverendo, pode começar a oração.

– Mande um menos pecador do que eu.

– Zuca, vem cá...

– O que foi, seu Alexandre?

– Venha abençoar a comida.

– Já abençoei com três pitadas de sal.

– Comida muito bem abençoada. Agora, é comer. – disse o padre.

– Depois – falou Doutor Vitorino – é só rede. Vamos conversar mais relaxado, padre Enoque.

– Preciso ter cuidado... Lá em Belém se diz que o corpo do baiano é dividido em cabeça, tronco, membros e rede.

– Só o dos baianos trabalhadores.

Galinha ao molho pardo, cocadinha de rapadura, café torrado em casa e rede feita no Ceará...

– Padre Enoque, tenho alguns pecados a confessar...

– Procure um padre mais fervoroso.

– Em falta dele, vai o senhor mesmo...

– Grande elogio....

– Eu e Fátima, há mais de vinte anos, não vivíamos como marido e mulher.

– Final de toda parelha que não se ama....

– O senhor acha certo?

– Eu não acho nada.

– O senhor me parece um padrezinho de segunda categoria...

– Graças a Deus.

– Quero falar sério, padre.

– Então, falemos...

– O buraco é mais embaixo, como se diz aqui na Bahia.

– Deixe a brincadeira e fale, doutor.

– Antes de eu namorar Fátima, quando ainda estava no curso médio, tive uma colega por quem me apaixonei. Eu, no fim do curso, fui para a faculdade de Direito, e ela, para Arquitetura. Nós nos amávamos de verdade. Por covardia, oportunismo, safadeza e outras coisas mais, terminei ficando com Fátima. Mas, na realidade, nunca me esqueci de Elvira. Quando meu filho já estava com cinco anos, Fátima me abriu o jogo, dizendo que sentia asco de mim e, por isso, íamos dormir em quartos separados. Que eu fosse viver a minha vida. Mas exigia que, para todo efeito, nós continuássemos sendo um casal feliz. Ninguém podia saber de nosso acordo, sob pena de eu pagar caro.

– Qual foi sua reação?

– De alívio, mas também de muito medo. O senhor acredita em coincidência?

– Eu sei lá, doutor...

– Cerca de três meses depois, entrei num restaurante para almoçar. Em determinado momento, ouvi uma voz: “Fique aqui, meu amor, que mamãe vai lavar as mãos e volta logo". Juro, padre, que senti o mundo rodar. Meu coração batia tanto que eu pensei que fosse desmaiar. Ela foi ao banheiro e voltou para o lado do filho. Eu suava frio. Ela, é claro, não notou a minha presença. E começou a falar com o filho. O som de sua voz era uma facada em minha alma. Em dado momento, ela disse: "Coma tudo, Vivi, que mamãe lhe dá sorvete". Eu juro que pensei em Jesus: "Meu Deus, por que me desamparaste"? Não preciso lhe dizer que não consegui comer mais nada. Uma garçonete veio até mim e perguntou: "O senhor está bem?". Balancei a cabeça que sim. Comecei a puxar e soltar o ar lenta e profundamente. Levantei-me." Como vai, Elvira?". Ela me encarou assustada: "Você?!". Eu, cinicamente: "Em carne e osso..." Uma lágrima caiu-lhe dos olhos. Tive pena e falei com sinceridade: "Você continua linda..." E ela:" Você também. Como vai sua esposa?". Respondi friamente: "Não tenho mais esposa. E seu marido?". Ela, tremendo: "Nunca tive marido". A criança perguntou-lhe: "É o tio, mamãe?". "É um amigo de mamãe". Perguntei à criança: "Como é seu nome, amigão?". O menino, tranquilamente: "Luis... Luis Vitolino...". Padre, eu não sabia se aquilo era inferno ou se era céu. Ela me olhou suplicante: "Por favor, vai embora". "Eu vou, sim. Mas, por amor de seu filho, me dê seu telefone". Ela abriu a bolsa e me deu um cartão com seu nome, endereço e telefone. Saí sem dizer mais nada. Abracei-me ao primeiro poste e vomitei até a alma. Um policial pegou em meu braço e levou-me até a viatura. Dei-lhe o meu cartão com o endereço. Ele me deixou à porta de minha casa.

– Doutor, me permita um palavrão: que porra é essa?

– Eu ainda não vi Elvira, nem Luis Vitorino depois que cheguei de Belém.

– Doutor, estou meio tonto...

– Não é pra menos, padre Enoque. Eu cumpri meu acordo com Fátima. Só seu Zito e, agora, o senhor sabem disto.

– Filho, o que você fez comigo foi confissão ou desabafo?

– Desabafo.

– Graças a Deus!

– Por quê, padre?

– Eu posso ficar livre para contar esta história a outras pessoas. O senhor me promete me contar tintim por tintim o restante desse episódio?

– Prometo...

– Deus lhe pague, doutor!

– Em casa, eu não sabia o que fazer. Precisava falar com ela, mas tinha medo. Uma noite, eu perdi o sono totalmente. Peguei o telefone e liguei. Ninguém atendeu. No outro dia, às dez horas, liguei.

– Alô?...

– Como está você, Elvira?

– Totalmente baratinada.

– Precisamos nos encontrar...

– Também acho.

– Pode ser hoje às quinze horas?

– Pode. Onde?

– No lugar de sempre...

– Valeu. Até as quinze.

Doutor Vitorino encarou o padre.

– Fiquei louco... Corri até o Chópin e comprei o perfume de que ela gostava. Antes das quinze horas eu cheguei à igreja de Santo Antônio, no Centro Histórico. Cinco minutos depois, ela desceu do táxi e veio até mim.

– Por favor, não fale nada. Abrace-me daquele jeito de que eu gosto.

Nós nos choramos como duas crianças.

– Entre no carro...

– Pare, doutor...

– Fique calmo, padre. Rumamos para a orla. Passamos em Itapuã e fomos para a Praia do Flamengo. Procuramos um lugar deserto. Deixamos a roupa no carro. Eu, de sunga, e ela, de biquíni, entramos na água. Ó, bendita Eva, como foste sábia...

– Não blasfeme...

– Não existe, padre, melhor ação do que amar de verdade.

– Graças te dou, pai, porque não existe o inferno.

– Mas existe o céu?

– Claro. O senhor está nele e não sabe...

– Daquele dia, até hoje, estamos juntos. Ainda não me encontrei, desta vez, com ela. Telefonei, pedindo-lhe que me desse um tempo.

– Doutor, tome vergonha na cara!...

– O que é isso, padre? O senhor ficou louco?

– Não. Nunca estive tão perfeito mentalmente. Aprenda com seu filho: cresça. Sabe como é o nome de suas lamentações?

– Não.

– Medo de ser feliz... Na hora que a vida lhe escancara as janelas da felicidade, o senhor se encolhe. Gostou de apanhar, foi? O nome disse é masoquismo. Eu tenho uma raiva doida de gente covarde! O senhor é um cagão, um bosta, um... nem sei o que dizer. Vá pra porra, doutor Vitorino! Meu tempo é muito precioso. Vá se fuder, seu merda. Nunca mais me procure como coitadinho. Cresça e apareça! E saia da minha frente...

Doutor Vitorino pensou:

– O padre enlouqueceu...

Pensou outra vez:

– O padre me acordou.

Com toda força que conseguiu, ele gritou:

– Volte aqui, seu padre filho da puta, senão eu vou quebrar sua cara!...

Padre Enoque voltou.

LXVIII

– Por favor, padre, me ouça mais. Quero lhe pedir que o senhor me escute, mas guardando o sigilo da confissão.

– Uma confissão meia-boca...

– Que seja.

– Está bem.

– Como eu lhe disse, eu e Fátima não éramos mais marido e mulher. Passamos a dormir em quartos separados. Ou melhor, ela saiu do quarto. O pior é que ela deu pra ouvir meus telefonemas. Pra mim, padre, isto foi de uma baixeza inominável.

– Concordo com o senhor.

– Para alguns amigos, ela chegou a dizer que eu a abandonara. E muitos deles me contavam isto. Eu não consigo ter raiva de ninguém. Mas, às vezes, sou de uma indiferença que dói. E foi isso que aconteceu. Eu perdoo o ódio, mas não perdoo a mediocridade. Ela chegou a dizer que eu estava roubando dinheiro dela. Eu, padre, só roubei, em minha vida, uma cocada. Assim mesmo porque estava com fome. Aprendi com meu pai a não subtrair nada de ninguém.

– E os filhos?

– Eles viam como nós vivíamos e tinham medo de que saísse de casa. Aí, eu me acomodei. Nesse processo todo foi que me reencontrei com Elvira. Eu lhe confesso que renasci. Assim, fizemos um acordo: ninguém deveria saber de nosso relacionamento. Mas ninguém mesmo. Eu lhe afirmo que, por este sigilo, nosso amor foi a maravilha das maravilhas. Duvido que alguém, na vida, tenha sido mais cínico do que nós dois.

– Eu sei o que é isso...

– Padre?!

– Eu sou humano, doutor. Não sou um boneco de gelo.

– Me perdoe, pela imbecilidade.

– Está absolvido. Mas... E o menino?

– O menino? O menino foi-me uma dádiva do céu... Mas espere um pouco.

– Agora, tenho todo tempo do mundo.

– Quando eu me "afastei" de Elvira, segundo a própria, ela "murchou". Palavra dela. Da faculdade pra casa e mais nada. Se ela pudesse (palavra dela), mataria todas as pessoas do sexo masculino. Só fazia estudar e trabalhar. Fechou-se para a vida. Não passeava, não se divertia, não queria ver quase ninguém. No ano da formatura, a turma fez uma excursão para Brasília, a fim de ver de perto a obra de Lúcio e Oscar. Ela, é claro, recusou-se a viajar. Mas os colegas "obrigaram-na" acompanhá-los. Afinal, ela era a melhor aluna da turma. Na última noite, ela conheceu Luís, o argentino. Quer que eu pare? Ou melhor, continue o senhor.

– Eles dançaram, beberam, foram ao motel... e nasceu Luís Vitorino. Acertei?

– Quase tudo. Eles se despediram sem dar o endereço...

– Parece história de romance.

– E das boas. Após meu reencontro com Elvira, o mundo virou outro. Ela me contou que o menino nasceu, recebeu o nome de Luís Vitorino, filho de Elvira Rodrigues da Silva e de pai desconhecido.

– Como dizem os baianos: "mulher retada..."

– O moleque se apegou a mim e eu a ele. Eu, advogado, conhecedor das leis, cometi o crime mais bonito de minha vida. Ajudado por um juiz e um promotor colegas de Universidade, arranjamos um "atestado de óbito" para Luís Vitorino, de pai desconhecido e, imediatamente, em outro cartório, registramos o outro Luís Vitorino, tendo como pais eu e a mãe dele. O juiz e o promotor assinaram como testemunhas.

– Santo crime, doutor.

– Também acho… Elvira chorou tanto que fiquei com medo. Minha família pensa que tenho apenas dois filhos, mas tenho três. E o moleque é um chamego doido comigo.

– Ele sabe que o senhor não é o pai biológico dele?

– Pra quê, padre? Pai biológico qualquer vagabundo pode ser… Eu sou pai de verdade.

– Muito lindo… Mas é preciso cuidado…

– Padre, só eu, Elvira e o senhor sabemos disso…

– E Deus, doutor…

– Acho que Deus curtiu foi muito. Afinal, Ele é amor…

– Você tem razão… É preciso cautela para não ferir ninguém.

– Eu só tenho medo de minha sogra… Amanhã eu vou me encontrar com meu filho e a mãe dele. Estou morrendo de saudade.

– Vou ficar rezando pelo senhor, pedindo a Deus que Ele nos ilumine.

LXIX

Seu Zito acordou e procurou padre Enoque.

– Padre, cadê Vitorino?

– Deixou um recado para os senhores. Disse que foi se encontrar com dois amigos.

– Desde pequeno que aquilo é treteiro...

– Não entendi...

– Deixa pra lá. Padre é quase anjo.

– Eu sou um homem cheio de pecados.

– Padre, posso lhe confessar um pecado?

– Com sigilo ou sem sigilo?

– Que diabo é isso?

– Com segredo ou sem segredo?

– Padre não é baú de guardar segredo?

– Então conte.

– Eu achei bom que Fátima morresse.

– Por quê, seu Zito? Que horror!

– Senão era ela que matava meu filho.

– O senhor mandou fazer algum "trabalho "contra ela?

– Eu não mandei. Eu mesmo fiz.

– Isso é pecado dos grandes, seu Zito...

– Isso o quê?

– O que o senhor fez.

– Eu não fiz nada de mais.

– Como não fez?

– Eu só mentalizei o tempo todo que ela não ia conseguir matar meu filho. Estou errado? Tudo, padre, é uma questão de energia.

– Ó, seu Zito, por que o senhor mandou botar essa placa aí?

– Pros malfeitores ficarem com medo. Quando se fica com medo, a energia baixa.

– Onde o senhor aprendeu isso?

– Sei não... Sabe, padre, tenho outro segredo.

– Fale. Mas me poupe de tanto segredo.

– Eu desconfio, faz muito tempo, que meu filho guarda um segredão. O senhor sabe alguma coisa que eu não sei?

– O senhor acha que, mesmo se eu soubesse, eu ia lhe contar?

– Debaixo desse pirão tem carne...

– Me disseram que o senhor era o homem mais tranquilo do mundo...

– E sou.

– Mentira. Essa máscara de tranquilidade é só disfarce.

– É que o senhor não tem filho. Depois que Vitorino foi esmagado pela serpente, ele virou outro. Eu vou lhe fazer uma pergunta, mas só me diga "sim" ou "não".

– Está bem.

– Jura pelo Santíssimo Sacramento?

– Sim.

– Vitorino tem outra família?

– ...

– Tem ou não tem?

– Tem...

– Eu sabia! Que felicidade! Graças a Deus que meu filho não murchou com a energia daquela víbora!

– Alguém mais tem essa desconfiança?

– Acho que não... Só se for Lalinha. Aquilo é esperta...

– O senhor conhece alguém dessa outra família?

– Seu Zito, só agora, depois da morte de Doutora Fátima, foi que conheci seu filho...

– Mas sabe um bocado de coisa...

– Tudo, sigilo de confissão.

– Mentir também é pecado, padre…

– E ser bisbilhoteiro não é pecado?

– O senhor, padre, é igual jegue. Quando empaca…

– Obrigado, seu Zito, por me comparar com o animal de preferência do Mestre…

– Que padrinho enrolado… É mais enrolado do que pentelho de africano…

Padre Enoque explodiu na risada.

LXX

Diego chegou e logo foi chamando seu Zito pra ir pescar.

– Só vou se o padre for...

– Diz que padre dá azar: os peixes fogem.

– Vocês aqui são mais supersticiosos do que em Belém.

– Lá é índio, padre; aqui é africano.

– A energia não tem nada a ver com índio, preto, asiático ou europeu.

– Então vamos fazer uma salada. Vamos levar o africano Firmino; o índio Enoque; o europeu Alexandre e o asiático Taitai.

– Danou-se. Mas eu também vou. E mais você, não é Diego?

O barco era um horror de feiura, mas uma beleza de eficiência.

– Seu Alexandre podia ter comprado um barco menos feio... Eu fico até com vergonha.

– A culpa foi de Zito. Foi ele que escolheu esse bicho...

– Além de feio, é desconfortável. Nem dá pra a gente derrubar uma mulata...

– Vou falar pra Zuca, cachorro...

– Que nada, seu Zito. É só papo meu. Eu sou fiel a minha mulher.

– Até na punheta?

– Aí, também, você tá querendo demais.

– Respeitem pelo menos Alexandre e o padre...

– Por mim, não. Só se for pelo padre...

– E olha, o Tailandês... Ele é um homem sério.

– Sério é a puta que te pariu, Diego!

– Agora fudeu tudo... "Aldeia dos Loucos...". Que nome acertado!

– Olha lá, Diego, o cardume de tainha...

– Agora se virem – disse o padre – seus vagabundos. Fiz minha parte. Conversei com São Pedro...

A pesca foi maravilhosa.

Na volta, o Tailandês perguntou ao padre o que foi que ele fez.

– Nada, meu filho. Falei o que me veio à mente.

– Acho que vou morrer de velho sem entender esse povo.

Na volta, Doutor Vitorino estava esperando o barco.

– "Valha-me Deus, nosso Senhor do Bonfim! / Nunca, jamais se viu tanto peixe assim".

– Feliz, hein doutor...

– Muito, padre... Precisamos conversar.

Uma boa parte dos peixes ficou no sítio e a outra seu Zito distribuiu com a vizinhança.

– O senhor está feliz, doutor...

– Muito, padre. Só o fato de ter visto minha mulher e meu filho...

– Como vai ele?

– Como sempre. Lindo, tranquilo, estudioso, feliz... Acho, padre, que hoje entendi, de fato, o que vocês chamam de "bênção de Deus".

– Mas tenho novidades...

– Boas?...

– Creio que sim. Seu Zito descobriu quase tudo.

– Meu pai é aquilo que os baianos chamam de "cão de camisolão no alto da laranjeira, numa encruzilhada do cemitério, na sexta-feira santa..."

– Tudo que ele me perguntou eu lhe disse a verdade.

– Foi bom, padre. Melhor assim. Só temos que ter sabedoria.

– Que tal conversarmos eu, o senhor e ele?

– Acho ótimo.

Após a janta, os três saíram discretamente para a pedra, no fundo do sítio.

Vitorino contou quase tudo ao pai. Omitiu apenas que Luís Vitorino não era seu filho biológico.

– Ó, meu filho, hoje sou um novo homem... Não preciso dizer mais nada.

– Tenha certeza, pai, de que no fundo de meu coração estão guardadas quatro pessoas: Zito, Amália, Vitorininho e Luís Vitorino.

– Cuidado, filho, pois não tenho mais idade para ouvir certas declarações.

– Padre, não tenho mais nada a esconder de ninguém... É questão só de prudência.

O padre deu uma risada.

O segundo encontro foi com Lalinha e Vitorininho juntos. Os dois ficaram boquiabertos.

– Interessante – disse Amália – ela te escravizou e te libertou. Isto era bem dela. Capaz até de fazer o bem, desde que ela fosse a chefe.

– Sabe o que é que esse teu filhão quer mais? Abraçar meu irmão.

O encontro com vó Bina foi uma delícia:

– É, meu filho, "Deus escreve certo em linhas tortas".

O senhor Alexandre foi de uma honestidade cruel.

– Eu, mais do que ninguém, meu filho, sei quanto você sofreu. Eu, em seu lugar, não teria suportado um décimo do que você suportou. Cheguei até suspeitar que você era um imbecil, um masoquista, um incompetente... Hoje, eu só tenho a te pedir perdão. Me dá um abraço, meu filho. Se você precisar de mim, lhe darei meu próprio sangue.

E abraçou Vitorino que, até então, havia segurado as lágrimas. Ele abraçou o senhor Alexandre, beijou-o várias vezes, mas não conseguiu articular uma palavra sequer.

O medo agora era enfrentar Vó Docéu. Depois que ela ouviu tudo, apenas disse o seguinte:

– Quem aqui faz, aqui pagará um dia.

LXXI

Vitorininho estava eufórico. Ele fora designado para conversar com o restante da galera.

– Padre Enoque, o senhor vai comigo...

– Quando eu voltar para Belém, não sei o que os senhores vão fazer.

– Deus proverá...

– Aí, gente, satanás pregando quaresma...

– Eu acho, padre, eu sou mais puro do que você.

– Não duvido não, meu filho... Mas vamos ao que interessa: que horas é o encontro?

– Logo depois da novela das oito. Decisão de Tia Cira.

Ao redor da mesa grande estavam o Tailandês, Adélia, Diego, Renata, Firmino, Zuca e Tia Cira.

– Quero avisar a vocês que Vô Alexandre e Vô Zito mandou dizer que vocês arrumem seus panos de bunda e se piquem.

– Primeiro, senhor mensageiro, não é "mandou": é "mandaram".

– Ah, se você não fosse padre...

– O que é que você tem, Vitorininho, que tá cagando de medo? – perguntou Diego.

– Ah, se o padre não estivesse aqui...

– Ó, Vitorininho, deixe que eu falo.

– Brigado, seu Padre. Quando eu estiver no céu, vou mandar tirar você do purgatório...

– Amigos, acho que todos aqui sabiam que o relacionamento de Doutor Vitorino e Doutora Fátima não era grande coisa...

– Pare de eufemismo, padre...

– Então, Senhor Tailandês, todos sabiam que o relacionamento deles era uma bosta!

– O padre se retou... – gritou Firmino.

– Nesta "Aldeia dos Loucos", eu sou a mais velha. Me ouçam. Doutor Vitorino e a esposa, depois de certo tempo, não eram mais marido e mulher.

– Quer dizer, não trepavam mais...

– Isto, Diego. Mas mantiveram as aparências.

– Mantiveram... – era a voz calma do Tailandês.

– Pelo que sinto – falou Adélia – todos aqui já sabem tudo. Estamos perdendo tempo. Eles se separaram de fato e cada um foi viver sua vida. Doutor Vitorino se uniu à outra mulher e, desta relação, nasceu Luís Vitorino, hoje arquiteto famoso.

– Meu Deus – falou Zuca – só nós e a torcida do Bahia é que sabemos disso...

– A merda, a bosta, o cocô desta reunião está encerrada.

– O padre se retou-se, macacada!...

– Foi você que armou tudo isso... Não foi, Nininho?

– Eu e o padre.

LXXII

O primeiro encontro de Amália e Vitorininho com Elvira e Luís Vitorino seria no próximo domingo. O mais ansioso era Doutor Vitorino, "o mediador".

– Filho, era melhor você e seu irmão se encontrarem antes. Só vocês dois.

– Tá brochando, é?

– Olha o linguajar que você usa. Seu irmão é um rapaz refinado. Ganhou o prêmio de "Jovem Arquiteto da Bahia".

– E eu vou ganhar o prêmio de "Jovem Vagabundo da Bahia".

– Quando é que você vai crescer?

– Cresço sempre. Basta Adélia dar aquela pegadinha básica...

Doutor Vitorino telefonou para Amália e contou a conversa com o filho.

– Nervoso puro. Nininho será sempre uma eterna criança...

– Será que ele não vai estragar a festa?

– Só se for chorando. Você não conhece mesmo o filho que tem. E você, como está?

– Apreensivo...

Finalmente o esperado domingo. Mesa reservada num lindo restaurante, mas muito simples.

Vitorininho e Lalinha chegaram primeiro.

– Lalinha, esse buquê de chapéu de couro não está meio brega?

– Fique na sua... De flores, entendo eu.

– Não está colorido demais?

– São oito cores... Cores do chapéu de "couro".

– A mãe e o filho são arquitetos...

– Rapaz, fique na sua...

– Tenho medo de fazer feio.

– Fique em paz.

O carro de Doutor Vitorino parou em frente ao restaurante.

– Lalinha, eu vou fugir... Olha que lindo buquê de rosas a mulher vem trazendo!...

As duas mulheres se abraçaram e trocaram os ramalhetes.

– Meu Deus do céu... As flores da minha infância. Há quanto tempo eu não via um chapéu de couro!... Obrigada, meu amor.

– Suas rosas são lindas, também.

Vitorininho dirigiu-se ao irmão:

– Como eu sonhei com este momento...

– E eu também...

E abraçaram-se demoradamente.

O patriarca observava tudo, calado.

– Não me diga que foi você também que escolheu o restaurante...

– Não. Foi meu irmão.

– Bom gosto... simplicidade... beleza... Onde você aprendeu tudo isso?

– Com meu avô Zito... O pai de meu pai.

Elvira, virando-se para o filho, falou:

– Aprenda com seu irmão, meu filho...

– Só se ele me apresentar nosso avô...

– Basta você apertar a mão dele para mijar na cama de noite...

Elvira explodiu na risada.

Depois do vinho, da janta, já no fim da festa, Doutor Vitorino disse:

– Eu sabia que ia ser bom, mas não pensei que fosse tanto...

Ao entrarem no carro, Vitorininho perguntou a Lalinha:

– Onde você foi encontrar aquele "chapéu de couro"?

– Pergunte ao seu amigo Carlos...

– Filho da puta!...

LXXIII

Vitorininho e Lalinha decidiram que, para apresentar o novo irmão ao restante da galera, o melhor era fazer uma feijoada no sítio, agora divinamente sacralizado como o "Recanto dos Loucos". Até as diretoras da escola "Três Marias", agora a escolinha de verdade dos bisnetos de Vô Zito, e mais os seis colegas, chamavam o sítio assim.

Vô Alexandre fez questão de bancar tudo sozinho. Já Vó Docéu jurou que não botaria nem a cabeça na janela.

Às dez da manhã, chegou o esperado trio.

Os "Três Mosqueteiros" estavam terminando a difícil tarefa de pintar Rafael de preto. Este havia jurado estar cansado de ser branco. Quem preparou a tinta foi o pai do próprio Rafael, o Tailandês.

Vitorininho ficou encarregado de apresentar Elvira e o filho aos moradores da aldeia.

– Amigos, esta aqui é a segunda esposa de meu pai, cujo casamento só foi realizado quando ele e minha mãe já estavam separados. Ela é uma grande arquiteta da Bahia e, também, professora de Estética da Universidade Federal da Bahia.

– Eu estou muito feliz em conhecê-los de perto. Segundo Vitorino, este local é mais sagrado do que a Igreja do Bonfim.

Todo mundo aplaudiu durante um bom tempo.

– Galera do mal, este rapaz forte, bonito e inteligente é meu irmão caído do céu, pra minha felicidade. Além de arquiteto, ele é um exímio tocador de violão. Para não parecer que estou mentindo, eu o obrigo a executar o adágio do Concerto de Aranjuez.

Enquanto ele executava a música, o silêncio era total, inclusive por parte das crianças.

Após os aplausos, Vô Alexandre falou ao padre Enoque:

– Como bom conhecedor da Península Ibérica, juro que este rapaz tem sangue de espanhol...

Vô Zito deu uma risadinha discreta ao ver Vó Docéu aplaudir, da janela, o violonista.

LXXIV

Padre Enoque pediu uma reunião com Vô Zito, Vô Alexandre, Lalinha e Vitorininho.

– Dizem que Deus é amor. Eu concordo, mas acho que Ele é, também, um tremendo gozador. Mesmo porque aquela história de que Deus castiga sempre, por qualquer coisinha, é ideia de sadomasoquista. Mas, como eu disse, Deus se diverte com a cara da gente. Estava eu lá em Belém, numa boa, tranquilão, até que aparece Doutora Amália e bagunça toda a minha vida. Trouxe-me para Salvador, para o "Sítio dos Avós", que já virou, de uma hora para outra, "Aldeia dos Loucos".

Ao terminar esta fala, ele caiu no choro.

– Aconteceu alguma coisa séria, padre?

– Aconteceu. E eu não sei o que fazer.

– Padre – disse Vitorininho – seja o que for, nós estaremos ao seu lado.

– Isso é que piora tudo... Meu Deus, tende misericórdia de mim.

– Ó, seu padre, você é um homem ou um troço de bosta? Deixa de chorar e vomita tudo.

– Calma, Zito – falou senhor Alexandre. Não piores a situação do pobre homem.

– Por isso é que não gosto de padre... Se fosse um pai de santo, já tinha falado tudo.

– Ué, vô, você me disse, faz pouco tempo, que gostava muito de padre Enoque.

– É, meu neto, mas agora não gosto mais.

– Ó, padre – falou Amália – abra seu coração.

– O bispo de minha diocese disse que eu tenho de voltar urgente, mas eu não quero ir embora daqui...

– Manda o bispo se fuder...

– Calma, vô...

– Calma, uma porra! Como é que a gente vai viver agora sem o sacana desse padre?

O senhor Alexandre interveio:

– Acho que posso ajudar. Eu conheço bem o cardeal e todo o clero de Salvador. Um pedido de Dom Alfredo ao bispo de Belém é quase uma ordem. Vamos pedir ao cardeal pra ele conseguir que padre Enoque seja nosso capelão.

– Tudo bem, Vô Alexandre, mas nós aqui no sítio não temos nenhuma capelinha...

– A gente faz uma rapidinho.

– Até você, Alexandre, querendo enganar Deus?

– Ó, Zito, vá tomar no.... vá tomar tento.

Até o padre sorriu.

Na saída, Vô Zito puxou o padre pelo braço:

– Belo título... "Capelão da Aldeia dos Loucos".

O cardeal prometeu ao senhor Alexandre que padre Enoque não sairia de Salvador.

A capelinha foi feita de "pau apique". Ficou linda. Sugestão de Doutora Elvira e Luís Vitorino.

– Cruz credo! Parece mais um terreiro de macumba – falou Zuca de Firmino.

– Melhor assim – disse o Tailandês. Já chega de tanta imitação à cultura europeia.

Nos primeiros meses apareceram alguns gatos pingados para assistir à missa. O padre só chegava bem antes ou bem depois do horário marcado.

Assim, pouco tempo depois, só a louca Jandira entrava na capela para matar as lagartixas. Firmino foi, aos poucos, transformando o salãozinho num depósito.

Para todos os efeitos, porém, padre Enoque continuava sendo o capelão.

LXXV

Numa tarde de sábado, estava Diego, o Tailandês e Vitorininho espichados na grama debaixo de uma palmeira.

– Esconde, Diego, lá vem o padre.

– Se eu não escondo de vocês, por que vou esconder do padre?

– Boa tarde, meus filhos... Contemplar a natureza, como vocês estão fazendo, é a melhor maneira de adorar a Deus. Isto se chama adoração por contemplação.

– E acompanhado de um baseadinho é melhor ainda...

– Você já ouviu falar – disse o padre – que alguns homens fazem amor com uma mulher pensando em outra?

– Claro, padre...

– Todo fraco é assim: precisa sempre de algo externo para completar o êxtase!

– O senhor nunca pegou um baseadinho?

– Já. Muitas vezes.

– Gostava?

– Muito.

– Já estava no seminário?

– Já.

– Por que deixou de fumar?

– Uma noite, fumei muito. Fiquei chapadão. Parece que alguém chegou a meu ouvido e disse: "pra você ficar numa boa, não precisa disso, não". Foi meu último baseado. E não senti nenhuma falta. Uns tempos depois falei isso com um padre. Ele me disse que foi Deus que me libertou. Um médico me disse que foi uma alucinação. A psicóloga, que foi a culpa.

– O senhor acha que foi o quê?

– Não sei e nem quero saber. Eu não preciso mais da dita cuja.

O Tailandês disse ao padre:

– A maconha, aqui, ou é romantizada ou é demonizada. Eu estudei muito a dita cuja. Maconha recreativa. Que tal benzetacil recreativa? Ela é remédio, e um bom remédio para certas patologias. E há casos em que somente ela tem funcionado. Não liberá-la, portanto, é um crime. A expressão "maconha destrói tudo" ou "maconha é inofensiva", ambas são irresponsáveis. Quem não quer ser sério, por oportunismo ou por ambição, acaba sempre prejudicando os outros.

– Por que você ficou tão calado, Vitorininho?

– Por que esse papo chato de vocês não tem nada a ver comigo.

Diego levantou a mão.

– Vamos estudar essa porra, juntos?

– Estudem vocês três... Eu prefiro brincar com as crianças. Elas, sim, têm muito a nos ensinar.

LXXVI

Vitorininho procurou o padre e o Tailandês.

– Diego, além de um grande agroecologista, é uma grande figura. Mas ele não gosta de pensar muito. Quando o papo se eleva mais um pouco, ele foge ou muda de assunto. Aí, a gente fica sempre na superfície.

– Eu sempre notei isto, disse o padre.

– Já comigo – falou o Tailandês – ele se aprofunda um pouco… Talvez pela afinidade entre Agroecologia e Biologia…

– Eu estou me sentindo "enferrujado". Meu curso de Filosofia, modéstia à parte, foi muito bom. Só que parei no tempo e no espaço. Queria ler mais, discutir mais, aprender mais.

– Eu também me sinto assim. O Tailandês tem a Universidade. E nós dois?

– Na área da Biologia, eu tenho me atualizado. Mas, na psicossocial, estou um fracasso. Que tal procurar um tema para estudar e debater?

– Eu tenho um…

– Qual, Vitorino?

– "Política e Religião".

– Ou melhor – disse o padre – "Politicagem e Religiosidade".

– Isso… Foi certo na mosca…

– Que tal abrir espaço para quem quiser ser ouvinte?

– Uma boa ideia…

Na primeira reunião, estavam os três debatedores e mais quatro ouvintes: Vô Alexandre, Tia Cira, Diego e Renata.

O padre falou com Vitorino:

– Pensei que a Doutora Amália e Doutora Adélia viessem.

– Essas duas só pensam na "nova empresa".

O apresentador da noite, o Tailandês, anunciou o conferencista: o padre Enoque.

– Meus amigos aqui presentes, escolhi o tema mais simples e mais complexo: Deus. Começo lhes dizendo que tenho muitas dúvidas a respeito de Deus. O "Velho Testamento" nos fala de um Deus ciumento, de um Deus rigoroso, de um Deus que manda destruir cidades, matando, inclusive, as crianças inocentes. Já o "Novo Testamento" nos apresenta um Deus que é puro amor. Qual deste Deus, meus amigos, é o que nós internalizamos? Qual deles é o que nos orienta? E sabem os senhores por que não sabemos de fato quem é Deus? Porque, se soubéssemos, seríamos um outro Deus. Eu não estou aqui para tirar as minhas dúvidas, muito menos as de vocês. Outra coisa: se alguém vem aqui para sair sem dúvidas, é melhor não comparecer. Fique em casa, no calor das cobertas.

Deste momento em diante, só Vô Alexandre comparecia aos encontros. Os demais preferiram o calor das cobertas.

No segundo encontro, o Tailandês falou sobre a vida biológica. No terceiro, Vitorininho falou sobre a vida sociopolítica, destacando a diferença entre política e politicagem. No quarto, o padre falou sobre a vida espiritual, mostrando a diferença entre religião e religiosidade. No final dos quatro encontros, Vô Alexandre recebeu o diploma de melhor aluno. O incrível é que ele abraçou os três "professores" se debulhando em lágrimas.

LXXVII

Quando Vitorininho chegou à sombra da jaqueira grande, encontrou padre Enoque lendo o jornal.

– Se atualizando, não é reverendo?

– Estou querendo entender a manchete da primeira página: "Último criminoso da educação liberado hoje". Que diabo é isso?

– Não queira nem saber. Eu fiz parte deste grupo.

– Você já está debochando de mim.

– Antes fosse, padre... Antes fosse. Lalinha nunca lhe falou disso?

– Não. Nunca...

– Então prepare o ouvido, o coração e o estômago...

E contou como que ele fez o curso médio, o tipo dos colegas, o alto preço, a "pedagogia" do colégio, a autonomia dos alunos, a coragem dos professores...

– Mas isso é algo fantástico...

– Tem mais, padre. De cada quarenta alunos, cinco deles, os totalmente necessitados, tinham os mesmos direitos dos outros. Nenhum de nós, porém, sabia que eles eram carentes. Uma das estratégias da escola era impedir que os alunos visitassem as famílias dos colegas, sob pena de serem eliminados da escola.

– Coisa de doido...

– Bote doido nisso. O primeiro objetivo não era ensinar, vomitar conhecimento. O primeiro objetivo era que o estudante recuperasse sua autoestima. O que na escola "normal" era absurdo, lá era direito. Ninguém era obrigado a ficar na sala. Não havia prova. Não havia nota. Não havia reprovação.

– Aí, a turma se esbaldava... Não era?

– Não. Todo mundo ficou querendo saber aonde iam chegar.

– E você?

– Quase enlouqueço. Eu, que não queria porra nenhuma, fiquei curioso pra saber "o final" da novela.

– Eu já estou assim...

– E mais, quem dava aula mesmo eram os alunos. Os professores só orientavam.

– E os consumidores de drogas? Havia muitos?

– Um cadim... – como diz o bom mineiro. Mas lhe afirmo uma coisa, à medida que a autoestima crescia, as drogas iam diminuindo. Verdadeiro milagre.

– Que droga você usava?

– Chupar picolé. Sempre fui careta.

– Algum aluno debandou do colégio?

– Pouquíssimos...

– E a estória da criminalização?...

– Começaram a surgir boatos que ninguém sabia de onde vinham. Aí, eu já estava fazendo Filosofia. Eu e Adélia. De um momento para o outro, o Brasil inteiro começou a saber que em Salvador havia uma escola de fachada que era um antro de traficantes e usuários de drogas pesadas, todos da alta sociedade. O senhor soube disso lá em Belém?

– Não.

– A imprensa caiu em cima. E as mentiras? Tudo falsidade. Três professores foram logo presos. A maioria dos pais tiraram os filhos, que saíam chorando de fazer dó. Uma professora morreu de infarto, o diretor de artes deu um tiro no coração, em frente à escola. Dizem que o professor de Química enlouqueceu e foi levado para o Juliano Moreira.

A Secretaria de Educação foi obrigada a fechar a escola. A área do colégio virou um lugar de acoitar marginais.

Uns cinco anos depois, uma construtora do Sul do país adquiriu o terreno, que foi transformado num condomínio de luxo.

Depois da construção do condomínio, a emissora que criou e divulgou toda a safadeza mandou um locutor ler um texto, lamentando o equívoco "de alguns jornalistas despreparados".

- E esta manchete?

- Deixe-me ver...

Vitorino caiu na risada.

- Olhe a data do jornal, padre...

- Estou ficando velho.

LXXVIII

Os meninos estavam felizes na "Escola Três Marias". Era-lhes tudo muito familiar. Até porque Renata também passou a ser professora da escola. O maior barato para eles era ir no "carro alegria da vida", sempre dirigido por Diego ou Vitorininho. E, na volta, o carro saía da escola abarrotado. Todo mundo queria uma caroninha. O sexteto era admirado por todos os colegas: eles tinham um carro irado e moravam na "Aldeia dos Loucos".

A escolinha era bem tradicional, mas o ambiente era doméstico, bem familiar. Eles rezavam todos os dias na chegada e na saída. Toda quarta-feira, o professor de Educação Física, sargento Antônio Barreto, hasteava a bandeira, e os alunos contavam o hino nacional. Era um fascismozinho meio tupiniquim e de terceira categoria. Uma vez a professora botou Rafael de castigo. Os "três mosqueteiros", já com formas bem definidas fisicamente, ameaçaram incendiar a escola. Foi preciso que Vitorininho e o Tailandês comparecessem, urgentemente, ao colégio. Depois de um bom papo, entre mortos e feridos, salvaram-se todos. O trio ficou com a maior moral entre os colegas.

Rafael falou com Vitorininho que estava cansado de ser branco. Queria, portanto, ser preto.

– Eu acho difícil. Mas fale com seu pai. Ele é biólogo. E biólogo faz cada coisa... Biólogo é um bicho muito perigoso: sabe fazer tudo.

O Tailandês foi procurado pelo filho.

– Mas filho... Cada um é o que é. Já pensou se eu quisesse ter um olhão aberto assim como o de seu tio?

– Não quero nem saber... Branco, é o que não vou ser mais.

Imediatamente foram convocados o padre Enoque, Vô Zito e Tia Cira para apresentarem uma solução.

– O senhor, que é biólogo e entende de química, não pode inventar uma substância preta, sem perigo, para pintar o corpo do menino? Uma substância que não seja nociva.

– Isso é fácil, mas é ridículo.

– Professor, existe alguém que não seja pelo menos um pouquinho ridículo, neste mundo?

– O senhor me convenceu.

– E o cabelo? – perguntou Tia Cira.

Vô Zito se lembrou que Luisinho estava com uma tremenda cabeleira black power. Era só cortar e fazer uma peruca. Vó Bina faria isso numa boa.

A aldeia inteira ficou sabendo que Rafael, de segunda-feira em diante, ia virar negro.

Ele, então, estava se sentindo um rei.

– Agora não podemos ser mais "os três mosqueteiros"...

– E aí, Luisinho? Seremos "os quatro mosqueteiros".

Os quatro foram correndo procurar o padre Enoque.

– Padre, estamos no mato sem cachorro...

– O que foi que aconteceu, Zezinho?

– Tinha os "três mosqueteiros"?

– Segundo a literatura, sim.

– E "os quatro mosqueteiros"?

– Não. Mas a gente podia criar...

– De mesmo?

– De mesmo.

– Problema resolvido.

Segunda-feira, Rafael teve de acordar às cinco para ser pintado.

O "carro da felicidade" saiu lotado. Todo mundo queria apresentar "os quatro mosqueteiros". Foi necessário que o jipe levasse o restante das pessoas.

Renata entrou na escola e falou com as três irmãs. Elas acharam lindo.

O que mais chamava a atenção era a peruca black de Rafael. Ele, sentindo-se o mais importante dos seres humanos, não falava com ninguém.

Os colegas todos estavam se divertindo.

As aulas começaram, e o "quarto mosqueteiro" não falava com ninguém. Genilson, o menino mais encapetado da escola, puxou a peruca de Rafael e saiu correndo com ela na mão. O dono da peruca correu atrás dele. Ao atravessar a rua, Genilson foi atropelado por uma bicicleta e torceu o pé, tendo que ser levado para o hospital. Praticamente não houve mais aula pela manhã.

Quando Zuca ouviu toda a história, não se conteve:

– Castigo de Deus. Ninguém deve querer ser diferente daquilo que é.

LXXIX

O padre Enoque se sentou ao lado de Vitorininho e quis saber da história de Rafael.

– Ele queria ser preto para igualar-se a meus filhos.

– Isso prova, meu amigo, que o preconceito é criado pela cultura. Não existe estória de raça superior. Você acha que algum adulto "branco" faria o que fez Rafael?

– Claro que não... É quase impossível imaginar-se um adulto branco, como já disse, querendo se tornar preto.

– E o pior, meu amigo, é que a "igreja cristã" estimula este preconceito. O Cristo, apesar de ter nascido onde nasceu, é apresentado como um lorde inglês de olhos azuis e cabelo louro.

– Isto é construído pedra por pedra. Eu viajei muito pouco. E um dos países a que fui é Cuba. Lá eu não vi nenhuma demonstração de racismo. Fomos ver uma apresentação folclórica. No início, estranhei. Jovens negras, brancas, morenas dançando no mesmo grupo. A cor da pele não era motivo de separação. Comentei com o colega ao meu lado. A resposta dele foi bem objetiva: elas comem a mesma comida, moram no mesmo bairro, estudam na mesma universidade... A cor da pele não conta. Em Salvador, disse ele, pretos e brancos, mesmo instruídos, não se misturam tanto. Se o socialismo não é o céu, o capitalismo, com certeza, é o inferno.

– No Brasil eles negam que há racismo. Mas nas novelas da televisão ninguém vê um negro fazendo um papel de cientista, de grande artista, de cidadão bem-sucedido. Pra ele cabe, na maior parte das vezes, o papel de ladrão, traficante de droga ou assaltante.

– Há princípios de que não abro mão. De racista, eu não tenho raiva. Tenho nojo, asco, repulsa. Com esse tipo de gente, eu não me junto.

Os dois ficaram um tempão calados.

– Ó, Vitorino, Doutora Amália lhe falou alguma coisa do assassino da mãe de vocês?

– Até hoje, nada... Lalinha, ao mesmo tempo que é expansiva, é, às vezes, totalmente introspectiva. Principalmente se algo a faz sofrer muito. Eu tive até vontade de perguntar ao senhor, mas não tive coragem. Já que o senhor tocou no assunto, me conte.

– A mãe de vocês foi assassinada, num assalto, por um pobre coitado que só queria o dinheiro, a fim de comprar comida pros filhos. A doutora reagiu e ele, por ser amador, assassinou-a. Sua irmã ficou muito mal, mas disse que queria falar com ele. Eu providenciei o encontro. Foi algo inacreditável. Jerônimo, ao ver a doutora, se ajoelhou aos pés dela, pedindo-lhe que o matasse pelo amor de Deus. Disse que ele só queria um dinheiro pra comprar comida pros filhos. Ela reagiu dizendo que ele não era assassino, mas que assassina era a desigualdade social. Ele só fazia chorar e pedir perdão.

– Meu Deus, padre, que cena...

– A doutora queria que ele entendesse. Mas quanto mais ela explicava, mais ele chorava. Ela me pediu que eu cuidasse dele e, depois, fosse falar com ela.

– É como se eu estivesse vendo...

– Aí, meu amigo, quem quase enlouqueceu fui eu. Ela me exigiu que eu cuidasse de Jerônimo, da mulher e dos filhos, que a parte financeira ficava com ela.

– Esta sim, padre Enoque, é minha irmã.

– Ela tem alguma religião, meu amigo?

– Não, padre. Nem sei se ela ainda sabe rezar o pai nosso...

– Rezar pra quê, meu amigo? A vida dela já é uma oração...

LXXX

Amália procurou Vitorininho.

– Nininho, você tem noção da fortuna de Vô Alexandre?

– Não sei e não quero saber.

– É muito fácil esse comportamento seu, quando existe alguém segurando a peteca. Está na hora, mano velho, de você ser menos egoísta. O nome disso é comodismo, ou melhor, egoísmo. Se não fosse Adélia e Carlos, eu já teria enlouquecido. Se por acaso eu morresse hoje, não sei o que você faria. O dia que eu não aguentar mais, vou meter o pé na jaca. Pego Taitai e as crianças e me pico pra Tailândia. O bonitinho, o santinho que se lasque... Eu não quero muito de você. Quero apenas que me ouça e me ajude a pensar.

E caiu num choro convulsivo.

Vitorininho se abraçou com ela, chorando também.

– Me ajuda, Lalinha, a aprender te ajudar... Sei que sou egoísta, que sou um inútil, que sou um merda...

– Também não é assim, meu amor.

– É. Sempre fui preguiçoso...

– E agora está sendo mentiroso. Preguiçoso, você nunca foi.

– Ó, Lalinha, juro pela felicidade de meus filhos que vou ficar mais perto de você. Que vou te ajudar no que eu puder. Mas me cobre. Ou melhor, me puxe da cama pelos pés.

– Pronto! Mas vou cobrar...

– Cubra, minha flor...

– Vagabundo!...

– Mentirosa...

– Nininho, você sabe quantos colares caríssimos Vó Docéu tem? E nenhum vale menos de cinco mil dólares.

– Não sei...

– Chute.

– Uns trinta a quarenta...

– Se segure pra não cair. Quinhentos e quarenta e três...

– Puta que pariu futebol clube!!!

– Bote puta nisso, meu irmão...

Os dois caíram na gargalhada.

– Como você sabe?

– Trama minha, de Adélia e do padre Enoque... No dia em que Vó e Vô foram ao dentista, nós fizemos o assalto. Cada colar lindo... Ouro de primeiríssima qualidade (o padre já trabalhou, na Caixa Econômica, como avaliador de joias) e pedras preciosas das mais caras: pérolas, diamantes, esmeraldas, rubis, etc. Padre Enoque deu uma ideia dos preços. E o mais interessante é que só havia colares. Nem uma pulseira, nem um par de brincos, nem um anel... Apenas colares. Segundo o padre, só os colares de Vó Docéu já são uma fortuna. Já daria para a família viver bem.

– Eu, Lalinha, nunca vi Vó Docéu com um colar deste.

– Ela só usa os de Vó Bina...

– A simplicidade é bem mais leve... Olhe o "novo Vô Alexandre". A alegria dele é fazer queijo artesanal, linguiças, produzir ovos caipiras, pescar, etc. Tudo monitorado por Diego e Vô Zito. E até se esqueceu da fazenda do Recôncavo.

– Olha, Nininho, temos que rever urgente o comportamento da empresa. Temos que valorizar os funcionários, trabalhar menos e viver mais. Daqui a cinco dias, vou querer três sugestões individuais de você, de Adélia, de Carlos e do padre. Eu também preciso viver.

– E os demais?

– O dia deles vai chegar.

LXXXI

Dois dias depois do papo entre Amália e Vitorininho, este foi acordado com os gritos de Vô Zito:

– Acorda, moleque, tua avó está passando mal.

– O que é que vó Bina tem?

– Não é Bina, não. É Docéu. Sua irmã está lá com ela.

Correram os dois para a casa de Vô Alexandre.

– O que está acontecendo, Lalinha?

– Não sei, meu amor. A coisa está feia. Diego está chegando com o carro pra levar a vó até o Hospital Português. Adélia vai conosco. Tia Cira já foi chamá-la.

– E Vô Alexandre?

– Tomem conta dele. Chamem padre Enoque.

Diego já saiu da aldeia avionado.

Amália, sentada atrás, tentava animar Vó Docéu, que, a cada momento, ficava mais "mole".

– Afunda o pé, Diego...

– Não pode ser mais do que isso.

– Você sabe rezar, Adélia?

– Não, Lalinha...

– E você, Diego?

– Só a "ave-maria".

– Então reze alto.

Ao chegar ao Corredor da Vitória:

– Podemos parar. Vó Docéu agora já é do céu de verdade...

Adélia deu um suspiro e Diego chorava baixinho.

Ao apresentarem o cartão de "Alexandre Manuel" na portaria do hospital, o porteiro se apressou:

– Vai em frente. A urgência é logo à esquerda.

Um médico com cara de anjo pegou o pulso da paciente, suspendeu a pálpebra do olho esquerdo e falou:

– Que descanse em paz...

Lalinha não se segurou.

Adélia abraçou-se com ela:

– A vida é assim, meu amor. Um dia nós também iremos...

Amália pediu à moça da recepção para lhe deixar telefonar.

– Nininho, Vó Docéu se foi... E Vô Alexandre?

– O Tailandês deu um sonífero e ele dormiu. Vou acionar o seguro para o velório. Não se esqueçam de que o jazigo é no Campo Santo.

– Está bem. Quero falar com Taitai.

– Oi, amor... De qual tubo você deu o comprimido ao vô?

– Do laranja.

– Quantos?

– Três.

– Meu Deus do céu! Bastava um.

– E agora?

– Vamos esperar a reação dele. Mas leve Renata para vê-lo.

– Ela é o quê?

– Auxiliar de enfermagem.

– Diga a ela que telefone para a recepção do Hospital Português. Estou esperando.

A atendente falou:

– Telefone para a senhora Amália...

– Fale, Renata...

– O senhor Alexandre está bem. Deve dormir umas seis horas. Mas, só à noite, é que ele vai acordar de tudo.

– Está bem. Chame Vitorininho.

– Fale, Lalinha.

– Administre tudo aí, que vou cuidar de Vó Docéu.

Vitorininho foi ao posto médico e falou com Doutor Benedito.

– Você tem certeza de que este foi o medicamento?

– Claro...

– Ele só vai acordar quando o organismo quiser.

Às dez horas Amália telefonou outra vez.

– E aí, Nininho?

– Segundo Doutor Benedito, o certo é deixar o vô na dele. Nada de forçar o velho.

– O sepultamento será às dezessete horas. É o último prazo.

Diego, Adélia e Amália foram as únicas pessoas no velório. Às dezessete horas Vó Docéu foi sepultada. Na saída do Campo Santo, Amália falou:

– Meu Deus do céu!... Nós nos esquecemos de avisar meu pai, Elvira e Luis Vitorino...

– Freud explica... Vó Docéu detestava "zoada" de velório – falou Diego.

Só no outro dia cedo, Vô Alexandre acordou:

– Vitorininho, por que você está aqui ao meu lado? Cadê sua avó?

– Aconteceu uma coisa desagradável...

Vitorininho contou toda a verdade ao avô.

– Eu também morri um pouco. Como vou viver sem Docéu? Meu neto, pelo amor de Deus, não quero receber pêsames de ninguém. Mais de cinquenta anos juntos... E agora, meu neto, eu vou brigar com quem?

– Comigo, com Vô Zito, com o padre, com Vó Bina, com Tia Cira...

– Com Tia... Cira... Brigar com Tia Cira...

– Tá falando sozinho, vô?

– Oxente, tu não estás aqui comigo?

– Eu e todo mundo.

– Brigar com Tia Cira... Tia Cira... Brigar com Tia Cira...

LXXXII

Após a conversa com Vitorininho, vô Alexandre caiu numa espécie de mutismo: não queria falar, não queria comer, não queria nada...

– Lalinha, o vô parece um sonâmbulo. Não sei mais o que fazer. Deixei meu muquifo, minha companheira, meus filhos, só pra ficar com ele, mas não adiantou nada. Ele só fica olhando pro teto.

– Vamos pedir socorro a padre Enoque.

O padre veio, mas vô Alexandre continuou inerte.

Dez dias após a morte de Vó Docéu, num domingo pela manhã, apareceu Doutor Vitorino com Elvira e Luís Vitorino.

– Bom dia, meu sogro. Como vai o senhor?

Vô Alexandre abriu os olhos rapidamente e falou:

– Venha me dar um abraço. Isto. Você é o filho que a vida quase me deu, mas você escorregou pelos meus dedos...

Doutor Vitorino chorava como uma criança. Ninguém ali conseguiu segurar o choro. Elvira parecia ser a mais emocionada.

Vô Alexandre olhou para Luis Vitorino:

– E você, meu cavaleiro andaluz, não vem abraçar seu avô?

O rapaz o abraçou, mas não conseguiu articular uma palavra.

– Como vai o sol aí fora, Nininho?

– Está lindo, vô...

– Então vamos todos sair desta toca. "Luminosa manhã, / pra que tanta luz?...". Esta era a música que minha amiga Elizeth Cardoso cantava mais bonito. Cadê a comida, minha gente? Estou morrendo de fome...

Lalinha chamou Diego:

– Pegue o carro e vá, com Vicente, ao restaurante Fruto Proibido e compre comida para todo mundo... Volte em cima do rastro... Traga cerveja e refrigerante gelados.

– E o vinho?

– Imagine, Diego, se o Vô vai tomar o vinho do Mané... Se mande.

Vô Zito, Vô Alexandre e o padre Enoque encheram a cara de vinho.

Até o Tailandês ficou preocupado:

– Parece que estão comemorando a morte de tua avó...

– E por que não, amor? Estamos, sim, comemorando a entrada no céu, de Vó Docéu... Nada mais justo.

Lalinha convidou Doutor Vitorino, Vitorininho, Luis Vitorino e Elvira para uma rápida conversa.

– Já passou a hora de conversarmos. Sem nenhum esforço, acabei ficando presidente da empresa. Eu me sentiria muito feliz se vocês quisessem trabalhar conosco.

Doutor Vitorino interveio.

– Filha, você não imagina como isso me deixa feliz. Como você sabe, Elvira e Luís são arquitetos. E dos bons. Eles, ou melhor, nós criamos "nossa" empresa. Você conhece nosso potencial. Eles são os arquitetos e eu o diretor. Quero me sentir "gente que faz". Você nos entende?

– Entendo, aprovo e divulgo este empreendimento. Só não abro mão de sermos o cliente número um.

– Uau!... – gritou Elvira. Isso é tudo que eu queria ouvir...

– Como é o nome da construtora?

– O nome, registrado há mais de trinta dias, é "Construtora Sonho de Lalinha".

– Isso é covardia, pai...

– Não, filha. Isso é amor.

LXXXIII

Após a festa do domingo, vô Alexandre falou com Zuca:

– Será que Dona Cira podia dar uma arrumadinha em meu palacete?

– Fale com ela...

– Será que ela vai de boa vontade?

– Ela só vai se for de boa vontade. Dona Cira é igual jegue: só faz o que quer.

No outro dia, às oito horas, Tia Cira foi arrumar a "Casa do Português".

– Ué, seu Alexandre, está tudo limpinho...

– É que eu fiquei sem sono e fui arrumando... arrumando... terminei fazendo tudo.

– Então, vou embora...

– A senhora nasceu onde, Dona Cira?

– Em Nazaré das Farinhas. Lugar em que o vento faz a curva.

– A senhora é estudada...

– Fiz até o quinto ano primário na Escola Ruy Barbosa.

– A senhora aceita um suco de uva?

– Aceito... Sou doida por uva.

Ela bebeu o copo de uma vez.

– Já tomou vinho do porto, dona Cira?

– Quem sou eu...

– Uma mulata inteligente, bonita, com os dentes maravilhosos.

– Assim eu fico sem graça...

– Vai ao vinho?

– Como?

– Quer o vinho?

– Só um pouquinho. Dois dedos.

– Vamos brindar a quem?

– O senhor é que sabe...

– Às mulatas brasileiras.

– Muito obrigado...

Os dois beberam o vinho.

– Que beleza! Parece o licor de jabuticaba que minha prima faz em Jequié.

Ele aproveitou e colocou mais vinho até o meio do copo. Ela não reclamou.

Lá para o quinto brinde, ele falou:

– Virgem Minha Nossa Senhora de Lourdes!

– O que foi?

– Arrumei tudo, mas esqueci o guarda-roupa.

– Não seja por isso...

Ela se levantou, dirigindo-se para o quarto.

– Por tudo que é mais sagrado, faça-me um favorzito: deixe-me sentir o cheirozinho de seu sovaco.

Os dois rolaram na cama, tirando a roupa um do outro.

Depois, com os corpos molhados de suor, ele perguntou:

– Fiz-te algum mal?

– Me fez um bem danado, seu português safado!

– Ai, mulata gostosa! Agora eu posso realizar os meus desejos. Eu amava minha mulher e nunca a traí. Agora, porém, sou livre. Quero-te muito. Casas-te comigo?

– Deus me livre de casamento. Safadeza, eu quero. Quanto mais escondido, mais fica gostoso. Mas sou ciumenta.

– Ai, mulata linda! Alguém aqui já te quis?

– Já...

– Quem foi?

– O padre Enoque...

– Gajo safado! Por que o rejeitaste?

– Mulher que deita com padre vira mula-sem-cabeça.
– Como vou chamar-te?
– Dona Cira. Eu vou te chamar seu Manuel.
– Assim, mulata linda, fica muito mais gostoso.

LXXXIV

Amália e Vitorininho sabiam que eles teriam que assumir a empresa, assim que Vô Alexandre e Vó Docéu morressem ou ficassem inválidos. Estava tudo "sacramentado" conforme a lei.

Agora vinha Vô Alexandre dizendo que eles deveriam assumir logo. Ele ia entregar imediatamente a peteca.

– Mas, vô, isso é sujeira...

– Sujeira, meu amor, sou eu nesta idade, tendo que trabalhar.

– Mas você trabalha, agora, tão pouco...

– Você está com medo de quê? Quem é que manda, de fato, nisso aqui? Ainda mais agora que Adélia se transformou num "homem de negócios". Eu quero viver bem o restinho do tempo que ainda me sobra.

– Eu sei, vô. Mas tenha pena de mim...

– Se vire. Você é muito capaz. Qualquer coisa, venha chorar em meu ombro.

Não houve jeito. Vô Alexandre não abriu mão de seu sonho.

– Minha neta, preciso dar um presente a certa pessoa...

– Virou adolescente?

– Você tem alguma coisa contra?

– Absolutamente nada. Você escolheu bem, mas me parece um pouco inseguro.

– Ninguém foi mais fiel e mais companheiro do que eu em relação a sua avó. Fui tentado muitas vezes, mas resisti. Agora, meu amor, quero viver a juventude que não tive. E sei que não estou sendo leviano.

– Tem todo meu apoio, vô.

– Eu quero dar segurança a... a...

– A sua mulher.

– Isso. Me ajude.

– Nós todos devemos muito a Tia Cira. Olhe o que fez pelos "três mosqueteiros".

– O que você sugere?

– Ações, vô. Vou escolher as melhores. Qual seu limite?

– Deixo com você. Seja generosa.

– Este, sim, é o meu vô.

Quando Lalinha chamou Tia Cira e lhe deu a notícia, esta quase caiu de costa.

– Quer dizer que eu estou rica, Lalinha?

– Merecidamente. Mas temos que resolver um probleminha. Em caso de morte, quem deve ficar com suas ações?

– Firmino e Zuca...

– Você é retada mesmo!

– Pensei até mesmo nos "três mosqueteiros", mas eles já são milionários.

– Não houve casamento, mas tem que haver o chá de cozinha.

– Não é à toa que isso aqui se chama Aldeia dos Loucos...

– Que tal padre Enoque abençoar a união?

– De jeito nenhum...

E contou a Lalinha as investidas do padre.

– Aqui, quem menos corre, voa.

– Que tal, Lalinha, arranjar uma costela para o padre?

– Vou escalar Diego e Nininho para tão nobre missão... Mas, aqui pra nós, você está gostando do vô?

– Aquele cheirinho de suor e aqueles olhos azuis me deixam louca...

– Isso tudo, só na Aldeia dos Loucos...

LXXXV

Diego bateu à porta do quarto de padre Enoque.

– Há um rapaz aqui querendo falar com o senhor…

– Como é o nome?

– Almerindo…

– Não conheço nenhum rapaz com esse nome. Pergunte o que ele quer.

– Já perguntei, e ele disse que só fala com o senhor.

– Estou indo…

Assim que o padre abriu a porta, o rapaz se aproximou:

– Sou filho de Dona Iara do Cupuaçu. Este nome lhe diz alguma coisa?

– Entre, meu rapaz, e, por favor, fale baixo.

– Não tenha medo. Não vim lhe pedir nada. Queria apenas conhecer meu pai.

– Do castigo de Deus, ninguém se livra.

– Que conversa é essa? O senhor acha que ter um filho é um castigo?

– Não quis dizer isso. "Agnus Dei qui tolis pecata mundi"…

– Não sei Latim. Falo apenas Português e algumas poucas línguas de meus irmãos da floresta. Acho que não devia ter vindo. Sofri muito pra chegar aqui. Fiquei mais de um mês preso em Teresina. Chego aqui e você diz que recebeu um castigo de Deus.

– Eu não quis dizer isso.

– Mas disse… Olhe, senhor Enoque, eu vim à procura de afeto. Eu não sou Doutor, não tenho dinheiro. Mas tenho vergonha na cara.

Saí de Belém e vim trabalhando onde arranjava trabalho. Pegava o dinheiro e avançava alguns quilômetros. Não vim lhe pedir nada. Queria apenas um abraço, que não quero mais. Passe muito bem.

Quando Almerindo saiu, Diego se aproximou dele.

– Por favor, amigo, me ouça.

– Quem é você?

– Amigo do padre Enoque...

– Então, já é meu inimigo.

– Me ouça, nem que seja como inimigo.

– Fale, mas seja rápido. Quero sair daqui...

– Padre Enoque chegou aqui, vindo de Belém, trazido por Doutora Amália. Deu tudo o que pôde a nosso grupo. Sempre renunciando qualquer mordomia, a fim de ajudar os outros. Era considerado santo. Ultimamente começou a perder o bom senso. Acorda delirando, sempre dizendo que vai se matar no rio. Só eu e Renata sabemos disto, pois o quarto dele fica anexo ao nosso. Ele parece que tem medo de qualquer ameaça, por mínima que seja. Hoje, quando lhe falei que você estava aqui, ele fez uma careta horrível.

– Coitado do velho...

– Amigo, por favor, fique aqui. Vamos juntos, eu, você e Renata tentar "salvar" o padre. Eu vou dizer às outras pessoas que você é meu primo. Meu nome é Diego. Vamos ajudar o padre. Ele é uma figura maravilhosa. No meu muquifo tem dois quartos. Um, agora, é seu.

– Valeu, amigão. Me mostre meu quarto.

LXXXVI

Diego espalhou pra todo mundo que Almerindo era seu primo. Disse que ele veio de Manaus pra conhecer Salvador.

– Ué, o primo de Diego é o padre Enoque cagado e cuspido...

– É que os dois vieram da Amazônia. Os dois têm sangue de índio, Zuca.

– Possa ser. Sei não. Debaixo desse pirão tem carne. Mas como o rapaz é primo de Diego...

Renata procurou Lalinha e contou todo o fato.

– Que coincidência, Renata... Logo agora aparece um filho do padre. Como é ele?

– Gente boa... Toda hora brinca com Dieguinho. O menino adora ele.

Diego apareceu dizendo que queria falar com Lalinha.

– Fala, Diego. Não vá me dizer que sua mulher não pode ouvir!

– Pode. Padre Enoque mandou Firmino limpar a capela, dizendo que vai celebrar uma missa amanhã cedo. E disse que Almerindo vai ser o sacristão.

– Acho até bom. Um pouco de religião sempre faz bem.

– Mas Almerindo não entende nada de missa.

– Você, como bom cristão, tem até amanhã cedo para preparar Almerindo.

– Acho que preciso ir embora daqui antes que eu endoide também.

– Ó, filhote, não se esqueça de que estamos na Aldeia dos Loucos ...

Se Diego foi um bom professor, Almerindo foi um excelente aluno. Parecia um sacristão de longas datas.

– Meu Deus do céu, o sacristão é a cara do padre... É lé com cré... Te esconjuro...

– Eu não entendi nada do que o padre disse. Parece língua de terreiro de candomblé.

– Não é isso não, Zuca. O padre falou a língua dos índios. Se fosse nagô, eu entendia tudo.

No final, Vitorininho foi até o altar.

– Eu quero agradecer a padre Enoque por ele ter atendido a meu pedido. Inclusive ter celebrado a missa em Latim, como eu pedi. Todos sabemos que o Latim foi, durante séculos, a língua das liturgias católicas. Eu e padre Enoque quisemos dar este presente aos senhores.

– Será que colou, Lalinha?

– Claro, Adélia. Seu marido é um gênio.

– Nem tanto... Nem tanto...

O padre avisou que no outro dia, no mesmo horário, haveria missa.

A missa em Latim e a semelhança entre o padre e o sacristão foram o comentário do dia.

Só Vô Alexandre e Tia Cira não viram o espetáculo. Estavam descansando.

No outro dia cedo, na capela não couberam os devotos. Havia pessoas que ninguém conhecia. Foi preciso botar o altar fora da capela. Além disso, o sacristão agora era Diego, e o padre celebrou em Português.

Na hora do sermão, praticamente só estavam as pessoas da aldeia.

Padre Enoque falou eloquentemente sobre a vida de Francisco de Assis. Em dados momentos, ele parecia flutuar. Havia um silêncio profundo por parte dos ouvintes.

No final, o padre falou:

– Eu sempre fui pobre, mas, com o tempo, me encantei com o poder do dinheiro. Achei bonita a vida dos ricos. Mas vou me redimir. Não quero de vocês nem mais uma migalha. À semelhança do santo, vou-me embora sem levar nada de vocês.

Tirou a batina e saiu nu do altar.

LXXXVII

Vô Zito pegou uma capa plástica e jogou sobre os ombros do padre Enoque.

– Vamos ali em casa tomar um cafezinho, padre.

– Não quero mais as riquezas de vocês... Agora, serei o fiel escudeiro de São Francisco de Assis.

– Ué, padre, que besteira é essa? O senhor sempre soube que eu sou pobre.

– É verdade, meu filho... Em sua casa, eu posso entrar.

Vô Zito piscou o olho pra Vó Bina.

– Padre Enoque vai tomar café conosco...

Nisto, Vitorininho e Lalinha foram chegando.

– Saiam de minha frente, filhos de Mamon!...

Vô Zito deu sinal pra que eles recuassem. Diego entrou e chamou Vô Zito à parte:

– Temos que levar o padre urgente à Clínica de Saúde Mental de Doutor Reis de Oliveira. Lalinha já falou com o doutor. O difícil é convencer o padre.

– Deixem comigo...

Depois do café, Vô Zito falou com o padre:

– Eu e Diego vamos pegar um remédio na clínica de Doutor Reis. Na volta nós vamos pescar. O senhor nos espere aqui. Mas, se quiser ir conosco, será ótimo. Vamos conversando.

– Eu vou...

Diego piscou o olho pro Vô Zito.

Os três entraram no carro. A malinha do padre, incluindo a bolsinha, já estava no automóvel.

– Ué, padre, vai só com essa capa?

– Acho que já estou é caducando. Vou botar uma roupa decente.

Os três foram recebidos pelo Doutor Reis de Oliveira.

– Sejam bem-vindos os amigos da Doutora Amália...

– Obrigado, doutor. Este é Vô Zito e este outro é padre Enoque.

– Vô Zito já é amizade velha. Prazer conhecê-lo, padre.

– O prazer é meu, doutor.

– Diego, aqui está o remédio que vieram buscar. E você, Zito velho de guerra, como vai a saúde?

– Sei não, doutor. Tenho mais medo de médico do que o diabo tem da cruz.

– Deixa de ser besta, homem. Vou tirar sua pressão.

– Morro que dia, doutor?

– Daqui a duzentos anos. Vaso ruim não quebra. A pressão está um pouquinho alta. Vou lhe dar um remedinho.

– Obrigado, doutor.

– E o senhor, padre, tem ido ao médico?

– Faz um tempão...

– Me dê um abraço... O senhor está bem, mas vou lhe dar um remedinho. Mania de médico...

Vô Zito tomou o comprimido. Depois, o padre.

– Deixe o padre sentar-se no sofá, Diego...

Poucos minutos depois, ele roncava.

– E agora, doutor?

– Não sei não. Vou consultar os colegas. Diga a Amália que o padre dela será bem-cuidado. Antes de vocês saírem, vamos deixar o paciente em sua suíte.

Ao entrarem na aldeia, Vô Zito falou:

– Não estou em paz...

– Por quê, Vô Zito?

– Não sei...

O restante do dia foi muito ruim.

– Que vazio, Nininho...

– Também estou achando. Alguma notícia do padre?

– Amanhã cedo, o corpo clínico vai conversar com ele. A moça falou que o padre está bem. Dorme tranquilamente.

Às seis da manhã, o telefone tocou:

– Por favor, queremos falar com o Doutor Vitorino Júnior.

– É ele que está falando...

– Venha urgente à Clínica de Saúde Mental ... Não demore, por favor.

– Está bem... Logo, logo chego aí!

– O que foi, Vitorininho?

– Chamada urgente da clínica...

– Vamos urgente, Diego e Lalinha...

Ao chegarem à clínica, foram levados ao diretor, que conversava com mais três médicos.

– Notícia bem desagradável...

– Eu imaginava... – disse Vitorino.

– O padre se matou.

Lalinha se abraçou com Adélia, em prantos.

– Dê um calmante a ela, Eduardo.

Ninguém conseguia falar nada.

Diego começou a chorar alto.

– Já avisamos à justiça, à polícia... Há uma carta dirigida "a quem de direito". Ninguém pode tocá-la.

– O pior – disse Vitorino – é a lentidão da lei...

– Vai ser rápido, doutor. Existe um grupo agilizando.

De fato, às quatorze horas, "tudo estava consumado".

O padre, na carta, inocentava todo mundo, inclusive Almerindo. Dizia que não suportou mais a "tentação da carne". Agradecia a todos da "aldeia". Mostrava seu respeito por todos, sobretudo "a Doutora Amália, exemplo de amor ao próximo e de dignidade humana". Afirmava que sentia profundamente ter magoado tanta gente boa. Acabava dizendo que "o meu Deus, que é amor profundo, vai me entender. Ele sabe o quanto lutei pra vencer meus instintos. Não tenho medo de enfrentar a morte, pois sei que meu pai me espera de braços abertos".

Apenas Vô Zito e o Tailandês tiveram coragem de ir ao sepultamento.

LXXXVIII

Um dia depois do sepultamento do padre, Doutor Vitorino apareceu na "aldeia".

– Ó, pai, que bom que você veio me ver. Eu estou sem acreditar no que aconteceu.

– Filha, só não vim mais cedo porque só hoje pela manhã eu soube do ocorrido.

– Você, pai, que conheceu padre Enoque naquele sufoco, deve ter ficado perdidão.

– Você atirou na mosca. Um homem tão sereno, tão humano, tão equilibrado...

– Coração dos outros – dizem os mais velhos – é terra que ninguém vai. Pai, apesar dos percalços, eu sempre amei muito você.

– Nunca tive dúvida disso... Eu, além de amar muito você, sempre admirei demais. Sempre achei que você era minha leoazinha...

– A leoazinha está ferida, pai. Isso que aconteceu me deixou baratinada. Sempre achei que o padre era uma rocha inquebrantável. O que você acha que o levou a este desatino?

– A culpa, filha... A desgraçada da culpa! Ela destrói tudo. E as pessoas mais sérias geralmente são as que se consideram mais culpadas.

– Pai, eu estou precisando muito de você.

– Eu estou aqui pra isto... Você precisa descansar um pouco. Acho que ainda sei um pouco de administração. Nunca posso substituir você, mas posso dar uma mãozinha.

– Que alegria, pai. Estava sem saber o que fazer. Mas sem frescura, pai. Lembre-se de que o obreiro é digno de seu salário.

– De que salário você fala?

– Salário... pagamento... dinheiro...

– Este não me interessa. Meu salário é outro: preciso mostrar ao senhor Alexandre que não me casei com a filha dele por causa de dinheiro. Chegou minha oportunidade e ninguém vai impedir isso.

– Você veio me ajudar ou se vingar?

– As duas coisas. Você nunca foi pobre, filha. Por isso não sabe como dói ser pisado pelos outros.

– Eu me rendo... Além disso serei sua aliada.

– Esta, sim, é a filha que eu tenho...

– Pai, quero outro favor...

– Diga...

– Preciso abrir meu coração com alguém que me ouça sem moralismo, sem certezas, sem exibicionismo, sem modelos, sem regras. Quero alguém que, assim como eu, tenha muitas dúvidas. Estou cansada de ser considerada "boazinha".

– Filha, de que é que você se sente culpada?

– Acho que devia ter me soltado mais...

– Mas você se ama pra burro...

– Ainda bem.

– Você tem um ótimo pedigree...

– Puxei a você, foi?

– Pobre de "eu"...

– Então não entendi.

– Você já viu Vô Zito se queixando por alguma coisa?

– Na verdade, não...

– E meu sogro? Seu vô Alexandre...

– Incrível. Também não.

– Ele amava sua avó.

– Muito.

– Deixou de viver a vida dele com medo do que os outros podiam pensar?

– Não...

– Acha que ele transou com Tia Cira antes de Vó Docéu morrer?

– Não.

– Acha que ele sempre teve tesão por Tia Cira?

– Provavelmente.

– Não vale...

– Sim.

– Se você repassar a vida deles, vai ver que a culpa passou longe.

– Pai, do que é que você se sente culpado?

– De não ter tido coragem de enfrentar sua mãe. Fui fraco, fui covarde...

– Você sente saudade dela?

– Não.

– Você tem raiva dela?

– Não.

– Você ama, de fato, Elvira?

– Muito...

– Gosta de fazer amor com ela?

– Claro, filha.

– Gostava de fazer amor com minha mãe?

– No início, sim. Mas, depois que ela começou a me pisar, fazer sexo com ela era um sacrifício.

– Amou outras mulheres?

– A mulher que eu sempre amei foi Elvira.

– E por que a deixou?

– Porque sou um bosta...

– Tá aí, também acho... Troque apenas o "sou" por "era".

– Obrigado pela absolvição.

– Vou lhe fazer uma pergunta sacana...

– Faça...

– Luis Vitorino é seu filho de verdade?

– Claro... De verdade verdadeira.

– Filho biológico?

– Não. Luis não é meu filho biológico. Ele é meu filho verdadeiro...

– De qual de nós três você mais gosta?

– É difícil dizer. Mas acho que é de Luis. Ele é o mais carinhoso comigo...

– Ele sabe que não é seu filho biológico?

– Não.

– Se ele perguntasse?...

– Eu contaria mais uma vez a história de nossos "três mosqueteiros".

– Você disse que tenho bom pedigree.

– Não concluí. De que você já viu Vô Zito se queixar?

– De nada.

– Ele tem cara ou jeito de culpado?

– Não.

– Já viu Vô Zito se lamentando?

– Não. Só fazendo gozação.

– Quem é a pessoa mais altruísta que você conhece?

– Vô Zito...

– Ele é muito caridoso: deu uma casa a um pobre desconhecido.

– Não. Ele é muito solidário: deu uma casa a um irmão necessitado.

– Que pedigree você tem, meu amor...

– O melhor papo que já tivemos, pai.

LXXXIX

No outro dia cedo, Doutor Vitorino voltou para conversar com Amália.

– Elvira e Luís Vitorino me liberaram, por um tempo, para eu atuar na empresa.

– Vamos fazer uma reunião com "os doze apóstolos" a fim de colocá-los a par do novo trabalho. Claro que eu não vou deixar a empresa. Serei assim uma espécie de coordenadora.

– Olhe, o professor topa bater aqueles papos com você.

– Ele é mesmo o quê?

– Doido...

– Além de doido.

– Graduou-se em Teologia e Filosofia. Fez mestrado em Sociologia e, depois, em Psicologia. E, por fim, doutorado em Antropologia.

– Trabalha aonde?

– Dá aula na Universidade Federal e faz palestras e conferências, quando convidado.

– É melhor ele vir aqui ou eu ir lá?

– Ele vir aqui.

– Você disse que eu não quero nem um sacerdote e nem um psicólogo?

– Disse...

– E ele achou o quê?

– Achou ótimo.

– E o tempo?

– Oito encontros de três horas, conforme você me disse. De quatorze às dezessete horas, às terças e quintas.

– O nome dele?

– Doutor Paulo Alves Reis...

– Preço?

– Segundo ele, não cobra caro...

Terça-feira, às treze horas, Amália estava nos trinques para receber o convidado, que só chegou às quinze horas.

– Lalinha, tem um sujeitinho aí querendo falar com você...

Ela foi recebê-lo.

– Doutor Paulo?

– Não. Paulo, somente.

– Prazer. Pode entrar. Um cafezinho?

– Não dá pra ser uma cachacinha?

– Sim. De Abaíra.

– Que venha.

Após degustar a pinga:

– Você quer mesmo o quê?

– Conversar.

– Dialogar ou monologar?

– Dialogar.

– Você já comeu tripa de porco assada no espeto?

– Pelo amor de Deus! Não me maltrate... Minha boca encheu d'água...

– Qual foi o roubo mais original que você já fez?

– Roubei um cachorro de três pernas e cego de um olho. Um vira-lata muito legal.

– No tempo de menina, o que você fazia quando tirava a meleca do nariz?

– Às vezes grudava no fundo da cadeira e, às vezes, comia.

– Você mentia pouco ou muito?

– Muito... Inventava cada estória...

– O que foi que você não fez e se arrepende de não ter feito?

– Dar um murro na cara de meu professor de Matemática que me jogou na recuperação de propósito...

– Você é casada?...

– Sim

– Seu marido é bom de cama?

Ela deu uma risada.

– Bom pra caralho... Bom demais.

– Vocês têm filhos?

– Três. Duas meninas e um menino.

– Seu marido é brasileiro?

– Tailandês...

– Ele lhe enche o saco?

– Nem a mim, nem a ninguém.

– Tome vergonha na cara... Você não tem problema nenhum. Não vou voltar mais aqui não.

– Acredite em mim, Paulo. Eu preciso conversar. Falar mal dos outros.

– Assim, eu volto... Até quinta.

– Mas chegue no horário.

– Isso eu não garanto.

XC

Zuca procurou Amália, dizendo que Almerindo queria falar com ela.

– Mande-o entrar.

Ele chegou todo sem jeito.

– Com licença. Vim me despedir. Amanhã cedo volto pra Belém.

– Vai como?

– Do jeito que vim. Vou trabalhando e ganhando dinheiro pra comprar a passagem do próximo ponto. Como vim.

– Diante de tudo o que aconteceu, nem pude conversar com você.

– Foi...

– Não sei se você sabe, mas padre Enoque era muito meu amigo...

– Sei...

– Ele me deu a mão em um dos momentos mais terríveis de minha vida. Sem ele, não sei o que teria sido de mim. Não acredito em santo, mas, para mim, ele era um santo.

– Sei, sim senhora...

– Por que você veio procurá-lo?

– Minha mãe sempre me dizia que ele podia me ajudar...

– Você estudou um pouco... A gente nota.

– Sempre quis estudar. Eu vim pedir pra ele me ajudar.

– Sua mãe sabia que ele estava aqui?

– Sabia...

– Você tem outros irmãos?

– Não senhora...

– E sua mãe, como vai?

– Morreu. Um mês depois que ela morreu, eu vim.

– Você devia gostar muito dela...

– Demais.

– Você chegou a gostar de padre Enoque?

– Não sei... Não deu tempo.

– Mas acha que ele gostou de você?

– Não deu nem tempo de eu olhar nos olhos dele.

– Sua mãe era índia?

– Era...

– Você morava com ela?...

– Era...

– Ela lhe falava de padre Enoque?

– Só dizia que era meu pai...

– Ela tinha raiva dele?

– Não. Se ela tivesse raiva dele, eu podia morrer.

– Você disse que sempre quis estudar.

– Sempre.

– Ainda quer?

– Agora ficou mais difícil.

– Você queria ser o quê?

– Médico...

– Por quê?

– Pra juntar meu conhecimento de médico com o conhecimento de meu povo.

– Pra quê?

– Pra não ver morrer tanto menino nas tribos.

Amália começou a chorar.

Almerindo baixou a cabeça, futucando o chão com um pauzinho...

– Eu não queria que a senhora chorasse... Eu queria ir embora logo...

– Eu queria que você ficasse, pra estudar Medicina aqui...

– Aqui, eu não fico.

– Por quê?

– Quero ficar perto de meu povo... A senhora pode deixar eu sair logo daqui?

– Posso. Mas, antes, queria que você ouvisse o que tenho a dizer...

– Sim senhora...

– Eu trabalho numa empresa da família. É uma empresa com muito dinheiro. Se você quiser, nós podemos fazer tudo pra você fazer Medicina. E não estou lhe fazendo favor. Padre Enoque fez muito mais por mim e minha família. Aqui, você terá tudo. Que tal?

– Quero não... Aqui, eu não fico mais.

– Você tem medo daqui?

– Tenho... Quero ir embora.

– Você pode me ouvir só mais uma vez?

– Só mais uma...

– Eu tenho um casal de amigos em Belém. Eles são advogados.

– Não gosto de advogado...

– Mas eles são sérios. E não agridem a natureza, são ecologistas, lutam pelos direitos dos povos primitivos.

– De verdade?

– De verdade... Nós podemos, com a ajuda deles, dar todo apoio a você, a fim de fazer Medicina onde você quiser. Aceita?

– Se eu for enganado por eles, posso vir matar a senhora?

– Pode!...

– Assim, eu quero.

XCI

Paulo chegou, quinta-feira, às treze horas.

– Rapaz, você é louco? Não sabe cumprir horário?

– Adoro horário... Só pra não cumpri-lo...

– E seus clientes?

– Não tenho clientes.

– Eu não sou sua cliente? Você não é psicólogo?

– Dizem que eu sou psicólogo... Mas isso não significa que você é minha cliente. Adorei suas respostas terça-feira. Você me pareceu uma pessoa muito sincera...

– Sou hipócrita só quando preciso sobreviver. E você?

– Às vezes sou hipócrita pra caralho... Adoro botar na bundinha dos filhos da puta que se acham o máximo...

– Me disseram que você também é teólogo. Você é religioso?

– Deus me livre... Eu sou é místico até onde não posso mais. Mas não religioso... Tou fora.

– Ainda me disseram que você é antropólogo...

– Antropologia é o meu fraco...

– Você não se diz psicólogo, não se diz teólogo, mas se diz antropólogo. Por quê?

– Pra mim, quem define tudo é a cultura.

Amália lhe contou toda a história do padre Enoque e de Almerindo.

– Você viu? O que matou padre Enoque foi o conflito cultural.

– Não entendi...

– De um lado, a "cultura indígena" livre, tranquila, sem repressão sexual. Do outro, a "cultura cristã", católica, repressiva.

– E você, como teólogo, o que acha do suicídio?

– Vou lhe dizer o que acham as "teologias", principalmente a do Ocidente. Católicos, protestantes, kardecistas e outros dizem que os suicidas sofrerão os piores castigos. Já a psicologia tem uma visão bem diferente.

– Qual?

– Para a Psicologia, a pessoa não quer se matar. Ela quer "matar" o mal que está dentro dela. Até porque ninguém acredita na própria morte. Os "outros" vão morrer... O teólogo e psicólogo Rubem Alves trabalha isso muito bem.

– Quer dizer que cada cultura tem sua teologia e sua psicologia...

– Por que não?

– Eu tenho um amigo que defende a teoria de que os "homens civilizados" vivem eternamente infelizes. Não importa qual seja sua civilização, pois esta a faz sempre escravos. Já os "não civilizados", os "ignorantes", têm muito pouco conflito.

– Doutora, a senhora me dá porrada de todo jeito...

– Mas você é filósofo também. A ciência liberta ou escraviza?

– Interessante... Você conhece a "metáfora da criação"?

– Claro.

– "Comerás o fruto de todas as árvores, menos o da árvore da ciência do bem e do mal, que está no meio do jardim..." A árvore do conhecimento. Conhecer é sofrer, é ver que, quanto mais se aprende, menos se sabe. Quanto mais "se veste" mais sua "nudez" aparece. Conhecer é, antes de tudo, ver o tamanho da ignorância. ("Eu vi que estava nu e me escondi de ti").

– Era o conhecimento ou o sexo?

– Coitado do sexo: sujo, feio, pecaminoso, caminho da perdição...

– Agora você me baratinou toda...

– Foi a baratinação ou a culpa que matou padre Enoque? A "igreja" precisa ver a sexualidade com mais respeito. Eu lhe disse que sou místico. Não sou religioso. Para mim, o sexo é dádiva. O sexo não é um instrumento de opressão. Não estou, é claro, falando de promiscuidade.

Estou falando de amor, de prazer, de pureza. Eu tenho um colega que é pastor protestante. Ele me disse que, todos os dias, agradece a Deus pelo prazer sexual que a esposa lhe dá. Eu chamo isto de pureza, de respeito, de fé.

– Ó, Paulo, terça você volta...

– Pediu arrego, doutora?

– Vá pra porra, Paulo!

– Estou gostando... A briga vai ser boa.

XCII

Na sexta houve a primeira reunião com Amália, Adélia, Doutor Vitorino e "os doze apóstolos".

– Pessoal, eu estou muito cansada. O "grupo dos doze" tem me ajudado bastante. Mas, mesmo assim, a palavra final é sempre a minha, com o apoio de Adélia. Todos sabem que o trabalho intelectual é pesadíssimo. Por isso, a partir de segunda-feira, serei substituída, por uns tempos, pelo Doutor Vitorino. Ele, melhor do que ninguém, conhece esta empresa. Posso dizer, sem medo de errar, que ele sempre foi, por um tempão, a cabeça pensante da empresa. Sempre foi o homem que, quase sem falar, foi nosso timoneiro. Afastou-se por uns tempos, mas, com muito trabalho, consegui trazê-lo de volta. Eu não vou me afastar. Vou trabalhar menos. Se alguém o conhece, levante a mão. (Silêncio absoluto). Estão vendo? Quero que os senhores "fofoquem" bastante até a segunda-feira. A partir daí, temos muito o que discutir, o que dinamizar. Obrigada pelas presenças. Voltem a seus postos e tudo bem. Não se esqueçam de "fofocar".

Carlos estava à porta do gabinete.

– Doutora... A senhora foi cruel. Coitados dos pobres... Até eu fiquei surpreso.

– Era pra isso mesmo, Carlos... Aguçar a curiosidade é sempre bom. Presente pra mim?

– Não é presente. É uma pequena surpresa. Abra...

– Você é vagabundo. Mentiu pra mim...

– Nunca menti pra senhora...

– Me disse que tinha o curso técnico em Contabilidade...

– E tenho.

– E este diploma de bacharel em História?

– Recebi hoje...

– E me disse que só tinha o curso técnico...

– Era verdade. Eu estava no último semestre do bacharelado. Hoje, eu sou formado também em História.

– De qualquer jeito, parabéns. Mas por que História?

– Pra mim, doutora, a História é o princípio, o meio e o fim de tudo.

– Eu me rendo... Mas um dia você me paga. Vamos entrar, nós quatro, no gabinete...

Os quatro se sentaram ao redor da mesa.

– Minha mãe sempre me dizia que eu pensava demais. Segundo ela, pensava até dormindo.

– Ela tinha razão, filha...

– Agora parece que piorei. Depois que Vô Alexandre deu uma "banana" à empresa, eu virei burro de carga. Agora, porém, precisávamos dividir as tarefas. Para isso escolhi vocês três, pessoas em quem confio sem restrição. Temos que ser o quarteto da briga.

– Filha, também tenho compromisso com o outro time.

– Fique na sua, meu velho. Já conversei com Elvira e com Luis...

– Só faltava essa.

– Agora, não falta mais. Eu estou com um monte de ideias. Nossa empresa tem de ser exemplo, tanto no econômico como no social. Eu me dei cinco anos pra isso. Nem mais um dia. O "grupo de São Paulo" continua tentando nos seduzir. Qualquer proposta que fizermos eles toparão. Mas eu espero que eles não tenham nunca esse gostinho. Eles não querem ser concorrentes. Querem nos substituir, sugando, como eles fazem, o sangue de nossos trabalhadores. Preciso muito de vocês três para esmagarmos a cabeça da serpente. Eles vão ter que mamar em outro lugar.

– Qual o primeiro passo, doutora?

– Motivar, mas motivar muito, todos os nossos funcionários. Sem estímulo, nada funciona bem.

– Você sabe que seu avô achava você muito boazinha...

– O Vô é gente boa, mas em matéria de economia está com um século de atraso.

– Lembre-se de quando se falou do décimo quarto salário?

– Só que agora já estou pensando no décimo quinto... Você se lembra de como o lucro explodiu com o décimo quarto? Sabe, Doutor Vitorino, eu não quero ter mais empregados...

– Vai terceirizar tudo?

– Deus me livre. Eu não quero ter mais empregados, porque quero ter parceiros. Quero dividir lucros, a fim de ganharmos mais. Quero que nossos funcionários ganhem melhor, a fim de morar bem, comer bem, educar bem os filhos, ver toda a família com saúde, ter seus lazeres...

– Será que não está sonhando alto demais, filha?

– O que é sonhar alto demais? É não explorar o trabalhador? É ver no trabalhador um amigo, e não um escravo?

Carlos levantou a mão:

– Isso não é socialismo?

– Você deve estar gozando com minha cara... Ainda mais você, o homem da "História..." Você sabe que isso é capitalismo puro. Capitalismo inteligente... Nossos homens do dinheiro, quase todos, não são capitalistas. São senhores de escravos.

– A senhora não tem medo dos traidores?

– No meio do trigo, há o joio. Isto faz parte da vida.

– A senhora acha fácil conhecer o "traidor"?

– Não é tão fácil. Mas vamos trabalhar em equipe...

– Doutora, qual a característica número um do traidor?

– Puxa-saquismo. Nem todo traidor é puxa-saco. Mas todo puxa-saco é traidor.

– Acho que foi na mosca.

– Vamos embora. Segunda, nós seremos quinze.

XCIII

Sábado, Paulo ligou para Amália.

- Doutora, que tal tomar uma cervejinha hoje?

- Pode ser...

- Às dezesseis horas na Aliança Francesa.

- Tudo bem.

Ela chegou no horário, mas ele só apareceu às dezessete.

- O sono me pegou...

- Gosto de pontualidade.

- Isso é muito triste: ser escravo do tempo.

- Sou executiva...

- Meus pêsames.

- Paulo, qual a coisa mais importante pra você?

- Não dar importância à vida.

- Desculpe. Você ganha quanto por mês?

- Mais do que mereço e menos do que preciso...

- Será que dá pra falar sério?

- Falar sério sábado à tarde é pecado...

- Em que é que você crê?

- No amor. Em todos os sentidos.

- Você tem muita fé?

- A fé é a maior energia do Universo: move montanhas.

- Qual o maior pecado?

- A falta de amor...

- Meu vô Zito sempre disse que tudo é uma questão de energia...

- Corretíssimo...

– Você tem religião?

– Até os vinte anos vivi na Igreja Batista. Foi um tempo maravilhoso... Depois fui para a Igreja Anglicana. Foi melhor ainda do que na Batista.

– E hoje?

– Vivo o seguinte lema: onde o amor existe, Deus está presente.

– Em qualquer "Teologia"?

– Claro. A maior teologia é a do amor. "Deus é amor". É, de fato, a única definição de Deus que existe na Bíblia.

– E a fé?

– A fé sem amor tem um nome: farisaísmo. Todo amor verdadeiro é um ato de fé.

– A Teologia te ajudou muito?

– Demais. Me ajudou a ter medo das teologias. Geralmente os teólogos se consideraram "donos" de Deus.

– Cite três grandes teólogos brasileiros que já se foram.

– Dom Hélder, Paulo Freire e Darcy Ribeiro.

– Um grande teólogo do povão.

– O povão.

– Quero ir embora. Você tá muito chato...

– E você também...

XCIV

Segunda-feira, às nove horas, com a presença de todos os convocados, a reunião começou.

– Sejam bem-vindos. Fofocaram muito? Hoje é dia de a onça beber água.

A turma deu uma risada murcha... daquelas forçadas, com o objetivo único de agradar ao patrão.

– Antes de tudo, quero falar do décimo quarto salário. Nós todos aqui sabemos que foi um sucesso. Foi o ano em que a empresa mais lucrou. Infelizmente não vamos pagar mais quatorze salários por ano.

Alguém levantou a mão.

– Fale, Luís Pedro.

– Qual a justificativa que vamos dar aos funcionários?

– Simples. É só dizer que a empresa achou melhor assim.

– Antes, porém, quero entregar meu cargo de "diretor de grupo".

– É um direito seu... Mais alguém quer falar?

– Eu quero...

– Fale, Amelinha...

– Eu concordo com Luís Pedro. É como dar um tiro na ave, mal ela começa a voar. Eu vou além de Luís: peço minha demissão da empresa.

– Quem acha que a empresa está agindo corretamente, levante a mão.

Ninguém se movimentou.

– Com certeza, levei um tiro no pé. Eu escolhi doze funcionários competentes para me ajudar. Para serem meus parceiros. Acho que me enganei.

– Doutora – falou uma senhora grisalha – dê pelo menos uma justificativa plausível. Até agora, não vi a menor lógica.

– A lógica é algo extremamente relativo.

– Doutora – era a voz de Carlos – se a senhora não parar com isso, vou jogar areia na farofa.

Todos o aplaudiram calorosamente.

Amália olhou a turma, vagarosamente, e falou:

– Os senhores diretores de grupo sempre têm me ajudado. Mas acho que precisam ser mais reflexivos. A empresa não vai pagar o décimo quarto salário apenas. Vai, também, pagar o décimo quinto salário.

Ninguém aplaudiu.

Amália ficou sem graça. As pessoas continuavam caladas.

Carlos veio para salvar o momento.

– Doutora, a senhora, como empresária, é nota mil. Mas como humorista, pelo amor de Deus, é um fracasso absoluto.

Quase a sala vinha abaixo de tanta risada.

– Quis brincar com vocês, e me dei mal. Eu devia saber que minha praia é outra. Por favor, me perdoem a brincadeira de mau gosto. Desde que assumi a presidência da empresa, só tenho feito trabalhar. Não fosse Adélia, eu teria explodido. Meu avô Alexandre não quer nem ouvir falar de trabalho. E agora, depois de casado de novo... Meu avô Zito e Vó Bina são de outro planeta. Meu pai se voltou totalmente, até pouco tempo, à outra família. Meu irmão é um filósofo. Meu esposo, literalmente, veio de outra galáxia. Diego e Renata têm que cuidar da "aldeia".

Para não enlouquecer, pensei no "grupo dos doze", que tem sido de uma ajuda inestimável. Agora, com as novas ideias que trago, necessito que o grupo esteja ao meu lado. Como disse, tenho novas ideias. Possivelmente vão parecer radicais. Vamos, portanto, discuti-las.

Houve um silêncio total.

– O que vocês acharam no décimo quinto salário? Fale, Pedro...

– Achei justo, corajoso, mas que vai requerer muito apoio e responsabilidade por parte de todos os funcionários. Senão...

– A ideia é esta. Se, na orquestra, um instrumento falhar, a orquestra toda estará prejudicada. Daí, o trabalho do diretor de grupo.

– Como e quando a senhora pensa em pagar os salários?

– O décimo terceiro, em abril; o décimo quarto, em agosto; o décimo quinto, em dezembro.

– A senhora, além de advogada, é também psicóloga...

– Obrigada pelo elogio... Mas tenho muito mais a conversar. A fim de produzir bem, o trabalhador tem que ter segurança e tranquilidade para os seus familiares, que precisam comer, ter saúde, morar com dignidade e ter segurança em relação ao futuro. Tenho minhas ideias, mas preciso muito das de vocês. Quero que todos pensem, primeiro, em alimentação, moradia, saúde e educação. Isso é o mínimo básico para os trabalhadores e seus familiares.

Um senhor levantou a mão.

– Fale, Benedito...

– A ideia é ambiciosa. Será que chegaremos lá?

– Sozinho, ninguém faz muito. Em grupo, a conversa é outra. Vamos encerrar esse papo e voltar quarta-feira com as sugestões.

XCV

Terça-feira, Paulo chegou no horário combinado.

– Meu Deus, vai haver um dilúvio em Salvador...

– É que hoje estou com vontade de "hablar mucho".

– Eu mal falo Português.

– Mentirosa... Eu vi seu diploma de Inglês e o de Espanhol.

– Eu leio bem nas duas línguas. Mas falar não é o meu forte.

– C'est normal...

– Quer gozar comigo?

– Cuidado com o seu Português... É um idioma que tem muito duplo sentido.

– Paulo, diga logo o que você quer.

– Deu pra adivinhar, foi?

– Foi.

– Eu não tenho carro. Um vizinho meu, já bem idoso, resolveu vender o fusquinha que está novinho... novinho... Pra mim, ele divide em doze parcelas. Só que eu não tenho dinheiro pra dar de entrada.

– Quanto é o carro à vista?

Paulo lhe disse a quantia.

Amália pegou o talão de cheque, assinou uma folha em branco e entregou a Paulo.

– Pechinche... À vista ele tem que dar um bom desconto.

Ele pegou o cheque, olhou bem e falou:

– Quero não. Eu teria que ver você duas vezes por semana, até saldar minha dívida. Tou fora. Sou livre. Soy libre. Io sono libero. Je suis livre. I'm free.

– Como é que se diz “eu sou um bosta” em todos esses idiomas?

– Sei lá...

– Eu tô te dando o fusquinha de presente, seu idiota.

– Me deu até vontade de ser rico, nem que fosse por um dia, só pra sentir o gostinho de humilhar os outros com tanta classe...

– Então me devolva o cheque...

– Nada disso... Se deu, tá dado.

– Paulo, falando bem sério, eu preciso que você ouça com muita atenção e dê sua opinião. Olhe bem. Sem brincadeira. Sem limite de tempo.

– Tranquilo, doutora. Abra seu coração e sua alma.

Amália começou falando da juventude de Vô Alexandre e da de Vô Zito. Procurou ser o mais detalhista possível. A filosofia de Vô Zito e o dinamismo de Vô Alexandre. De como surgiu a “Aldeia dos Loucos”. Falou tudo detalhadamente, e, sobretudo, falou de todo o seu projeto para o futuro.

– Algumas ideias eu estou discutindo, com alguém, pela primeira vez. Para mim, ou a empresa se humaniza, ou não vale a pena mantê-la.

Paulo encarou bem Amália e começou a chorar.

Ela o abraçou fortemente:

– Me ajude, meu velho. Eu, Salvador, o Brasil e o mundo precisamos de seres humanos como você.

– Isso tudo me parece um maravilhoso sonho...

– Sonho que, juntos, vamos transformar em realidade.

– E seu pai já sabe que ele vai ser o presidente da empresa?

– Não. Mas a esposa dele, Elvira, e o filho Luís Vitorino sabem.

– E o senhor Alexandre?

– Está muito feliz. Parece que tirou um peso da consciência.

– E seu irmão Vitorininho?

– Até ele se entusiasmou.

– Então... Tudo vai dar certo.

– Paulo, você pode assistir à reunião de amanhã?

– Posso, e quero...

XCVI

Na reunião, estavam os "doze apóstolos" e mais Vô Alexandre, Doutor Vitorino, Vitorininho, Luis Vitorino, Amália, Adélia, Elvira, Paulo e o Tailandês.

Vô Alexandre abriu a reunião.

– Meu genro, Doutor Vitorino, eu esperava nunca mais participar de uma reunião da empresa. Estou aqui praticamente forçado. Estou em nome de Amália, Vitorininho, Luis Vitorino, Elvira, Adélia e, parece impossível, o Tailandês. Antes de mais nada, não aceitamos recusa. A empresa, a partir de agora, terá um presidente e um coordenador geral. Este segundo cargo já foi reivindicado pela Doutora Amália. Resta, portanto, o cargo de presidente, que, de acordo com as pessoas citadas, deverá ser ocupado pelo senhor.

Amália pediu a palavra.

– É bom que o Doutor Vitorino saiba que o presidente vai cuidar da parte administrativa e da econômica. Já a coordenadora vai cuidar da parte social e da divulgação do produto.

– E se eu não aceitar a Presidência?

Elvira interveio:

– Amor, você não está sendo convidado. Você está sendo cientificado que, por bem ou por mal, será o presidente da empresa.

– É uma ditadura?

– Claro. A pior delas: a ditadura da família e dos amigos.

A galera toda caiu na gargalhada.

– Já que o presidente será empossado, vou lhe passar, hoje à tarde, tudo o que ele vai precisar fazer.

– Luis, meu filho, você vai me deixar nas mãos desses abutres?

– Eu também, meu pai, estou ao lado dos abutres. Ou melhor, sou um deles.

Vô Alexandre levantou a mão.

– Já que cumpri meu dever, vou-me embora. Descasquem o abacaxi de vocês. Cira, Zito e Bina estão me esperando para irmos à praia.

Com a saída do senhor Alexandre, Vitorininho e o Tailandês também caíram fora.

– Sabe, Tailandês, eu gostei foi da cara de maluco do Paulo...

– Eu também. Acho que nós dois, ele e Diego vamos formar um belo quarteto.

– Começou a se degenerar...

– Esta tua terra, meu velho, é corrupta e corruptível.

– Olha pra trás... Veja quem está saindo...

– Chama ele.

– Paulooo!!!

– Estou indo!...

– Está fugindo, rapaz?

– Saí de mansinho... Não aguento isso não... Vocês vão pra onde?

– Pescar, com Diego.

– Posso ir?

– Pode e deve...

– Os quatro pegaram o barco e entraram no mar.

O dia estava um espetáculo. Diego direcionou o barco para a amendoeira grande.

– Já, Diego?

– Olha a repressão!... Não quebre meu barato...

Os quatro se sentaram à sombra da amendoeira.

– Vai um baseadinho, Paulo?

– Só se for agora.

Depois de duas chupadinhas clássicas, Paulo brincou:

– E os dois anjinhos aí?...

– Fique na sua, rapaz – falou Vitorininho – cada um que fique na sua...

– E o chinesinho?...

– Sou tailandês. Penso igual a meu cunhado.

– Sem repressão, amigos?

– Repressão é coisa de babaca – falou Vitorininho.

– Ta aí, velho, tou com você!... Mas sou curioso. Tailandês, você já deu uma puxadinha num baseado?

– Claro...

– Que tal?

– Achei meio fraco. Há coisas que me fazem a cabeça muito melhor.

– Por exemplo.

– A meditação...

– E você, Vitorininho?

– O quê?

– Já puxou um baseado?

– Já... Mas não me disse muito.

– O que te faz a cabeça?

– A contemplação à natureza. Principalmente se acompanhada de uma boa música.

– A Diego, não precisamos perguntar.

– Valeu, meu brother...

– E a você, Paulo – perguntou o Tailandês – o que lhe faz a cabeça?

– Sou eclético... Não passo fome de transcendentalismo...

Alguns minutos depois, os quatro caíram na água.

– Eu acho que não vamos pegar é peixe nenhum... – falou Diego.

– O melhor é curtir a beleza do mar, à sombra da amendoeira, e jogar conversa fora.

Sentaram-se e ficaram um tempão calados.

Diego foi o primeiro a falar.

– Somados "nossos conhecimentos", tem coisa pra caralho...

– Nossos conhecimentos e nossas vivências...

– E nossas vitórias...

– E nossos fracassos...

– E nossos medos...

– E nossas coragens...

Os quatro ficaram em silêncio. Um a um foi pegando no sono...

O primeiro a acordar foi Paulo.

– Diego, o que tem no barco pra se comer?

– Vinho, queijo e pão artesanal.

– Obá!!!

Após a refeição, Paulo perguntou:

– Você estudou o quê, Diego?

– Agroecologia...

– Tailandês, você...

– Biologia e História Geral.

– Vitorino?

– Filosofia e História da Arte.

Houve um pequeno silêncio.

– E você, Paulo? – perguntou Diego.

– Teologia, Filosofia, Psicologia, Sociologia e Antropologia.

– Vá ser metido a besta assim, no inferno...

Todos caíram na risada.

Paulo foi o primeiro a falar.

– Estou muito bem impressionado com a doutora de vocês. Nunca vi uma pessoa tão humana.

– Eu que o diga. Desde eu criança, que segura minha mão. E faz isso com todo mundo. Meu vô Zito sempre a chamou de Madre Amália de Salvador, numa comparação a Madre Tereza de Calcutá. Ela faz tudo sem exigir nada de ninguém.

– Posso meter o bedelho?

– Claro...

– Eu, além das outras loucuras, também estudei Psicologia. E noto que você e seu cunhado não dão nenhum respaldo a Amália. São apenas parasitas. Pode até parecer "bonitinho", mas o nome disso é parasitismo.

– Falou agora como teólogo...

– Tenho uma proposta.

– Fale.

– Que tal Paulo, Diego, Vitorininho e o Tailandês formarmos um quarteto de sugestão e apoio a Doutora Amália? Quem topar levante a mão.

Apoio total.

– Lembrem-se de que são funcionários da "Aldeia".

– Querendo recuar, Diego?

– Eu sou é "macho" com dois "xis"...

XCVII

Agora que Vô Alexandre se mandou e os outros quatro também, vamos ao que nos interessa. Pedi que cada um trouxesse suas sugestões.

– Eu quero falar...

– Vamos ouvir o historiador Carlos Marcelo.

– Proponho que um grupo de especialistas, nas diversas áreas, visite todas as residências dos operários da empresa e façam um diagnóstico, a fim de nos orientarmos.

Todo mundo aplaudiu a proposta.

– Lembre-se de que primeiro vamos atacar quatro itens: habitação, alimentação, saúde e educação.

– Logo – disse Benedito – todos os especialistas têm que ser dessas quatro áreas.

– Quais os profissionais da área de alimentação que você indicaria, Luis Pedro?

– Nutricionista... e outros da área de saúde.

– E você, Amelinha, em habitação?

– Arquitetos e técnicos em construção.

– Em educação, Norilma?

– Pedagogo, psicólogo, assistente social.

– Saúde, Edna?

– Nutricionista, psicólogo, pediatra, ginecologista, clínico, fisioterapeuta, dentista, enfermeiro...

– Estamos vendo que não vai ser fácil. Mas é preciso acabar o amadorismo.

Celêmias pediu a palavra.

– Moradia é saúde. Alimentação também é saúde. O que se quer melhorar é saúde e educação. Estou certa?

– Claro – disse Zé Raimundo.

– Portanto vamos fazer uma comissão composta de cinco pessoas para a primeira visita às residências dos trabalhadores.

– Eu já tenho cinco nomes.

– Quem são?

– Edna, Paulo, Diego, Vitorininho e o Tailandês.

– Você está brincando...

– Nunca falei tão sério. Estou baseada num telefonema de Paulo. Edna e o quarteto estão dispostos a fazer a primeira visita às casas dos operários.

– Eu sou contra – disse Marilda.

– Eu sou a favor – respondeu Hugo.

Amália interferiu:

– Quem for a favor levante a mão.

Apenas Marilda e Cesar votaram contra.

– Zé Raimundo, convoque os cinco heróis para uma reunião às dezesseis horas. Venha com eles.

XCVIII

Doutora Amália, como era de se esperar, começou a reunião da forma mais bem-humorada possível.

– Nunca dirigi uma reunião tão original como essa. Tenho a impressão de que vai haver um dilúvio na Bahia.

– Com certeza, minha irmãzinha.

– Quem é o líder?

– Todos os seis componentes do grupo.

– Quem é o sexto?

– A professora Renata. Disse que veio para vigiar Diego.

– Ainda bem. Havia apenas uma mulher. Seu Diego e dona Renata, após essa missão, vão voltar rapidamente para a "Aldeia dos Loucos".

– Pois não, patroa...

Paulo levantou a mão.

– Pois não, multidoutor. E o fusquinha?

– Está aí de lado, "lindo como ele só". Quero dizer à doutora que já tenho o endereço e os nomes dos operários da empresa.

– Como conseguiu tão rápido?

– Segredo de Estado...

– De quantos dias precisam?

– No máximo, quarenta dias...

– Começarão quando?

– Eu e o Tailandês conseguimos tirar sessenta dias de licença sem vencimento. Edna, Diego e Renata já trabalham na empresa. O difícil é conseguir uma licença pra Vitorininho...

Todo mundo caiu na gargalhada.

– Posso marcar a reunião pra de hoje a quarenta dias?

– Pode.

– Está encerrado o encontro.

XCIX

Das casas visitadas, em quarenta e oito delas havia um "vô" ou uma "vó". Em onze casas havia os dois. Ninguém esperava por isso. Sem falar nos filhos, que noventa por cento eram menores. Dos barracos, noventa e oito eram próprios. Só que, em condições dignas de morar, havia apenas quinze.

A comissão resolveu parar um pouco para discutir a situação. O grande "representante" da empresa era Vitorininho. Mas quem primeiro usou a palavra foi Diego.

– Há cento e vinte duas casas sem as mínimas condições de moradia. Mesmo gastando uma quantia alta, o desconforto não será eliminado. É como carregar água na peneira.

– O que você sugere?

– Sei lá...

Paulo sugeriu:

– Me parece muito mais lógico que a empresa adquira uma área e construa a "vila dos operários".

– Se fosse possível – disse o Tailandês – seria uma maravilha. Era a sopa no mel.

– Juro a vocês que, desta vez, vou fazer tudo para realizar este projeto. Até os arquitetos já temos: Elvira e Luís.

– Gostei de ver você agora. Adélia vai ficar muito feliz – falou Renata.

– E a doutora Edna não diz nada?

– Fiquei foi fora "de si...". Seria algo maravilhoso.

– Eu já tenho o local perfeito...

– Qual é, Diego?

– A uns quinhentos metros da "Aldeia" há um sítio com quarenta e cinco mil metros quadrados à venda. Conheço o proprietário. Ele tinha vacas de leite, mas vai ter que morar em Recife, onde vive seu único filho.

– Você conhece toda a área?

– O cidadão é meu amigo. Sempre o orientei no plantio de verduras e legumes. E compramos dele o adubo orgânico de que a "Aldeia" precisa.

– Podemos ir lá agora?

– Claro, Doutor Paulo...

– "Doutor" é sua mãe, seu bosta.

Os seis entraram na camioneta e se mandaram para o sítio.

– Cazuza, pode receber umas visitas?

– Quem está falando?

– Diego...

– Entra, ladrão de galinha... Vai me assaltar com essa quadrilha?

– Estava passando aqui e resolvi mostrar o sítio a esses babacas.

– Querem comprar?

– Não têm dinheiro. São iguais a mim.

– E o que é que Paulo tá fazendo aí? Isso é maluco...

– É tu, Cazuza?

Os dois se abraçaram.

– Foi meu colega de seminário. Eu virei vaqueiro, e ele, intelectual.

– Quero ver teu sítio, Cazuza! Ainda é bagunçado?

– Até a morte. Antes de ver o sítio, vamos saborear a coalhada nota dez.

Paulo dava risada e distraía Cazuza, enquanto os demais dissecavam o sítio.

Na saída, ele perguntou:

– Gostaram do sítio?

– Quebra um galho – disse o Tailandês.

Todo mundo caiu na risada.

– Senhor Cazuza, meu nome é Vitorino. Posso trazer meu avô aqui?

– Claro, meu amigo...

Na saída, Diego perguntou:

– O que teu avô viria fazer aqui?

– Vamos no "nosso barzinho" e lá a gente conversa.

Os seis se sentaram à mesa, debaixo de uma jaqueira.

– O que os senhores desejam?

– Cinco latinhas daquela nossa cerveja e um copo de chá para o Tailandês.

– Uma cervejinha pra mim também.

– Gente – falou Diego – tudo vai dar certo. O Taitai vai tomar álcool. Viva Alá.

– Analfabetinho, hein Diego...

Todo mundo riu na cara do pobre agroecólogo.

– Um segredo de família...

– Vá lá, meu filósofo...

– Outro dia encontrei meu Vô Alexandre e ele me falou de todo o amor e toda a luta por que ele e vó Docéu passaram. Me disse que gostaria de descobrir um meio para homenageá-la... E agora estou eu aqui matutando.

– Fale logo, rapaz. Sou ansioso.

– E se o Vô comprasse o sítio e construísse a "Vila Operária Vó Docéu"?

– Minha filha, mais seis cervejas...

– Dinheiro, sabemos que ele tem... Cabe a você convencê-lo – disse Edna.

– Mas quero um favor: só nós seis devemos saber disso.

– Nem Doutora Amélia?

– Nem Lalinha...

C

Vitorininho foi, como quem não quer nada, visitar Vô Alexandre.

– Posso entrar, Vô Alexandre?

– Claro, meu neto. Quanta honra!... Um jovem visitando um velho...

– Cadê Tia Cira?

– Diz ela que foi fazer tricô com Bina. Mas foi nada. As duas devem estar fofocando. Falando mal dos maridos.

– Duvido... Aquela ali diz tudo é na cara.

– É mesmo, meu neto... Aquilo tem energia de mais três.

– Em tudo, vô? Aqui entre nós...

– Em tudo, moleque.

– E você dá conta?

– Vou te contar uma coisa. Segredo entre homens. Tua vó era uma pessoa maravilhosa, mas era um pouco devagar... Já Cira, não. É um vulcão. Tem dias que me deixa quebrado. Mas eu também não nego fogo. E tu sabe que o sangue português não dispensa uma mulata...

– Principalmente se tiver a bunda grande...

– Tu sabe das coisas!

– Também com dois avôs garanhões!

– Aquele cachorro também é fogo. E, aqui pra nós, a mulher dele não dispensa.

– E as revistas de mulher nua?

– Teu avô cachorro te contou?

– Que nada. Eu que descobri. E roubei algumas.

– Moleque descarado...

– Quem puxa aos seus não degenera.

– Vou te falar uma coisa que me fez sofrer muito: eu morria de ciúme quando via tua amizade com Zito. Me aproximei mais dele pra te conquistar.

– Ó, vô, eu nunca notei isso... Mas era que eu e Vô Zito sempre fomos vagabundos...

– Vocês eram inteligentes... Enquanto eu, não passava de um idiota.

– Graças a Deus que você era um idiota, senão a família estava fodida!...

Os dois caíram na risada.

– Vô, manda um vinhozinho do bom.

Depois de duas taças de vinho, Vitorino falou:

– Vô, todos me consideram uma boa pessoa. E acho que sou. Mas, de concreto, não fiz nada. Agora estou sendo líder de uma "ideia".

E contou minuciosamente a ideia da construção da vila para os operários.

– Meu neto, vamos matar dois coelhos de uma só vez: ser solidários com os trabalhadores e homenagear tua avó.

Vitorininho começou a chorar.

– Ó, vô, como é bom eu sentir que estou sendo útil... Que eu posso ser solidário para com os outros...

– Não diga bobagem, moleque. Eu não conheço ninguém mais solidário do que você. Você só tem um defeito: é ser despretensioso demais. Basta que se lembre dos "três mosqueteiros".

– Eu acho que eu sou é um baita de um sortudo: só tenho gente boa ao meu redor.

– Mudando de assunto, o sítio fica longe daqui?

– Não. É perto.

– Vamos lá agora?

Cazuza recebeu os dois com muita alegria.

– Você, rapaz, já conhece o sítio... Vá com seu avô. Fiquem à vontade.

Vitorininho fez questão de mostrar, detalhadamente, o sítio ao avô.

– É, moleque, melhor do que este não existe. E meu coração está aberto. Afinal, tudo que se fizer será patrimônio da empresa. Além de tudo, vou te contar um segredo. Mas fica entre nós.

– Claro, vô...

– Outro dia abri o baú pra ver os colares de tua avó. Senti algo entranho. Cada colar me parecia um cadáver, um defunto. Fiquei imaginando como me livrar deles, sem ferir a memória de tua avó... Entendeu, meu neto?

– Incrível, Vô! Será que dá pra pagar o sítio e ainda fazer toda a estrutura?

– E ainda vai sobrar colar. Aí, eu vou "dar de presente" a algumas mulheres que eu admiro. Assim, me livrarei dos "cadáveres".

– Você é supersticioso, vô?

– E quem não é?

Cazuza convidou os dois para tomar uma coalhada e depois eles iam ver o sítio.

– E aí, senhor Alexandre, gostou do sítio?

– Muito. Mas como me conhece?

– Muita gente conhece o "rei do chocolate". Eu o conheço bem. Eu sou pai de Alberto Lopes, seu "homem de confiança".

– Meu Deus, que mundo pequeno... Cadê ele?

– Mora em Recife e está muito bem, graças a Deus. Quer me levar pra lá. E estou querendo ir. Afinal, só tenho este filho. A mulher está doida pra ir. Mas, me desculpe, pra que o senhor quer o sítio?

– Fale pra ele, meu neto...

Vitorininho falou da "vila operária". Contou minuciosamente tudo o que pretendia fazer.

– Meu Deus, que maravilha...

– É projeto dele, senhor Cazuza. Eu sou apenas o "banco".

– É. Meu filho tinha razão. Se a gente fizer negócio, eu lhe pediria que, se fosse possível, o senhor preservasse o maior número de árvores. Elas são o meu chamego.

– Serão o nosso também – disse Vitorininho.

– O senhor pede quanto no sítio, senhor Cazuza?

– O sítio só tem um preço. Nenhum tostão a menos. E à vista.

– O senhor me daria, no máximo, um mês de prazo? Mas nada no papel. Tudo na palavra.

– Daria. Eu sei quem é o senhor...

– Diga o preço.

Cazuza disse quanto queria.

– Preço justo, senhor Cazuza. O senhor foi até modesto.

– Não sou especulador. Mesmo por este preço, não vendi mal.

– Sítio vendido, senhor Cazuza?

– Sítio vendido, senhor Alexandre!

– Meu neto fará os contatos necessários com o senhor.

– Tudo bem.

CI

– E aí, vô?

– Menino, este projeto vai fazer muita gente feliz, inclusive esta pessoa que vos fala. E acho que tua avó, esteja onde estiver, também vai vibrar.

– Que bom, vô! Até que enfim estamos trabalhando juntos. Ao deixar você em casa, vou ao escritório de Elvira e de Luis Vitorino falar sobre o projeto arquitetônico da vila.

– Posso ir com você?

– É bom conversar com pessoas inteligentes.

– Moleque safado...

– Nem tanto, vô. Nem tanto!

Os dois foram recebidos por Luis Vitorino.

– Bença, vô.

– Deus te abençoe, meu cavaleiro andaluz.

– E você, Vitorininho?

– Vimos falar com você e sua mãe.

– Ela me telefonou agora e disse que está chegando.

– Ótimo...

– Boas notícias?

– Fale com ele, vô.

– Alguns sábios descobriram que a Terra não é redonda: é plana.

Elvira foi chegando.

– Quanta honra!

– Não cante de galo, minha tia. Vimos lhe trazer trabalho.

– É do trabalho que nós vivemos...

– Falo eu, ou fala você, vô?

– Tinha graça... Você, moleque.

Vitorininho falou, minuciosamente, do projeto da Vila. Falou também do terreno.

– Queremos a opinião de vocês. Podem ir ver o terreno quando?

– Agora!

– Está animada...

– Muito.

Voltaram ao terreno.

– Óia nós aqui de novo, Cazuza.

– O terreno já é de vocês.

Vô Alexandre e Vitorininho ficaram no bate-papo, enquanto os outros dois foram ver a área.

– Mais coalhada, senhor Alexandre?

– Não. Temos que ir. A dupla está chegando.

Logo ao saírem, Vitorininho falou:

– E aí?

– O que mais me admirou foi ver este terreno ainda aqui, dando sopa.

– Talvez estivesse nos esperando...

– O que vocês pretendem?

– Construir uma vila com casas bem simples, bem confortáveis e bem originais, com áreas de cultura e lazer, com um pequeno templo ecumênico, áreas de jardim e horticultura, preservando todas as árvores possíveis... Isto pode ser possível?

– Claro... E como... De quem é essa ideia?

– Dele – falou Vô Alexandre.

– Tem mais – disse Vitorininho.

– Fale...

– Escola para os filhos dos operários até concluírem o curso básico... Descobrir um meio que as mulheres dos operários possam ganhar algum dinheiro. Pode ser? Estimular a arte e o esporte...

– Tudo é possível para a Arquitetura... Qual a firma que vocês vão procurar?

– A dos arquitetos Elvira e Luís....

– Fale sério, rapaz...

– Fale com eles, Vô.

– Queremos vocês.

– Aceitamos, mas queremos um tempo para nos estruturar.

– Quanto tempo?

– Dez anos. Nós não temos nada. Até a sala do escritório é alugada.

– Podemos alugar máquinas, salas, mão de obra e tudo o que precisar. Graças a Deus, podemos fazer tudo isso. Mas queremos vocês.

– E Lalinha e Vitorininho?

– O trabalho deles é outro. A "vila" é com vocês. Querem quanto tempo para nos responder?

– Um mês.

– Concedido.

– Os senhores têm alguém que nos ajude a pensar?

– Eu tenho – disse Vitorininho – o filósofo, teólogo, psicólogo, sociólogo e antropólogo Doutor Paulo Alves Reis, o amigo de minha irmã, o qual escreveu recentemente um livro intitulado "Como Deus se manifesta nas diferentes culturas".

– Ele é louco?

– Um pouquinho mais do que nós.

– Este eu quero...

CII

Antes de pensar no projeto, Elvira fez questão de ouvir, minuciosamente, a opinião de toda a comissão: Vitorininho, Paulo, o Tailandês, Diego, Edna e Renata.

Quando todos saíram, ela falou com Luís:

– E aí, velho, topa?

– Na hora... Se o Vô Alexandre garante a bufunfa, o resto é fácil.

– Gostei de ver... Proponho que façamos a planta e a maquete logo. Há algum trabalho urgente?

– Não...

– Então, "vamos se virar" ...

Elvira fez questão de exigir a presença de Vitorininho, Paulo e Diego, quando necessária.

O senhor Alexandre ligou para um comerciante de joias, um sírio--libanês, que era seu freguês há mais de quarenta anos.

– Você não vai querer me roubar de novo, não é seu ladrão?

– Bem que devia, seu português miserável, para compensar o prejuízo que sempre tive contigo.

– O dia que um de nós dois roubar o outro, vai haver uma pandemia no mundo, como nunca houve.

– Bota tua boca peçonhenta pra lá...

O velho Sahid veio e avaliou colar por colar.

– Ó, Alexandre, você é maluco? Guardar uma fortuna desta num baú velho debaixo da cama...

– Aí é que está a inteligência. Ninguém ia desconfiar.

– Tua mulher não desconfiou?

– Eu disse a ela que eram os ossos de meu avô. Ela tem um medo danado de defunto...

– Tu continua o mesmo cachorro de sempre.

– E tu, unha de fome. Isto vai dar para construir a "vila operária"?

– Bem se diz que "português" burro é pleonasmo... Isto dá pra construir tua vila e ainda sobrar muito dinheiro...

– Em quanto tempo você me dá o dinheiro?

– Daqui a dez dias... É quando posso dispor do dinheiro.

Enquanto o Velho Sahid e o Velho Alexandre se "elogiavam", Elvira e Luís Vitorino, Paulo e Diego pensavam ininterruptamente.

Dez dias depois, Elvira dispensou a "assessoria", ficando somente ela e Luis.

Os dois arquitetos trabalhavam apenas no escritório, a fim de despistar Doutor Vitorino.

Vitorininho recebeu um telefonema de Elvira.

– Faz vinte e três dias hoje que começamos nosso trabalho, que, a meu ver, está em ponto de bala.

– Já?!

– É o que parece. Passe hoje no escritório, às quinze horas, com Paulo e Diego.

Mais tarde todos chegaram.

– Vamos à sala número um ver a planta. Qualquer dúvida me pergunte.

Os três olharam a planta, minuciosamente.

– E aí?

– Nos parece muito boa. Mas somos leigos.

– Nada a perguntar?

– Eu sugiro – disse Paulo – que olhemos a maquete.

Dirigiram-se para a sala número dois. Uma espécie de lençol branco cobria toda a maquete.

– Apague as luzes.

Quando Luis Vitorino acendeu as luzes depois, os três espectadores quase caíram de costas.

– Meu Deus do Céu! Não dá pra acreditar. Esta maquete em si mesma já é uma obra de arte.

– Vitorininho tem razão – disse Diego. Eu estou sem acreditar no que vejo.

Paulo não dizia uma palavra. Apenas deixava as lágrimas correrem pela face.

– Gente, vocês me deixam sem jeito. Eu reconheço que o trabalho está bom, mas vocês estão exagerando...

– Não, Doutora Elvira. O trabalho não está bom: está maravilhoso.

– Você, Paulo, é suspeito. Seu coração é maior do que o mundo.

– Eu lhe falei, minha mãe... Mas você... sempre modesta ou talvez com baixa autoestima...

– Te boto de castigo, moleque.

– Botava...

– Que tal convocar todos os seis da comissão, mais Vô Alexandre, Doutor Vitorino e Lalinha para verem a maquete amanhã?

– Eu concordo, Vitorininho. Só que acrescento mais Vô Zito, Vó Bina, Tia Cira, Firmino e Zuca. Acho que eles saberão avaliar isso melhor do que nós...

CIII

Quando Lalinha soube do empenho de Vitorininho em relação à "vila operária", caiu no choro:

- Meu moleque safado virou gente grande. Eu sabia... Parece que tudo de bom, dos avós, ele herdou.

- Ele sempre esteve acima dos pobres mortais – disse o Tailandês.

Vô Zito olhou de lado e falou:

- Muita gente achava que ele era "caso perdido". Menos eu e Bina.

- Por falar nisso, cadê ele?

- Está no escritório de Doutora Elvira esperando a gente.

Agora havia chegado o momento de a equipe toda ver a maquete.

Doutor Vitorino e Doutora Amália ficaram como que anestesiados.

- Você fez isso sozinha, Elvira?

- E você que não acreditava em mim...

- Isso é chantagem.

- Brincadeira, amor, você sempre me deu a maior força em tudo que eu quis fazer.

Amália continuava olhando a maquete.

- Ficou muda, filha?

Ela balançou a cabeça afirmativamente.

- Agora, Doutor Vitorino e Doutora Amália, chegou a hora de ver o terreno.

Chegando lá, Vô Alexandre falou:

- Vá, Diego, mostrar o terreno a quem não viu ainda. Eu vou tomar a coalhada de Cazuza. Os interessados que me sigam.

Na volta, Lalinha chamou o senhor Alexandre ao lado:

– Vô, eu já vi esse terreno...

– Impossível, minha neta. Só Diego conhecia este local.

– Está bem.

Ela se aproximou de Vô Zito:

– Vô, eu já vi o terreno antes.

– Tudo é possível, Lalinha. Questão de energia.

Ela saiu devagarinho e se aproximou de Paulo:

– E aí, traidor?

– Todos somos traidores, minha amiga. É questão de oportunidade.

– Quero falar sério com você.

– Estou à sua disposição.

– Ou estou ficando doida, ou eu já vi esse terreno.

– Podem ser as duas coisas...

– Fale sério... É possível eu ter visto o terreno antes?

– Não sei...

– Como não sabe?

– Eu sei muito pouco da vida. Eu não tenho resposta pra nada.

– Acho que vou dispensar suas "terapias".

– Dispense mesmo. Tem horas que você é chata pra caramba.

– Você também é um saco... Vamos nos separar?

– Só se você continuar me pagando.

– Que cara de pau... Não vou deixá-lo em paz. Quero continuar a "terapia". Mas, por favor, falando sério, é possível eu ter visto esse terreno antes?

– Possível, é...

– Em que você se baseia pra me dar essa resposta?

– Em suas palavras. Você me disse que viu!

– Eu acho que esses cursos todos que você fez são uma boa bosta.

– Eu também acho.

– O que é o "possível" pra você?

– "Tudo é possível ao que crê". Sabe quem me disse isso?

– Sei. Claro que sei.

– Você gosta dele?

– Não sei.

– Está ficando inteligente...

Os dois caíram na risada.

CIV

Agora era de verdade. Tudo e todos se voltaram para a construção da vila. Na empresa não se falava de outra coisa.

– É muito melhor ser peão do que exercer a bosta dessa função. Todo peão vai ganhar uma casa de luxo.

– Não é bem assim. Ele vai morar em uma casa decente, confortável. Mas não é dele. É da empresa.

– É a mesma coisa.

– Então pede pra ser peão...

– A pior merda do mundo é puxa-saco.

– Sua mãe é que deve saber. Ela só vive puxando o saco dos ricos.

Até turista estava pedindo aos cicerones para lhes mostrar a vila misteriosa.

– Você já pensou Odília de Antero morando na vila? Aquilo é porca!!! Leva uma semana com a mesma calcinha. Quando passa junto da gente, o fedosão sobe.

– Ali tem coisa... Dizem que é dinheiro sujo.

– Vou te contar um segredo, menina. Mas é segredo mesmo. Não gosto nem de falar. Você sabe que eu não falo mal de ninguém.

– Você é que nem eu. A vida dos outros não me interessa. Mas o que é mesmo que tu ia me contar?

– Dizem que o dinheiro para a construção vem todo da China. O português velho é comunista. Vermelhinho da silva...

– Só muito jejum e oração para nos livrar deste horror. Lá na igreja estão dizendo que é pecado se passar perto da tal vila...

– Eu, graças a Deus, estou livre disso tudo. Sou ungida com a água do Rio Jordão. Comprei uma garrafinha por apenas um salário mínimo. É bênção por cima de bênção...

– Mas que história é essa de comunista?

– Na vila só vai morar comunista. E dos brabos. Vem tudo de Cuba. E dizendo que é médico.

– Essa história de médico cubano é velha. Lá no interior de minha avó chegou uma negona feia que não sabia nem falar. Diz que matou foi muita gente.

– Minha prima disse que na cidade dela chegou uma mulher com um rapazinho bem novo. O menino era a cara dela... Os dois se diziam médicos. Cruz credo. Nem consigo falar. Incesto puro, minha filha.

– E vão querer fazer isso com a vila.

– E dizem que o comunista, o português velho, mandou matar a mulher, a coitada chamava Maria do Céu, para se amancebar com uma negra horrorosa, além de tudo, feiticeira.

– A tal mulher era vizinha de minha prima. Diz ela que mandou matar um casal, pais de trigêmeos, só para vender as crianças ao neto do português. Falam até que o tal neto é traficante de órgãos infantis.

– Não fale mais não, minha amiga, pra gente não pecar. Mas o dia da vingança chega. O dia em que este país adotar pena de morte, conserta tudo. Espero que esse dia não demore.

– Amém, minha irmã. Com joelho no chão e "ira divina" na alma, a coisa tomará prumo.

CV

Indiferentes às fofocas, os idealizadores da vila trabalhavam sem parar. Vitorininho era o mais entusiasmado.

– Vitorino, seus filhos estão sentindo falta do pai.

– Você é engraçada, Adélia... A senhora é que nunca deu muita atenção às crianças. Sempre jogou tudo em minhas costas. Assuma seu posto, que o equilíbrio aparece.

– Rapaz, o homem virou gente...

– Agora, meu amor, é "cada macaco no seu galho".

Quando Adélia contou isto a Amália, esta falou:

– Que bom... Eu tinha medo de que Nininho nunca deixasse de ser criança.

– Virou um homem sério e trabalhador.

– Tenho medo de que ele fique sério demais.

– Fica não. Ele é muito inteligente. Até o senhor Alexandre não fala em outra coisa a não ser na vila.

– Que tal, Cira, a gente morar na vila?

– Deus me livre... De fofoca, basta Zuca e Firmino.

– Se tu não fosse tão gostosa, eu ia era arranjar outra negra que me ouvisse mais.

– Arranja...

– Só fala assim porque sabe que sou gamado em você. Esta bundona, me deixa doido...

– Um dia eu te largo... Vou ser freira.

– Aí, eu quero. Eu sempre fui doido pra comer uma freira.

– Tu tá pegando em quê? Não vem que não tem...

– Cachorro libidinoso... Eu não tô pegando em nada. Estou ajeitando meu sutiã.

– Vem cá... Pega um pouquinho...

– Aqui fora não, cachorro. Pode aparecer alguém.

– Também não quero mais. Já me melei todo.

– Isso não é tesão: isso é doença.

– Bendita doença...

CVI

A previsão de Luís Vitorino e Elvira era entregar a vila pronta no início de dezembro.

O senhor Alexandre era o mais entusiasmado. Abriu as "burras" numa boa. Tudo que o administrador queria era que o velho autorizasse logo.

– Ó, seu portuga, você não acha que está enterrando dinheiro demais naquela merda não?

– O dinheiro não é meu. Era de Docéu.

– Eu nunca tive ciúme de defunto, mas não gosto quando você enche a boca pra falar "Docéu".

– Que é isso, neguinha? Foi ela que comeu o pão que o diabo amassou, junto comigo.

– Desculpa, meu gostosão...

– Sabe, neguinha, acho que tu me enfeitiçou. Eu, dessa idade, acordo toda manhã de pau duro.

– Meu feitiço é outro... Conheço teus pontos fracos.

– Continua me animando, sua safada. Acho que vou virar menino. Mas me diz uma coisa... Por que tu não quer morar comigo na vila?

– Deus me livre. Quero paz. Aquilo vai virar um formigueiro.

– Acho que tu tem é ciúme das mulheres novas.

– Convencido... Vai morar lá com Zito que eu vou morar com Bina.

– Deus me livre. Zito vive no mundo da lua. Só foi lá uma vez. Acho que ele é meio retardado.

– Segundo Bina, ele é um safadão. Não pode ver um rabo de saia.

– Que nada. Zito é um homem muito sério.

– Por que será que os homens têm mania de uns defender os outros? Outro dia fui falar com ele que você não pode ver a bunda de uma negra, e ele me disse que você é o homem mais sério que ele conheceu.

– E ele é o homem mais verdadeiro que eu conheço, embora eu nem goste muito dele.

– Se as mulheres fossem assim...

– Sabe, Cira, sábado e domingo a vila vai virar um inferno.

– Por quê?

– Todas as residências já estão prontas, menos a pintura. As famílias dos operários, começando pelos mais velhos, vêm escolher as coisas e dizer a cor que eles querem.

– Se fosse comigo, eu pintava tudo de branco. Vocês estão dando sopa demais a esta corja.

– Olhe bem nos meus olhos.

– Tou olhando...

– Às vezes custa pouco fazer as pessoas serem um pouquinho mais felizes.

– De quem foi a ideia?

– De Nininho, mas todos nós achamos bom.

Cira olhou pro chão e deixou duas lágrimas caírem.

– O sofrimento quando é demais, meu portuga, às vezes faz a gente ficar cruel.

– Vamos pra casa, minha neguinha, dormir bem abraçadinhos um com o outro.

CVII

No domingo pela manhã, todas as casas residenciais estavam prontas, faltando apenas a pintura externa. Tudo foi feito da maneira mais simples possível. Simples, funcional e agradável. Cada casa tinha os dormitórios (dois, três ou quatro), uma sala de estar, o refeitório anexo à cozinha, um banheiro para as casas de dois quartos e dois banheiros para os demais. O piso da sala de estar era de cerâmica. O dos demais cômodos, de cimento. Cada casa tinha um espaço para uma pequena horta e outro para um pequeno jardim.

Às oito horas, Diego pegou um megafone e autorizou a entrada dos operários.

– Os senhores têm duas horas para, em primeira mão, escolher a sua casa. Todos já sabem as condições. Às dez horas os senhores sairão da vila e, começando pelos mais idosos, voltarão logo depois para, oficialmente, indicar sua residência.

– E os que não vieram hoje? – perguntou um senhor de meia idade.

– Terão que se conformar com as casas que não forem escolhidas.

– E a pintura externa?

– O morador vai indicar a cor na hora que escolher a casa. Temos vinte tons de cores diferentes.

Na entrada, seu Mercês falou com dona Sinhazinha:

– Vamos procurar logo a parte que fica as casas de quatro quartos. É as que nós tem direito.

– E as cor?

– Tu não já escolheu o azul-celeste?

– Esta minha cabeça...

Dos moradores, só não compareceram quatro casais, mas fizeram um bilhete, justificando a ausência.

– E aí, Vô Alexandre, está feliz?

– Muito, meu neto... Cadê Vô Zito?

– Ficou dormindo, mas Vó Bina está aí?

– Eu tenho inveja daquele teu avô. Não é à toa que ele se acha o homem mais feliz do mundo.

Às nove e meia pararam cinco vans em frente à vila.

– Que diabo é que está acontecendo?

– Pergunte a sua mulher.

– O que foi que Cira inventou?

– Quase matou a gente...

– Fala direito, rapaz.

– Aí dentro dos carros tá cheio de não sei quantos tipos de sanduíche e um monte de suco de fruta. Diz que é pra merenda dos operários...

– Ó, gente, minha neguinha tem um coração de ouro...

– O senhor falou o quê?

– Nada. Chama os outros pra daqui a pouco distribuir a merenda.

Quando o pessoal estava saindo da vila, podia-se notar uma aura de felicidade no rosto de cada um.

Lalinha foi devagarinho e deu um beijo em Vô Alexandre.

– Ó, minha neta, eu estou muito feliz. Ultimamente eu só tenho tido alegria.

– Vô, olhando em meus olhos, qual foi sua maior alegria nos últimos tempos?

– Quando teu pai assumiu a presidência da empresa.

– Eu sabia...

– Claro que sabia. Foi você que articulou tudo... O que vale uma pessoa sensível...

– Vô, meu pai estava morrendo aos poucos. Isso me doía muito. Um homem com uma inteligência daquela, subutilizado...

– Ele tem alguma mágoa de mim?

– De jeito nenhum. Ele tem é muito respeito por você.

– Sei não. Aqui pra nós. Parece que ele é que é meu filho. Eu também tenho muito respeito e muita admiração por Vitorino.

– Diga isso a ele, vô.

– Eu fico com vergonha.

– Tenho uma ideia...

– Qual é?

– Chame Doutor Vitorino pra tomar um vinho. Só vocês dois.

– Articule isto.

Lalinha ligou para o pai.

– Vô Alexandre disse que quer falar com nós dois, hoje à noite, lá na varanda do Corredor da Vitória.

– Aconteceu alguma coisa?

– Que eu saiba, não. Vamos ver o que é. Me pegue lá em casa.

– Isso não. Vá, e lá a gente se encontra.

No horário marcado, Doutor Vitorino chegou.

– Boa noite, meu sogro. Tudo bem?

– Boa noite, meu genro. Comigo, tudo ótimo.

O celular de Vitorino tocou.

– Peça licença ao vô e se afaste um pouquinho.

Ele ficou meio apreensivo.

– Alguma novidade?

– Não... Apenas uma enxaqueca daquelas. Se vire sozinho.

Ele voltou e se sentou.

– Algum problema?

– Não. Ligação errada.

– Você ainda gosta daquele antigo vinho?

– Faz tempo que não o bebo.

– Vamos a ele?

– Só se for agora...

Após a terceira taça, o senhor Alexandre falou:

– Vitorino, vou ser bem objetivo. Tenho algo a lhe dizer, mas nunca tive coragem.

– Fique à vontade, meu sogro.

– Você é o filho homem que eu não tive. Eu admiro você demais.

Vitorino encostou a cabeça na mesa e começou a chorar.

– Eu sei, meu filho, o quanto você sofreu. E eu não pude fazer nada. Me perdoe pela covardia.

– Eu também admiro você, meu sogro. Você é um leão. Cavou a terra com as unhas.

– Não fale mais. Velho tem o coração fraco.

– Cadê o velho?

– Não seja tão generoso. Basta me querer bem.

– Posso lhe pedir algo muito importante?

– Fale...

– Volte para a empresa, a fim de trabalharmos juntos.

– Você é louco, rapaz? A melhor coisa que existe é ser vagabundo! Nem que a vaca tussa, eu não abro mão disto. Agora eu quero é matar quem inventou o trabalho.

– Velho mentiroso! Trabalhou igual a um bicho para construir a vila...

– Eu estava era me divertindo.

– Pra você, qual a melhor coisa do mundo?

– Fazer ousadia...

– Aprendeu isso com quem?

– Com teu pai e com teu filho.

– Quer dizer que eu sou o único babaca da família...

– Mais ou menos. Mais uma garrafa de vinho?

– Já é a terceira... Tem que ser a última.

– Quais são as duas maiores mentiras do mundo?

– Sei não.

– A primeira é: "garçom, traz a saideira...".

– E a segunda?

– Deixe eu botar só a cabecinha...

Vitorininho se levantou.

– Algum problema?

– Venha cá, seu filho da puta, receba o abraço que eu sempre lhe quis dar, mas não tinha coragem.

CVIII

Na vila, o trabalho continuava firme e forte. Havia seis pintores para pintar as paredes externas. O cálculo era que eles pintassem as casas em mais ou menos um mês.

Todos os mestres de obra, pedreiros e ajudantes trabalhavam, quase ininterruptamente, na chamada segunda etapa. Ali eles iam construir uma escola, um posto de saúde, um pequeno templo ecumênico, um salão de festa que também seria um teatro e uma quadra poliesportiva.

De todos os componentes da "equipe da vila", o mais entusiasmado, como sempre, era Vitorininho.

– Vô Alexandre, nessa segunda fase, o que deve ser concluído primeiro?

– A escola, é claro. No início do ano letivo, ela tem que estar pronta. As demais podem esperar.

– Você tá curtindo, não é?

– Muito, meu neto.

– Você sabia que Lalinha já assinou o convênio com a Secretaria de Educação do Estado?

– Tudo desta menina é pra ontem.

– Puxou ao avô.

– A Zito?

– Até parece. Ele já veio aqui quantas vezes?

– Duas vezes. E disse que isso tudo é uma boa bosta.

– Velho sem vergonha... Tudo é pra desmoralizar a gente. Logo ele que adora ajudar as pessoas menos favorecidas...

– Tudo isso é pra ser do contra. Aquilo é um cachorro. (Que os cachorros me desculpem). Toda vez que me vê, diz que vai jogar uma bomba nisso aqui.

– Tenho um fuxico pra lhe contar, vô. Mas Lalinha não pode saber que eu falei.

– Vai, moleque...

– Ela disse que você e meu pai encheram o chifre de vinho...

– Acho que foi o maior e o melhor porre que já tomei. E agora estou apaixonado por teu pai.

– Mijando fora do penico, vô?

– Safado...

– Por favor, se apaixone apenas por Vitorinão. Por mim, nem pensar...

– Por ti, vagabundo, eu sempre fui apaixonado...

– Que velho vagabundo! Vou arranjar um veterinário pra cortar teu saco.

– Aí, Cira manda te matar...

– Rapaz, você virou "VV'?

– O que é isso?

– Velho vinho...

– Agora é que não entendi mesmo...

– Velho vinho é o sujeito que quanto mais envelhece, mais fica de primeira. Você, qualquer hora, vai desbancar Vô Zito.

– Quem sou eu... Aquele, Deus o fez e jogou a fôrma fora. Foi ele, meu neto, que abriu meus olhos para a verdadeira vida.

– Meu Deus, eu tou lascado. Vou ser sempre o "neto de Alexandre" ou o "neto de Zito". Só tenho um jeito pra me livrar deste carma, deste sofrimento.

– Qual é?

– Mandar matar vocês dois...

– Garçom, traga a saideira!

– O que é isso, vô? Só vai tomar uma única cerveja comigo?

– Não! É que hoje vamos tomar muitas saideiras...

CVIX

Depois de todas as casas pintadas por fora, a vila parecia um presépio.

– Que coisa mais linda, Diego. Nós deveríamos morar aqui.

– Fui insinuar isso, e Vitorininho só faltou me bater.

– O senhor Alexandre também falou em morar na vila, mas tia Cira virou um bicho.

– Quem está na maior bestagem é Luis Vitorino e Elvira.

– Mas eles têm razão. É de deixar a gente de queixo caído. Eles se inspiraram num bairro na "Cidade do Cabo".

– Tou sabendo. Gostei da ideia de não ter rua. Quem determinou tudo foi a topografia.

– E a ajuda que um tal Diego deu para que nenhuma árvore fosse derrubada...

– Você viu, minha filha? Este rapaz é um gênio. Gostou da ideia de que cada morador fizesse seu jardim como melhor entendesse?

– Aí, não gostei...

– É pena. Você não entende de paisagismo.

– Deverá haver turista demais visitando a vila. Vô Zito disse que seria bom que viessem visitantes, mas pagando.

– Não é uma má ideia...

– O Tailandês também gostou.

– Amanhã já temos de entrevistar os primeiros candidatos.

– Quem está na banca?

– Eu, você e Paulo. Lalinha disse que Paulo está em todas as bancas.

– Quem vai ser o primeiro candidato?

– Tome vergonha! Você ainda não leu o currículo dele?

– Vou ler hoje à noite.

– Pois eu já li e já conversei com o cidadão. É uma figura. É graduado em Enfermagem e em Nutrição. Na mão direita ele usa o anel de enfermeiro e, na esquerda, o de nutricionista. A mulher que mora com ele é surda e muda. Segundo ele, é uma cozinheira de mão cheia. Mas é bem feinha. Parece uma boneca de pano que minha irmã tinha.

– Ela também vai ser entrevistada?

– Não. É companheira dele. Mora com ele. Sei lá... Ah, o nome dele é bem comum: Absalão Ricardino.

Às oito horas da manhã, Diego, Renata e Paulo estavam firmes para receber o senhor Absalão.

– Com licença, meus amores. Estou uma pilha: morrendo de medo.

– Medo de quê, amigo? É só um papinho amigável...

– Com licença, amigo. Seu nome é...

– Paulo Alves Reis.

– Graduado ou pós-graduado em quê? Sou assim, Doutor Paulo, curioso...

– Deixemos o "doutor" de lado...

– Nada disso. A quem honra, honra.

– Se o senhor quer assim, Doutor Absalão Ricardino...

– Veja como ficou melhor.

– O senhor prefere ser enfermeiro ou nutricionista?

– Os dois. Para tais, sou graduado.

– E que turno prefere?

– Qualquer. Quero é trabalhar muito... muito... muito...

– Sua esposa... É esposa?

– Digamos, companheira...

– Ela, se fosse possível, moraria na vila? Temos dez a quinze casas para os funcionários que trabalharem nos dois turnos.

– Ela fica onde eu fico...

– Têm filhos?

– Ela tem um, mas mora com a vó.

– Se fosse possível, ela poderia prestar algum serviço à vila?

– Ela só presta serviço a mim...

– Macho é assim mesmo.

– Não entendi. Por favor, odeio metáforas.

– Estou satisfeito. Passo a palavra a Doutor Diego ou a Doutora Renata.

– Eu também estou satisfeito – disse Diego.

– Eu também...

– Então, Doutor Absalão Ricardino, foi uma honra entrevistá-lo. Após entrevistar os demais candidatos, a empresa entra em contato com Vossa Senhoria.

– Passem bem...

– Mandem entrar o outro candidato.

Entrou uma jovem bonitona, mulata, mostrando todos os dentes.

Apertou a mão de cada um e se apresentou:

– Meu nome é Indiária, sou recém-graduada em Terapia Ocupacional.

– Por que você preferiu essa profissão?

– Adoro pessoas idosas e pretendo trabalhar com elas.

– Você se sente preparada para tal função?

– Não. Mas me sinto capaz de preparar-me.

– Se você não trabalhar com Terapia Ocupacional, o que pretende fazer?

– Lutar com todas as forças até poder fazer aquilo de que gosto. E sei que, um dia, consigo.

– Estou satisfeita.

– Eu também – disse Paulo.

– E eu, igualmente.

– Após as entrevistas, você será avisada.

– Desculpem se fui mal.

– Menina – disse Paulo – você foi muito bem.

– Obrigada a todos.

Entrou o terceiro candidato.

– Prazer conhecê-los. Meu nome é Balbino. Sou graduado e especializado em Fisioterapia.

– Já tem experiência de trabalho?

– Só em estágio.

– Por acaso você pretende fazer Medicina e especializar-se em ortopedia?

– Rapaz, eu sou fi-si-o-te-ra-peu-ta...

– Estou satisfeito.

– Eu também.

– Eu também.

– Balbino?

– Pois não, amigo.

– Com certeza absoluta, ainda vamos nos ver.

– Deus te ouça...

Depois que o rapaz saiu, Paulo caiu na risada.

– O que foi? – perguntou Diego.

– Tudo diferente do que planejei...

– Comigo também...

– E comigo também...

– Acho que Zito tem razão – falou Paulo – que nota você deu à menina, Renata?

– Dez.

– Diego...

– Dez.

– Eu confirmo as notas de vocês.

– E você, Diego, que nota deu ao rapaz?

– Dez.

– Eu confirmo.

– Eu também confirmo.

– Que nota você deu a Absalão Ricardino?

– Zero.

– E você, Renata?

– Zero.

– Tou fudido!...

– O que foi?

– Eu dei dez a ele.

– Justifique-se – disse Renata.

– Eu também quero que você justifique.

– Aquele porra é chato pra caralho... Mas é um profissional de primeira. É superperfeccionista. Os pacientes só têm a ganhar. Ele comeria o pão que o diabo amassou para não ser repreendido. Minha nota pra ele é dez com louvor, como dizia Dona Mariquinha, minha professora de alfabetização.

– Vou arriscar com você, meu teólogo, filósofo, psicólogo, sociólogo e antropólogo.

– Viva a loucura. Eu também me arrisco.

– Vamos pra casa, Tatinha. Estou um bagaço.

– E você, Paulo, vai fazer o quê?

– Quer saber mesmo, Renata?

– Quero.

– Posso falar, Diego?

– Claro, maluco.

– Vou fumar um baseado e, depois, comer nossa terapeuta ocupacional.

– Vocês marcaram encontro?

– Não. Tata. Pra que eu tenho mão?

– Ah, meu Deus – disse Diego – como o mundo seria monótono se não houvesse os loucos!

CX

Finalmente o último entrevistado: um médico recém-formado.

– Prazer, rapaz. Meu nome é Paulo.

– Só o senhor vai me entrevistar?

– Se os outros dois não vierem, sim. Quantos anos você tem?

– Vinte e dois.

– Só?

– Por enquanto.

– Você não pensa em especializar-se?

– Eu não...

– Por quê?

– É muito bagaço pra pouco caldo.

– O que achou da Universidade?

– Fiquei lá quase sete anos e não tenho saudade.

– Cite três grandes professores quer você teve e suas respectivas especialidades.

– Minha avó Laudelina, que conhece plantas medicinais para todas as doenças. Meu tio Eurico, que faz o parto das mulheres pobres e nunca nenhuma morreu na mão dele; o Velho Bruno, que sabe curar muitas doenças com o barro da beira do rio.

– Você tem nome?

– Natalindo, porque nasci no dia vinte e cinco de dezembro.

– Ó, rapaz, você tem certeza de que quer ficar aqui?

– É tudo que eu quero. Quero ser o "clínico da vila".

– Se depender de mim, você está aprovado.

– Os dois "inquisidores" não vêm?

– Você é cagão até nisso: eles terão que confirmar minha nota

– Foram quantos candidatos?

– Treze, com você.

– O número é bom.

– Na "aldeia" tem um maluco que diz que tudo é uma questão de energia.

– Dê um abraço nele por mim.

Quem "entortou" todo o planejamento pra "vila" foi o senhor Alexandre. Naturalmente instigado por Lalinha.

– Quero que todo mundo da vila seja feliz. Docéu, lá de cima, vai gostar muito.

– Vô, até eu, que estou cagando para as convenções, acho que você exagerou.

– E daí? O dinheiro não foi meu...

– Foi de quem?...

– Dos colares de Docéu. Leia aí, meu neto, a lista dos classificados.

– Um clínico geral, uma pediatra, uma ginecologista, uma dentista, um fisioterapeuta, um nutricionista e enfermeiro ao mesmo tempo, uma terapeuta ocupacional, uma psicóloga, uma assistente social, um bioquímico e duas pedagogas, naturalmente ligadas à escola, uma professora de educação física, uma dançarina...

– De fuder...

– O que, vô?

– De fuder...

– Vô, você está muito solto.

– Vai querer me reprimir agora?

– Eu? Deus me livre...

– Ainda bem.

– Vô, pra que dois salões tão grandes? Um só não poderia servir de igreja, teatro e salão de festa?

– Tu sempre me pareces inteligente... Mas às vezes é de uma burrice quilométrica. Tu achas que uma velhinha carola ia conseguir rezar num lugar onde os homens se esfregam nas mulheres?

– Puxa... Caí do cavalo.

– Tá vendo?...

– Que história foi aquela de que você brigou com Lalinha?

– Eu queria uma escola que fosse até o curso fundamental. Mas, por causa dela, vai ficar só o pré-escolar.

– Ela agiu de forma correta. Todos ficamos ao lado dela. Ser generoso não deve significar exibicionismo.

– Depois que virou gente, tá dando uma de homem sério. Se me encher o saco, te dou um chute na bunda.

– Eu te dou um chute no saco.

– Puxa, moleque, como eu sonhei com um diálogo deste...

CXI

Lalinha falou com Vitorininho e Vô Alexandre que doutor Vitorino queria uma reunião com eles três.

– Algum problema sério, meu genro?

– Seriíssimo, meu sogro.

– Então é melhor que vocês resolvam. Eu, agora, só faço o que me alegra. Se for pepino, tou fora.

– Isso se chama egoísmo, Vô.

– Eu tou cagando e andando...

– O cidadão português, cioso de preservar o idioma pátrio, agora só usa gírias e palavrões...

– Abaixo do Equador, minha neta, como diz o poeta, não há pecados.

– Doutor Vitorino, pediu Vitorininho, não seja sádico: diga logo a que veio.

– É sobre a empresa. Pagamos o décimo quinto salário, fizemos o balanço meticulosamente e tivemos a maior surpresa...

– Se estamos falindo, vou fazer igual a Anthony Quinn em "Zorba, o Grego", dançando de felicidade...

– É, meu sogro, acho que o senhor vai dançar muito.

– Por favor, meu pai...

– Nervoso, meu filho? Quem diria...

– Por favor, Doutor Vitorino... – era a voz de Lalinha.

– Gente! Tivemos uma lucratividade estupenda! Os contadores estão boquiabertos. E olhem que não estamos num grande momento...

Todos os três correram e abraçaram o senhor Alexandre.

– Nem venham porque estou fora... A partir de agora é que vou correr de vocês. Preciso voltar a ser o grande amigo de Zito, antes que vocês me corrompam.

– Eu quero que Lalinha, a mulher que vê de longe, me explique este fenômeno.

– É simples, Nininho: trabalhador se sentindo seguro, prestigiado, portanto feliz. Quem está feliz produz. Quem está feliz tem energia positiva, como diz o filósofo Vô Zito. Lembrem-se de que nossos trabalhadores são muito respeitados. Nossos problemas são os do dia a dia.

– E, aqui pra nós, também temos tido muita sorte.

– Sabe, mano, eu não creio em sorte. Tenho uma amiga de oitenta anos que diz que tudo tem retorno, que todo mal gera mal. "Quem planta vento colhe tempestade".

– Me explique como um Diego, um Carlos, um Paulo cai em nosso colo.

– Vô Zito explica direitinho.

– Acho que você tem razão. Mas você selecionaria um Absalão Ricardino? Um Natalindo? Uma Indiária? E todos os demais?

– Pergunte a Vô Zito.

– Eu tenho conversado com os "intelectuais" selecionados, e cada vez me impressiono mais. Uma das pedagogas, Doutora Aurora, assumiu "espontaneamente" a liderança de todo o grupo. E todo mundo gosta dela. É uma das moradoras da vila.

– E quem mais mora lá?

– O enfermeiro-nutricionista, o clínico, a psicóloga, a professora de dança, a terapeuta ocupacional, a outra pedagoga, a musicista. E cada um mora sozinho, numa das casas de dois quartos. Paulo também tem uma casa lá. Só que tem outra em Piatã.

– Ele também tem salário?

– Claro...

– Por isso que nunca mais ele apareceu...

– De quem foi a ideia do almoço coletivo aos domingos?

- De Paulo, Absalão Ricardino e Indiária, que foi a líder, ainda com respaldo de Vô Alexandre.

- E do artesanato?

- Indiária.

- Os moradores não ficaram zangados por não poderem criar cães e gatos?

- Nó início, sim. Mas o clínico, a psicóloga e o enfermeiro fizeram uma reunião com os moradores, justificando a atitude. Aí, todo mundo entendeu. Mas ficou uma área para criação de patos e galinhas, pra quem as crianças levam os restos de comida.

- O que está "progredindo" mais?

- O artesanato. É um caso à parte. Só vendo pra crer.

- Aí, minha neta, agora você vai baixar o facho?

- Falta só mais uma coisinha... Aí eu "se aposento". Eu e Nininho estamos discutindo.

- Boa coisa não vai ser...

- Ué, vô, o que é isso? Não confia em nós?

- Confio. Pero non mucho.

- Falo eu ou você, Nininho?

- Você...

- Vamos estudar um meio para que todos os funcionários tenham pelo menos uma pequena participação nos lucros.

- Eu sabia... Coisa de comunista.

Doutor Vitorino deu uma bela risada.

- Até o outro... Era só o que faltava.

- Não, vô, não é coisa de comunismo. O que estamos querendo é um capitalismo menos imoral. Porque isso que temos aqui ainda é escravagismo. Herança do meu e do seu país. O que nós estamos pensando ainda é muito pouco. As igrejas que se dizem cristãs prometem ao povo o reino dos céus. Isso é extremamente contrário ao que Jesus pregou, pois o único pedido que Ele fez aos homens foi que amássemos uns aos outros como irmãos. Se meu filho não deve passar fome, o filho de meu empregado também deve ter o direito ao alimento, pois comer é um direito de qualquer animal. Vô, esse capitalismo, que nem mais capitalismo é, não terá, em pouco tempo, como continuar existindo. O que desejo é muito pouco. Eu, Vô, só tenho uma bandeira: a bandeira do amor. Pra mim, só viverei bem no dia em que todos tiverem o direito de viver como gente. Às vezes, Vô, quando me olho no espelho, tenho vergonha de mim mesma. Quanta gente passando fome. Quanto pobre sendo dizimado. Quanto governante fascista. E, diante disso tudo, eu ficando calada. Isso com que eu sonho é o mínimo do mínimo.

– Ó, minha neta, continua o teu caminho. Eu sou um trapo velho. Já não sirvo mais pra nada. Mas fica sabendo que eu amo você e seu irmão acima de todas as coisas.

– Nós também te amamos muito, Vô. Mas divide este amor pela humanidade. O amor, quanto mais a gente divide, mais ele multiplica.

CXII

Vô Alexandre convenceu o vô Zito de que eles deviam ter uma casa de dois quartos na vila. Uma casa só, para os dois casais.

– Bina, eu acho que vai gostar. Ela ficou doida com o projeto de artesanato. Mas a maluca da Cira vai te encher o saco. Tu sabe que ela é sempre do contra.

– Mas a gente vai ter duas casas: uma na aldeia e outra na vila.

– E se ela não quiser ir?

– Aí eu digo que só transo com ela na vila. Quero ver ela ficar sem o bem-bom.

– Essa merda tua ainda presta?

– É melhor do que a tua. Bina me disse que ela nem sabe mais como é.

– Além de brocha, tu agora virou mentiroso.

Para a surpresa de todos, Tia Cira se entusiasmou de uma hora pra outra. Vó Bina amansou a fera.

No primeiro dia que eles foram, levaram vários pacotes de doce. O mais entusiasmado era vô Zito.

– Ó, moleque, como é teu nome?

– Eu não é moleque... Eu é menino.

– Como é teu nome, menino?

– Imbilino...

– Tu avisa a tudo quanto é menino que de tardinha nós vamos jogar doce pras crianças, debaixo do tamarineiro grande.

O menino partiu como um foguete.

Às quatro horas, todas as crianças da vila estavam junto à árvore. Havia um silêncio de missa de finados.

– Meus filhos e minhas filhas, não vamos jogar os doces. Cada criança receberá, de um de nós, um pacote. Façam uma fila.

Quem olhasse nas caras dos "meninos machos" veria logo um ar de decepção.

Após a distribuição, vô Zito falou:

– Depois de amanhã, nós voltaremos. Mas os doces serão distribuídos às cinco e meia.

Dois dias depois, quando o quarteto chegou, havia um recado pra eles. Uma comissão queria falar com os quatro, às quatorze horas, no "salão ecumênico".

Ao chegarem lá, encontraram a pedagoga Dona Aurora, o enfermeiro-nutricionista Absalão Ricardino, o clínico Natalindo, o dentista Eduardo e a psicóloga Dona Gleide.

Dona Aurora agradeceu o privilégio de falar, em nome dos colegas, com pessoas tão ilustres. Disse, também, que o nutricionista Doutor Absalão iria fazer uma pequena exposição em nome de toda a equipe de saúde.

– Nobres e dignos visitantes, eu invoco o Olimpo para colocar em meus lábios as palavras sábias.

– Quem é esse Olimpo, Bina?

– Eu sei lá, Cira... Fica quieta.

O palestrante olhou as duas com cara de poucos amigos.

– É comovente o amor com que os senhores têm tratado as crianças de nossa vila. A boa vontade, o carinho, a gentileza dos senhores têm nos deixado boquiabertos.

– O que é que esse merda quer, Bina?

– Fica quieta, Cira...

– Eu gostaria de pedir a Doutor Natalindo, médico de supremos conhecimentos, que continuasse esta exposição.

– Minha gente, isso que vocês têm dado às crianças é gostoso pra caralho. Mas fode com a saúde delas. Dos dentes ao fiofó, não sobra nada. O dentista taí pra confirmar. Açúcar branco e farinha refinada são uma bosta. Lasca com o organismo. E nossa medicina aqui é preventiva. Se vocês querem agradar aos moleques, tragam frutas ecologicamente cuidadas. De preferência, frutas que eles ainda não conhecem. Comer coisas boas, e não essas merdas que nos matam.

– Aí, doutorzinho retado...

– Fica quieta, Cira...

Educadamente, vô Zito falou:

– Gente, é bom aprender com quem sabe. Se tivéssemos falado com Diego e o Tailandês, eles nos ajudavam. Da próxima vez a gente traz uva, maçã, pêra... Tudo sem veneno... Mas desta vez não vamos deixar os bichinhos aguados. Por favor... É tudo criança.

Houve silêncio total.

A psicóloga pediu a palavra.

– Como é seu nome, meu senhor?

– Zito.

– O senhor Zito tem razão. A saúde tem que ser física e mental. Eu fico com o senhor Zito. Alguém contra? Se houver, levante a mão.

Todos aplaudiram a ideia.

– Essa aí é das minhas!...

– Fica quieta, Cira...

CXIII

Tudo corria às mil maravilhas na "Vila Operária Vó Docéu". Os "doutores" selecionados entraram numa santa competição: cada um queria mostrar mais serviço.

Para as crianças, Vô Zito e Vô Xande eram os grandes heróis. Tudo que elas queriam, eles faziam. Vó Bina demonstrou sua aptidão para o artesanato. Só não trabalhava com madeira. Natalindo e a professora de música estavam entusiasmados com o conhecimento de Tia Cira a respeito das músicas folclóricas do "Vale do Jequiriçá". Cada dia se fazia mais uma descoberta na "vila".

A única nota dissonante era a briguinha velada entre Tia Cira e o enfermeiro-nutricionista.

– Ó, seu Bissolono, o senhor é ou não é casado com a Muda?

– Primeiro, meu nome é Absalão. Depois minha vida privada não é da conta de ninguém.

O impasse estava feito. Ninguém era doido de demitir o enfermeiro: ele era realmente pau pra toda obra. E quem se atrevia a mexer com o xodó do dono da empresa?

Todo mês, Paulo aparecia na vila acompanhado sempre de uma nova tia. Os dias que ele passava lá eram maravilhosos. Ele estava sempre agregando os trabalhadores, mostrando a importância da união e do respeito.

Na despedida, ele se dirigia ao senhor Alexandre com a reverência de um bom vassalo:

– Aqui está o homem que não tem limite de generosidade.

– Bondade sua, doutor. Aqui está o seu salário.

O "batalhão da saúde" cada dia mais se unia para cuidar dos moradores, principalmente os velhos e as crianças.

– Aqui não se vai à saúde. A saúde é que vai às casas dos moradores.

Às cinco horas da manhã, havia sempre uma pequena multidão fazendo caminhada, orientados pelo fisioterapeuta e pelo professor de Educação Física.

Tudo que era possível fazer, o senhor Alexandre não media esforço.

– E aí, vô, tá feliz?

– Ó, minha neta, nunca imaginei que eu fosse ter uma velhice tão maravilhosa. Se dependesse de mim, eu não sairia da vila.

– Tinha coragem de deixar a aldeia?

– É que é tão bom viver no meio da criançada...

– Cuidado pra seus netos não ficarem de escanteio...

– Você tem razão. Vou ficar mais atento. Cadê teu irmão?

– Agora só vive ao lado de meu pai.

– Não é que o moleque cresceu?

– Vô, acho que Vô Zito tem razão. Há uma onda de energia boa em relação a tudo que estamos fazendo.

– Sei não. Às vezes acho que sim, pois o bem atrai o bem.

– Meu pai me disse que, na empresa, tudo tem dado certo.

– E aquela ideia do bônus, da participação de lucro?

– Estamos estudando como será. Temos que ser justos.

– Eu acho tão fácil... Dar x% a todo mundo e pronto.

– Aí é que está.... Eu não acho.

– Me explique...

– O salário de José é de duzentas maçãs por mês, pois este é o seu salário de porteiro. O de João é de cinco mil maçãs, pois ele é gerente. Se formos dar um bônus de dez por cento a todo mundo, José vai receber vinte maçãs e João quinhentas maçãs. Isso é justo? Pense bem. Não seria melhor que os dois recebessem o mesmo tanto? Isso é um bônus, um presente, um agrado...

– Lalinha, eu vou indo. Dê um abraço em seu pai e seu irmão.

– Vou dar dez abraços em meu pai e só dois em meu irmão.

– Deus me livre. Ninguém pode com esta menina...

Quando Lalinha contou isso ao pai e ao irmão, Vitorininho falou:

– Me queira sempre bem, maninha.

Como consequência desta conversa, ficou decidido que cada funcionário da empresa receberia um bônus de três salários mínimos.

Doutor Vitorino fez questão de que a ideia ficasse em sigilo até o dia dez de dezembro, data em que todos os funcionários receberiam seu bônus. Ao lado do cheque, um pequeno bilhete: "Qualquer dúvida, ligue para Doutor Vitorino, no dia quinze, e ele lhe esclarecerá".

No dia quinze, Doutor Vitorino não foi à empresa. Ficou em casa esperando os telefonemas. A partir das oito horas, o telefone não parou. De choro a riso, houve tudo, e sempre palavras de elogios e agradecimentos.

Às onze horas o telefone tocou.

– Doutor Vitorino?

– Sim. Quem fala?

– André Luis, o supervisor geral...

– Diga lá, meu nobre.

– Você me quebrou um galhão.

– Não diga...

– Seu bônus realizou meu sonho. Vou comprar meu jatinho.

– Fale sério, rapaz.

– Posso falar sério?

– Claro...

– Você me igualou à mulher que limpa os escritórios do quinto andar. Vocês não têm vergonha não? Rasguei o cheque e estou pensando no que vou fazer. Francamente. Que coisa ridícula. Eu valho tanto quanto Nete. Não sei o que fazer.

– Mas eu sei...

– Não entendi.

– Eu lhe explico. Amanhã, às nove horas, vá ao departamento jurídico assinar sua demissão.

– Você está louco?

– Nunca estive tão certo.

– Se você fizer isso, vou lenhar com vocês.

– Pode lenhar. Passe bem.

Imediatamente Doutor Vitorino telefonou para o senhor Alexandre, Amália e Vitorininho pedindo uma reunião urgentíssima.

O terceiro a chegar foi Lalinha.

– Acabei de demitir André Luis, supervisor geral da empresa.

Silêncio total.

– E quem vai ser o supervisor geral? – perguntou Amália.

– Carlos.

– E quem vai substituir Carlos?

– Renata...

Vitorininho e o senhor Alexandre estavam de cabeça baixa.

– Acho que errei... Vou pedir minha demissão.

O senhor Alexandre deu um murro na mesa.

– Você está maluco, meu genro!?

– Por que você o demitiu?

Ele contou tudo detalhadamente.

– Você fez bem, pai – disse Lalinha.

– Este, sim, é o meu paizão...

– Obrigado, filho. Diga alguma coisa, meu sogro.

– Agora, sim, posso virar vagabundo de verdade e, depois, morrer sossegado.

CXIV

Depois da demissão de André Luis, da supervisão geral, Carlos assumiu esta função e Renata foi para o lugar de Carlos. Doutor Vitorino fez questão de que todos soubessem a causa da demissão de André. O pessoal da classe C e D vibrou com a atitude do presidente. Agora, Doutor Vitorino era muito mais admirado.

Diego e Renata foram convocados para um encontro com o senhor Alexandre, Amália e Vitorininho.

– Estamos às ordens dos senhores...

– Você e seu marido – disse Vitorininho – deverão comparecer ao departamento jurídico, amanhã, às dez horas, para assinar suas demissões.

– Se teu avô não estivesse aqui, eu te daria uma boa resposta.

– Ousadinho, hein?

– Você não sabe nem mentir. Se Renata assumiu uma função de destaque na empresa há tão pouco tempo, como ela seria demitida agora?

– Sou mesmo um bosta!

– O que é isso? Não humilhe a pobrezinha.

– Diego – falou o senhor Alexandre – você tem sido um grande amigo de nós todos. Devia até me chamar de avô.

– Sério?

– Sério!

– Que honra, Vô.

– É pra continuar. E Renata também.

– Não seja por isso...

– Tenho uma coisa pra vocês. É de todo o meu coração. Abram e vejam.

E passou-lhes um envelope. Ao abrir, Diego caiu no choro. Renata estava como que anestesiada.

– Tudo que eu dissesse, seria pouco, vô. Só posso lhe dizer isso.

Abraçou o senhor Alexandre e beijou-lhe o rosto.

– Deus lhe pague, vô... Nós não merecemos tanto.

– Peço a vocês que isso fique entre nós. Por favor, não falem com ninguém. Só nós cinco sabemos.

– Nosso sonho, hein amor! – disse Renata.

– Bem maior do que o que sonhávamos...

– Para comemorar, vamos, nós cinco, comer no "Pitu da Lili"?

– Eu vou – disse Diego – mas sob protesto. Os pitus estão sendo dizimados...

Após o almoço, Amália falou:

– Eu e Adélia estamos num cansaço terrível. Por favor, ajudem-nos.

– Tenho uma sugestão...

– Fale, Diego.

– Na Estrada do Coco, quilômetro oitenta, a dois quilômetros do asfalto, há uma pousadinha chamada "Repouso do Guerreiro", que é o maior barato. Não é, Tata?

– É um sonho...

– Rio e mar. Um verde maravilhoso. Peguem seus maridos e sumam. Vão todos voltar zerados.

– Aí – disse Vitorininho – o Tailandês se evapora. Ainda mais ele, que tem muito pouco entre as pernas pra fazer peso pra baixo...

– Pensei, Nininho, que você tinha deixado de ser criança.

– Deixei... Mas só um pouquinho.

Todos caíram na risada.

– E as crianças?

– As criancinhas ficarão comigo, Vô Alexandre, Tia Cira, Vó Bina, Vô Zito, Zuca, Firmino...

– Se eles reagirem mal?

– Deixe comigo – disse Vô Alexandre – aprendi muito a conviver com crianças.

– Fale, Nininho... Você topa ir?

– Tem lugar pra andar de bicicleta?

– E muito... E a pousada tem bicicleta à vontade.

– Vou levar a minha.

O Tailandês e Adélia ficaram entusiasmadíssimos. O problema agora era o famoso sexteto.

Vô Alexandre fez uma reunião com as crianças e seus respectivos pais.

– Meninada, quem ainda quer conhecer a Tailândia, levante a mão.

Seis mãos pra cima.

– Vô, a Tailândia é longe mesmo?

– Muito longe, Rafael.

– Mais longe do que Jequié?

– Bem mais...

– Né nada! Meu colega que nasceu lá disse que Jequié é a cidade mais longe do mundo...

– Isto é mentira, Rafa. Quem mente muito nasce rabo.

– Vô, na Tailândia tem preto?

– Pergunte a seu tio, Luisinho.

– A Tailândia tem preto, tio Tai?

– Praticamente, não.

– Obá! Nós vamos fazer o maior sucesso.

– Muito bem – disse Vô Alexandre – os pais de vocês precisam de quinze dias para planejar a viagem. Vocês terão que ficar conosco. Senão, adeus viagem.

– Vô – disse Vitorininho – cuidado para não nascer rabo.

Ninguém se aguentou.

No dia da ida para a Estrada do Coco, as crianças estavam eufóricas. Quando os pais saíssem, eles iam com Tio Diego e Vô Alexandre curtir o sábado na Ilha de Maré.

Realmente os dois casais ficaram encantados com a pousada. A região era paradisíaca. Sol, verde, rio, mar, paz, comida gostosa e muito amor. Amália fez questão de que os chalés não ficassem tão perto um do outro.

– Tomara que o "pintinho" do oriental ainda funcione.

– Quando é que você vai deixar de ser criança?

– Quando o pinto do oriental crescer.

Todo mundo estava curtindo, mas o Tailandês parecia que estava sempre em êxtase.

– O bom mesmo era morar aqui...

– Quem sabe, amor, um dia...

Na penúltima noite, Adélia falou:

– Amanhã vou dormir até meio-dia.

– Eu também – disse Amália.

– Pois eu vou me levantar às cinco horas e pedalar até enjoar.

– Posso ir com você, cunhado?

– Claro, meu velho. É uma honra.

No outro dia, quando Adélia acordou, Amália ainda estava dormindo.

– Acorda, preguiçosa... O dia está lindo.

– Acho que dormi demais. É melhor almoçar logo. E os ciclistas?

– Não chegaram até agora.

Após o almoço, elas se sentaram debaixo do castanheiro, ficaram curtindo o mar e jogando conversa fora.

Um pouco mais tarde, Adélia falou:

– Lá vem teu Tailandês. Sereno como sempre.

– E o outro vem lá atrás.

Amália se aproximou:

– Tudo bom, amor?

– Tudo ótimo, maravilhoso. Temos que voltar aqui com as crianças.

– Aconteceu alguma coisa com Nininho?

– Que eu saiba, não. Ele estava muito bem e, de um momento para o outro, ficou caladão.

– Vou falar com ele...

Ela se aproximou:

– Tudo bem, Nininho?

– Não.

– Qual o problema?

– Nem queira saber.

– Fale logo. Estou ficando nervosa.

– Tudo foi maravilhoso até mais ou menos duas horas atrás. Fomos por um caminho e voltamos por outro. Passamos por uma enseada linda, maravilhosa. Não havia ninguém. Só mar, céu e floresta. Não me aguentei. Pulei da bicicleta, arranquei o calção e caí na enseada.

– Nu?

– Claro. Quando olhei, o desgraçado do Tailandês estava do meu lado gritando e jogando água. Quando saímos do mar, aí é que foi a merda.

– Fale logo, Nininho, pelo amor de Deus!

– Foi minha grande decepção. O pau do sacana é muito maior do que o meu. Que decepção... Logo eu, que passei a vida toda esculhambando com ele.

– Meu Deus, que coisa boa...

– Coisa boa o quê, Lalinha! Está gozando com minha cara?

– Não, meu amor. Estou feliz porque você continua sendo a criança pura de sempre...

CXV

Quando os dois casais chegaram à "Aldeia dos Loucos", foram recebidos pelos meninos. O mais eufórico era Rafael:

– Nós vai tudo passear na Tailândia...

– Que besteira é essa, menino?

– Besteira nada... Tudo articulação de tio Diego e os bisos. Até meu vô Vitorino tava no meio.

– E você já sabia?

– Lógico. Aqui é o Rafa... o sabedor de tudo. Só tou retado porque não sou preto. Os "três mosqueteiros" vai fazer sucesso. Lá não tem preto... um dia eu vou fazer uma "prática" e virar preto.

– Não é "prática". É plástica...

– É isso aí... Só tou com pena de tio Diego e tia Tata. Eles não vai.

– "Vão", Rafael...

– Obá!...

– Eles não vão.

– Que língua mesmo é que nós fala?

– Português.

– E tem língua Tailandês?

– Claro...

– Vou voltar falando Tailandês. Por que nós fala Português? Nós devia era falar "Brasilês".

– Cadê os outros, Rafa?

– Tudo na sala esperando você e os outros que chegou.

– "Chegaram", Rafa...

– Ainda bem que vou voltar falando Tailandês...

Amália entrou na sala:

– Que conversa é essa que Rafael inventou?

– Pergunte a seu pai e a seus vôs – disse Diego.

– Já vi que você foi o traidor-mor.

– Você precisa descansar...

– Já descansamos quinze dias.

– Agora vão descansar mais três meses.

– Quem é mais, além de mim, que não sabia dessa armação?

– Acho que só você...

– Rafa, até você me traiu...

– Craro.... Quem dizesse não ia...

– Até meu pai... Que dia é a viagem? E o roteiro?

– Fale, senhor Alexandre...

– De hoje a trinta dias, voo de Salvador a Lisboa. Lá, fica-se uma semana, a fim de que todos sintam a verdadeira doçura da língua de Camões. Além disto, vamos ouvir os dois melhores cantantes de nossa língua, no Teatro Dona Maria. Um brasileiro, Zé Renato; o outro português, Antônio Zambujo. Os melhores cantantes de meus dois países.

– Sou ignorante, Vô. Não conheço nem um dos dois...

– Não serás mais. Depois, Frankfurt e, depois, Bangkok.

– Quem vai nessa caravana, Diego?

– Vô Zito, Vó Bina, Vô Alexandre, tia Cira, os dois casais e os filhos.

Na saída, Doutor Vitorino abraçou Lalinha.

– Feliz, filha?

– Quase, pai... Para que tudo fosse completo, era preciso que você viajasse conosco.

– Você sabe que não é possível...

– Sei, pai.

– Quando eu sentir saudade de você, vou beijar seus sapatinhos que continuam comigo.

Rafael levantou a mão.

– Quem é mais longe de Salvador, tio Diego, Jequié ou a Tailândia?

– Jequié é um pouquinho mais longe, Rafa. Mas só um pouquinho...

– Bem que meu colega disse que Jequié é a cidade mais longe do mundo...

Papel **Pólen Natural 80 g/m²**

Fontes **Garamond 12** e **16**

Impresso no **Verão/2023**